KB013334

북관대첩비

**북관대첩비**
**잊혀진 영웅들의 이야기**

**초판 인쇄** 2019년 4월 15일
**초판 발행** 2019년 4월 20일

**지은이** 류정화 · 한의수
**감수** 지상학
**교정교열** 정난진
**펴낸이** 이찬규
**펴낸곳** 북코리아
**등록번호** 제03-01240호
**주소** 13209 경기도 성남시 중원구 사기막골로 45번길 14
우림2차 A동 1007호
**전화** 02-704-7840
**팩스** 02-704-7848
**이메일** sunhaksa@korea.com
**홈페이지** www.북코리아.kr
**ISBN** 978-89-6324-655-0 03810

값 15,000원

* 본서의 무단복제를 금하며, 잘못된 책은 구입처에서 바꾸어 드립니다.

소설

# 북관대첩비

잊혀진 영웅들의 이야기

류정화 · 한의수 지음
지상학 감수

북코리아

이 작품은 역사적 사실을 바탕으로 허구화한 팩션이다.

임진왜란 때 활약한 의병장 정문부와 의병들의 승리를 기념해

백성에 의해 함경도에 건립되었다가

일본이 야스쿠니신사로 강탈해간 북관대첩비를

100년 후인 2005년 조국으로 환수해오기까지 활약했던 수많은 영웅들과

그들보다 더욱 많았던 숨겨진 영웅들의 비장한 이야기다.

# 서문

북관대첩비北關大捷碑의 정식 이름은 '유명조선국함경도임진의병대첩비有明朝鮮國咸境道壬辰義兵大捷碑'이다. 높이 187cm, 너비 66cm, 두께 13cm의 화강암에 1,500여 한자漢字가 새겨져 있는 북관대첩비는 1592년 임진왜란이 발발한 해에 함경북도 북평사였던 정문부 장군이 관북의 의병을 모아 왜구를 격퇴한 활동과 공로를 기려, 1709년 조선 숙종 때 함경도 주민들의 발의로 역시 북평사였던 최창대가 백성들과 함께 길주군 임명면에 세운 전공 기념 비석이다.

북관대첩비는 건립 후 약 200여 년이 흐른 1905년 러일전쟁 당시 한민족 정기 말살이라는 목적으로 일본군 제2사단 소장 이케다 쇼스케池田正介에 의해 약탈당해 일본으로 끌려가 2005년 환국할 때까지 100년 동안이나 사방이 철창에 갇힌 채 야스쿠니신사靖国神社에 억류되어 머리에 1톤의 돌을 이고 신음했던 비운의 비석이기도 하다.

열도에서 고통받던 북관대첩비의 존재를 제일 먼저 발견한 이는 열혈독립청년 조소앙이었다. 엄혹한 일제시대였던 1909년 일본 유학생 조소앙이 야스쿠니신사에서 학대받던 북관대첩비를 발견하고 "북관대첩비에 대한 아我의 소감"이라는 글을 쓰고 "분개하지 않을 수 없다"며 울분을 토로했지만, 국권이 일제에 넘어가던 상황에서 어떠한 조치도 취할 수 없었다.

오랜 세월이 지나고 1978년 재일한국인이자 한일 관계의 석학인 최서면 국제한국연구원장이 우연히 조소앙의 글을 읽고 야스쿠니 신사를 뒤져 북관대첩비를 발견하였고, 그로부터 촉발된 반환운동은 1980년대 중반 한일 문화교류의 증가와 함께 폭발적으로 늘어났다. 하지만 일본 정부는 북관대첩비의 원소재지가 북한이고, 북한과는 수교 관계가 없기에 돌려줄 수 없다는 등의 군색한 이유를 들며 반환을 거부했고 특단의 조치가 없는 한 북관대첩비의 환국은 불가능하게 보였다.

일제에 의해 강제로 끌려갔던 북관대첩비의 환국은 우연과 필연이 복합적으로 겹쳐진 운명의 산물이지만 그 바탕에는 민족의 혼을 되찾으려는 많은 이들의 노력이 있었다. 한동안 가망이 없어 보였던 북관대첩비의 환국은 2005년 일한불교복지협회 가키누마 센신柿沼洗心 스님, 한일불교복지협회 초산 스님과 북관대첩비민족운동중앙회 원민식 상임의장에 의해 마침내 단초가 풀렸다. 2005년 3월 28일 베이징에서 한일불교복지협회, 북관대첩비민족운동중앙회와 북한 조선불교도련맹과의 북관대첩비 북조선 반환 합의서가 작성되자 4월 23일 북한 김영남 상임위원장에 대한 이해찬 국무총리의 북관대첩비 반환 문제 제의, 6월 20일 노무현 대통령과 고이즈미 수상의 반환 합의서 작성 등으로 환국의 시곗바늘은 숨 가쁘게 돌아갔다. 유홍준 문화재청장의 진두지휘하에 드디어 10월 21일 북관대첩비는 야스쿠니신사에서 서울로 돌아올 수 있었고, 28일 서울 용산구로 신축 이전된 국립중앙박물관 개관식에서 노무현 대통령을 비롯한 각계 인사와 일반인들이 참여한 가운데 일반에 공개되었다.

그 후 북관대첩비는 잃어버린 머릿돌을 복원하고 2006년 3·1절에 북한으로 돌아갔다. 북한은 북관대첩비를 '조선민주주의인민공화국 국보유적 193호'로 등록하고 원소재지인 김책시에 2만 평의 기념사업지를 조성하여 김책시 인민위원회 이름으로 북관대첩비를 설명하는 표지석과 안내석을 세웠다. 마침내 북관대첩비가 고향으로 돌아와 안식처를 찾은 것이다.

권율 원수의 행주대첩비나 이충무공의 한산대첩비, 그리고 이정암의 연안대첩비 등 여타의 임진왜란 승전비들 대부분은 임란이 끝난 후 10년 사이인 1600년에서 1610년 사이에 세워졌지만 북관대첩비만은 유독 100여 년 후인 1709년에 건립되었다. 그 이유는 북관대첩비만큼이나 비운의 운명을 겪었던 비석의 주인공 정문부 장군의 극적인 인생과 관련이 있다.

임란 직전에 함경도로 임관되어 관리의 신분으로는 유일하게 의병장으로 추대되었던 정문부 장군은 탁월한 지략과 용기로 왜구의 침략으로부터 조선의 땅과 백성을 지켰지만, 장군과 관북의병의 활약을 시기했던 함경도관찰사 윤탁연의 모함으로 제대로 된 논공행상도 받지 못하고 오히려 종전 뒤에는 간신들의 모함을 받아 투옥되었다. 더욱 비극적인 사실은 역모와 관련된 무고로 온갖 고초를 겪다가 장군의 방면을 명하는 조정의 파발마가 도착하기 직전인 1624년 11월 19일 고문으로 인해 옥중에서 병사한 것이다. 실로 비탄스러운 일이 아닐 수 없다.

사후 40년 만에야 간신히 혐의가 풀린 정문부 장군은 임란의 공적을 인정받아 좌찬성에 추증되었고 이로부터 비석 건립의 논의가 본격화될 수 있었다. 1700년 당시 임명에 대첩비가 세워진다는 소문이 퍼지자 경성 이북의 부령, 회령, 종성, 온성, 경원과 경성 이남의 어랑, 길주, 명천, 가피, 성진에 이르기까지 북관의 모든 고을에서 사람들이 비용으로 쓸 보리며 수수, 조를 모으고, 포목을 동이채로 묶은 소달구지들을 속속들이 내어놓는 등 9년에 걸친 민중들의 의지와 노력 끝에 마침내 1709년 백성들의 비석인 대첩비가 세워졌다.

이와 같은 역사적 사실들을 바탕으로 고찰해보면, 북관대첩비는 남한 출신의 의병장 정문부와 관북의 의병들이 힘을 합쳐 왜구의 침략을 무찌른 구국충정의 비석이며, 민초들이 자발적으로 조정 관료 출신의 의병장을 추대해 외세의 침입을 격퇴한 민중민주의 비석이며, 분단 이후 최초로 남북한이 공조하여 해외에 반출된 문화유산을 환수한 유일한 사례로 그야말로 민족화합의 비석이라고 정의할 수 있다.

본 소설의 커다란 줄기는 역사적 사실에 바탕을 두고 있다. 왜구를 격퇴한 관북의병장 정문부와 의병들, 관북백성들의 호소를 받아들여 대첩비의 건립을 주도한 북병사 최창대, 야스쿠니신사에서 학대받고 있는 북관대첩비를 발견하고 울분을 금치 못한 열혈독립청년 조소앙, 야스쿠니신사의 북관대첩비를 국내로 환수하기 위해 노력했던 많은 영웅들의 활약에서 그들의 대척점에 서 있는 관찰사 윤탁연과 일제의 소장 이케다 쇼스케 등등의 반동까지. 하지만 그들 사이의 숨겨진 고리들을 연결하여 완결된 소설로 만든 것은 상상력의 힘이다. 북관대첩비가 가지고 있는 역사적 의미를 당대 독자들에게 좀 더 생생하고 의미 있게 전달하기 위해 빌려온 상상력이기에 다소간의 변주가 있더라도 이해를 구한다. 아직도 역사적 사실과 실체적 진실 사이에 풀리지 않는 의문점은 존재하지만 그 부분은 작가의 상상력보다는 독자들의 상상력에 맡기고 싶다.

마지막으로 이 소설의 완성을 위해 도움을 주신 분들에게 지면을 통해 진심으로 감사를 표하며, 소설 '북관대첩비'의 진정한 주인공은 야스쿠니신사의 후미진 구석에서 100년의 세월을 견디며 민족혼을 지켜온 북관대첩비임을 밝힌다. 제임스 조이스의 '율리시즈'의 한 문장으로 머리말을 마무리 짓는다.

"역사는 내가 계속 깨어나려고 애쓰는 악몽이다."

류정화 · 한의수

# 차례

# 등장인물

## 1. 관북의병장

*정문부(鄭文孚)* 호는 농포. 경기 출신으로 함경도 북평사.
관인의 신분으로 백성의 의지에 따라 관북의병장으로 추대된다.

*이붕수(李鵬壽)* 호는 중항. 경성 출신의 창의별장.
정문부의 부관으로 의병을 주창했다. 호탕한 성품으로 사모장창이 주무기다.

*최배천(崔配天)* 별호는 꾀주머니. 의군의 군사.
지략이 대단한 이로 이붕수와 함께 백성을 모아 의병을 일으켰다.

*원충서(元忠恕)* 호는 충경. 경흥 출신의 의병.
군에서 주로 사용하는 활인 흑각군궁의 달인으로 천하제일의 궁수다.

*리희당(李希唐)* 호는 국순. 북청 출신의 귀부.
맹수도 때려잡는 도끼의 명인이며 원충서와 갑장으로 둘도 없는 단짝이다.

*김국신(金國信)* 별호는 길주무사. 의군의 척후장.
길주 제일의 칼잡이로 정문부를 만나 의(義)에 눈을 뜨고 창의군에 참여한다.

*허진(許珍)* 별호는 돌깨귀신. 길주의 농부 출신.
닥나무 도리깨가 주무기이며 이붕수의 권유로 의병에 참가했다.

*허대성(許大成)* 별호는 낫도깨비. 길주의 농부 출신.
큰 낫으로 왜구를 처치하는 이로 허진과는 사촌간이다.

*강문우(姜文佑)* '대도십왜'로 칭해지는 천하의 용자.
유학자 신분임에도 탁월한 무예실력을 갖추고 있다.

*지달원(池達源)* 본관은 충주(忠州)이고 고향은 경흥.
용력보다는 병법에 밝아 의병의 작전 수립에 큰 공이 있었다.

*오윤적(吳允迪)* 회령 출신의 토적장(討賊將).
병법에 맞추어 의군을 구성하는 조직책이다.

*윤탁연(尹卓然)* 호는 중호. 함경도순찰사로 선조의 총애를 받은 권신.
정문부의 공을 시샘하여 무고하고 의병장의 지위를 박탈한다.

*정현룡(鄭見龍)* 호는 운경. 동래인으로 관직은 종성부사.
단도의 명수로 정문부가 물러나자 윤탁연에게 아첨해 의병장에 임명된다.

*한인제(韓仁濟)* 종성부 소속으로 관직은 방원만호.
무색무취한 인물로 하급관리인 정문부가 주도하는 의병이 탐탁지 않다.

*오응태(吳應台)* 관직은 경원부사.
비루하고 미천한 사람이라는 평으로 군사를 다스리는 데 절도가 없다.

*유경천(柳擎天)* 호는 중여. 관직은 고령첨절제사.
전투가 벌어지면 항상 선봉에 서서 돌진하는 천하의 맹장이다.

*가토 기요마사(加藤清正)* 임진왜란 당시 주전론의 1인자.
인왕산 호랑이를 다 잡아갔다는 악명 높은 왜구의 선봉장이다.

*국세필(鞠世弼)* 함경도 회령부의 아전으로 반란의 수괴.
왕자 임해군(臨海君)과 순화군(順和君)을 포박하여 왜장에게 넘겨준다.

*국생(鞠生)* 국세필의 서자로 관노(官奴).
인자 무술의 달인으로 갈고리를 주특기로 한다.

*국경인(鞠景仁)* 국세필의 조카로 토관진무.
귀양 온 사람들을 선동, 반란을 일으켜 군관들을 살해한다.

## 2. 대첩비 건립

*최창대(崔昌大)* 북관대첩비의 비문을 작성한 함경도 북평사.

*부로들* 정문부와 관북의병의 활약상이 올바르게 기록되기를 간청하는 의병의 후손들.
정문부의 후손인 정 부로.
이붕수의 후손인 이 부로.
최배천의 후손인 최 부로.
원충서의 후손인 원 부로.
리희당의 후손인 리 부로.
김국신의 후손인 김 부로.
허진과 허대성의 후손인 허 부로.
강문우의 후손인 강 부로.
지달원의 후손인 지 부로.
오윤적의 후손인 오 부로.

*용성 만신* 임란 당시 부상당한 정문부를 숨겨준 한인간(韓人侃) 만신의 3대 세습 무당.

*윤정필* 윤탁연의 후손으로 비석 건립을 막으려 한다.

## 3. 의병의 후예

*정병채(鄭炳𧄍)* 임명진 지방의 토호로 정문부의 후손.
비석을 캐내 가려는 이케다 쇼스케에게 맞서다가 죽임을 당한다.

*이케다 쇼스케(池田正介)* 일본 제17여단 소장.
러일전쟁 당시 함경도에서 북관대첩비를 발견하여 일본으로 약탈해간다.

*스즈키 이치로(鈴木一郎)* 이케다 쇼스케의 부관. 명령에 살고 명령에 죽는 전형적인 군인으로 정병채에게 죽임을 당한다.

## 4. 야스쿠니의 조선혼

*조소앙(趙素昻)* 반항적인 재일 조선인 유학생.
야스쿠니신사에 방치돼 있던 북관대첩비를 발견해 일제의 대첩비 약탈을 세간에 알린다.

*김상만(金相晩)/이남학(李男學)* 조소앙의 친구인 재일 조선인 유학생.

*박씨(朴氏)* 야스쿠니 선술집 여주인이자 정병채의 아내.
남편과 아들의 복수를 위해 일본으로 잠입해왔다가 대첩비를 위해 순절한다.

*마쓰오 야스유키(增尾康之)* 동경 경시청 소속의 일본 경찰.
재일 조선인 및 유학생을 감시하는 책임을 맡아 북관대첩비의 공론화를 막으려 한다.

## 5. 100년 만의 환국

*정민식(鄭民植)* 비석 전문가. 북관대첩비 민족운동중앙회 상임의장.
재일교포로 북한과의 협상을 통해 북관대첩비 반환을 성사시킨다.

*거산(巨山)* 한일불교복지연맹 회장. 거산정사 주지.
함경도 출신으로 평생을 북관대첩비 환수를 위해 노력해 반환에 성공한다.

*박 비서관* 북관대첩비 환수를 위해 파견된 정부 측 공무원.
고지식하고 답답하지만 원칙적이고 착하다. 냉면을 싫어한다.

*이충도(李忠道)* 북관대첩비 관련 북측 대표자. 이붕수의 후손.

*심상정(沈相政)* 조선불교도련맹 소속 인사로 북관대첩비 환수를 위해 나선다.

*고원길(高元吉)* 북관대첩비 관련 북측 인사.

*대통령* 북관대첩비 환수에 강력한 의지를 표명하고 성사시킨다.

*비서실장* 대통령의 지시를 받아 북관대첩비 환수를 돕는다.

*총리* 북관대첩비의 정부 측 인사로 북측 상임위원장과 회동한다.

*청장* 유명한 역사학자로 정 의장에 대해 회의적이다.

*통일부 장관*

*행자부 장관*

*궁사(宮司)* 대첩비를 통해 한국의 의기를 제압하려는 야스쿠니신사 주지.

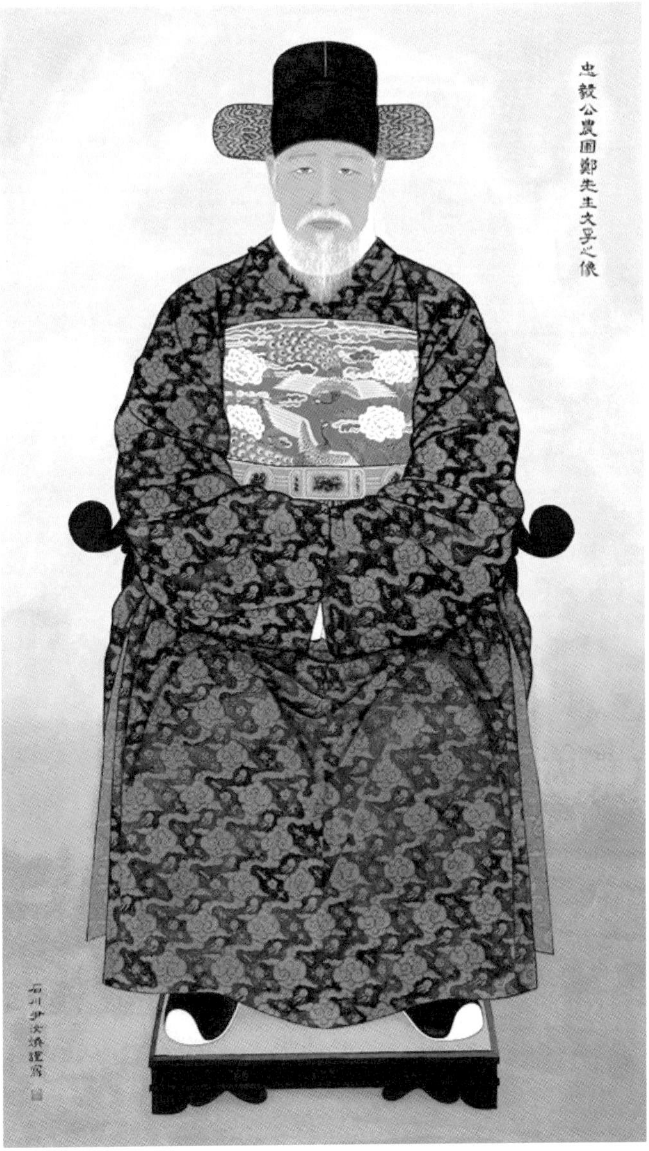


**충의공 농포 정문부 국가표준영정**

가로 103cm, 세로 173cm의 비단 위에 윤여환 화백의 치밀한 고증을 거쳐 먹과 채색으로 그려진 영정은 문관이자 의병장이었던 정문부(1565~1624, 명종 20년~인조 2년)의 학자적 풍모와 무인적 품격을 동시에 느낄 수 있다. 2005년 4월 26일 문화관광부 심의 통과 지정번호 77호. 경기도 의정부시 용현동 379-32 충덕사 소장.

**북관유적도첩(北關遺蹟圖帖) - 창의토왜도(倡義討倭圖)**

고려 예종부터 조선 선조까지 북관(지금의 함경도)에서 용맹과 기개를 떨친 장수들의 업적을 8개의 그림에 나누어 담은 북관유적도첩 중 정문부의 길주대첩을 그린 역사화첩으로 조선 후기의 화법을 대표하는 중요한 자료이면서, 함경도의 전사를 엿볼 수 있는 귀중한 사료이다. 17~18세기 제작. 고려대박물관 소장.

**북관대첩비 – 유명조선국함경도임진의병대첩비**(有明朝鮮國咸境道壬辰義兵大捷碑)

임진왜란 때 정문부를 대장으로 한 함경도 의병의 대첩이 기록되어있는 높이 187cm, 너비 66cm, 두께 13cm의 전승비로 함경도 북평사였던 최창대가 건립했다. 한민족 불굴의 국토수호의지와 동시에 수난사를 대표하는 비석으로 남북한 화합과 공조의 상징이기도 하다. 함경북도 길주군 임명면(현 김책시 임명동). 1707년(숙종 34) 건립, 북한 국보 문화유물 제193호 지정.

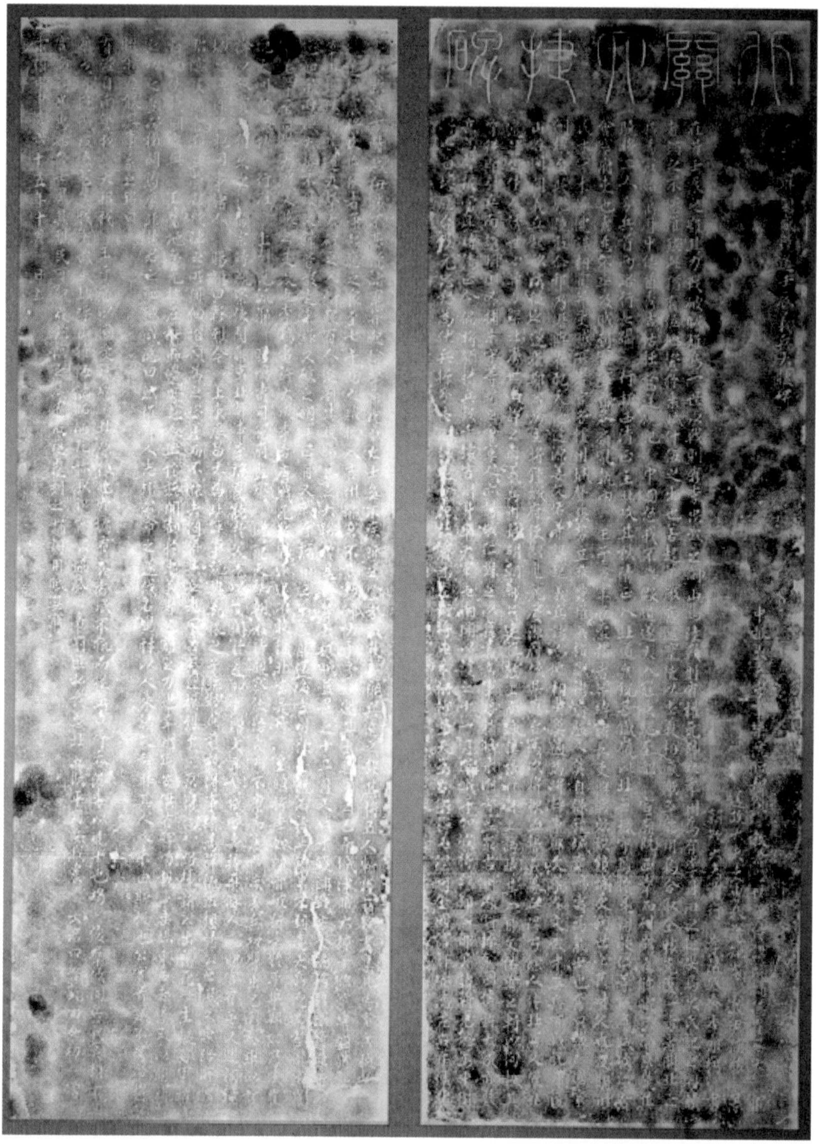

**북관대첩비 탁본**

전자체로 쓰인 머릿글 북관대첩비는 당대 최고의 금석지각으로 알려진 일암 윤덕준이, 비문은 봉화 이명필이 그리고 문장은 비석 건립을 주도했던 북평사 곤륜 최창대가 작성했다. 비문에는 임란 당시 함경도를 침략했던 왜구를 격퇴한 의병장 정문부와 관북의병들의 활약상이 1,500여 자의 한자에 잘 담겨 있다. 1986년 정태진 선생(서울) 기증. 독립기념관 소장.

**야스쿠니신사의 북관대첩비**

1905년 러일전쟁 때 함경도에 출병한 일본군 2예비사단 여단장 이케다 쇼스케(池田正介) 소장이 일제의 황궁으로 강탈해간 이후, 한민족 정기 억압의 일환으로 일본 도쿄 지요다구(千代田區) 야스쿠니신사로 옮겨 약 1톤의 돌을 비석의 머리에 얹고 100년 동안(1905. 10. 28. 히로시마~2005. 10. 20.)이나 철창에 가두어 놓았다. 일본의 야만적인 해외문화재 약탈과 대외침략의 상징물이다.

# 합 의 서

북과 남(남과 북)은 우리 민족의 귀중한 력사유물인 북관대첩비(임진왜란승전비)를 일본에서 되찾아오려는 일치한 념원으로부터 다음과 같이 합의한다.

1. 북남(남북)은 북관대첩비를 반환받아 원소재지에 세우기 위한 애국불사를 서로 힘을 합쳐 공동으로 추진한다.
2. 북남(남북)은 북관대첩비 인도인수와 관련한 행사를 개성 또는 금강산 지역에서 한다.
3. 북남(남북)은 6.15 공동선언의 실천에 적극 나서며 북관대첩비 인도인수와 관련한 행사를 통하여 우리 민족의 대단결을 도모하고 민족자주, 반전평화, 통일애국의 의지를 내외에 과시한다.

2005년 3월 28일

조선불교도련맹 중앙위원회
부위원장 대선사 심상진

한일불교복지협회 회장
북관대첩비환국민족운동중앙회
남 공동집행위원장 초산 엄태종

원민식

북관대첩비 환국 합의서

북관대첩비 환국에 결정적 역할을 했던 문서로 당시 남측에서 작성해간 합의서를 바탕으로 북측이 수정하여 날인했다. 당시 남측의 초안을 북측이 평양으로 팩스로 전송해 수정한 문서를 다시 북경에서 팩스로 전송받아 양측이 서명했기에 원본 인쇄 상태는 그리 양호하지 못하다. 2005년 3월 28일, 중국 북경 평양식당. 북측-심상진, 남측-초산, 원민식.

북관대첩비 유적지 안내석

2006년 3월 1일 북조선으로 인도된 북관대첩비는 원소재지에 조성한 2만여m²에 달하는 보호구역에서 보존받고 있으며, 받침돌 역시 건립 당시의 받침돌이 그대로 사용되었다. 안내석에는 김정일 국방위원장의 유물 보존에 대한 어록과 함께 북관대첩비에 대한 간략한 설명이 새겨져있다. 2006년 3월 23일, 함경북도 김책시 임명동.

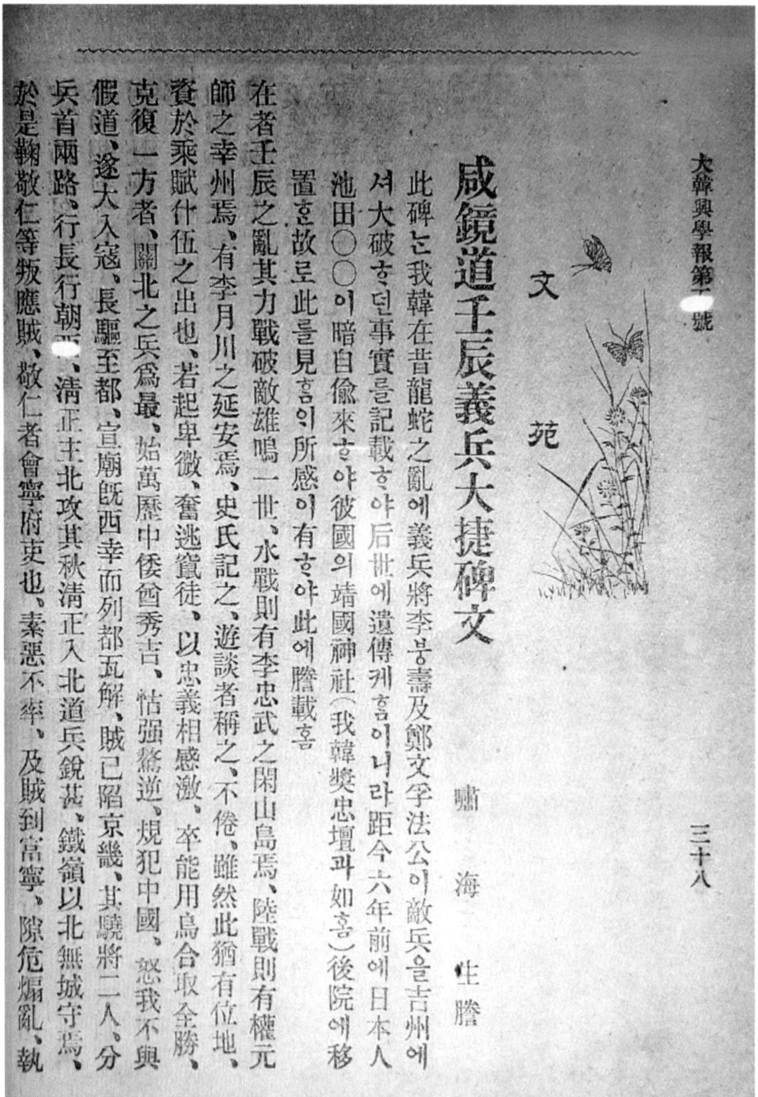


文苑

咸鏡道壬辰義兵大捷碑文 嘯海生謄

此碑는我韓在昔龍蛇之亂에義兵將李붕壽及鄭文孚法公이敵兵을吉州에서大破ᄒᆞ던事實를記載ᄒᆞ야后世에遺傳케ᄒᆞᆷ이니라距今六年前에日本人池田〇〇이暗自偸來ᄒᆞ야彼國의靖國神社(我韓奬忠壇과如ᄒᆞᆷ)後院에移置ᄒᆞᆫ故로此를見ᄒᆞᆷ의所感이有ᄒᆞ야此에謄載ᄒᆞᆷ

在者壬辰之亂其力戰破敵雄鳴一世、水戰則有李忠武之閑山島焉、陸戰則有權元帥之幸州焉、有李月川之延安焉、史氏記之、遊談者稱之、不倦、雖然此猶有位地、資於乘賦什伍之出也、若起卑微、奮逃竄徒、以忠義相感激、卒能用烏合取全勝、克復一方者、關北之兵爲最、始萬歷中倭酋秀吉、怙强驁逆、規犯中國、怒我不與假道、遂大入寇、長驅至都、宣廟旣西幸而列都瓦解、賊已陷京畿、其驍將二人、分兵首兩路、行長行朝[illegible]、清正主北攻其秋清正入北道兵銳甚、鐵嶺以北無城守焉、於是鞠敬仁等叛應賊、敬仁者會寧府吏也、素惡不率、及賊到富寧、隙危煽亂、執

**북관대첩비 사건에 대한 아의 소감(北關大捷碑事件에對ᄒᆞ야我의所感)**

재일유학생이었던 독립운동가 조소앙(1887~1958)이 야스쿠니신사에 억류되어있는 북관대첩비를 발견하고 울분을 참지 못해 소해성이란 필명으로 기고한 글이다. 일제의 무도함을 꾸짖고 한민족의 각성을 촉구하는 내용으로, 1978년 재일학자 최서면에 의해 우연히 발견되어 북관대첩비의 존재를 세상에 알리는 데 결정적 역할을 하였으며 이후의 반환운동을 촉발시키는 기폭제가 되었다. 대한흥학보 제5호 문원(大韓興學報 第五號 文苑), 1909년 6월 20일 발표.

* * *

청와대 여민 1관 집무실의 책상 위에는 잡다한 문서가 산더미처럼 쌓여 있었다. 대통령이 책상 위의 자료 중에서 추려낸 몇 가지 파일을 검토하고 있었다. 대통령의 표정은 별로 밝지 않았다. 대한민국 대통령이라면 숙명처럼 짊어지고 가야 할 최대 과제인 남북관계가 쉽사리 풀리지 않고 있기 때문이었다.

김일성 주석 사망 10주기를 맞아 조문을 목적으로 방북을 신청했던 민간단체의 북한 방문을 허가하지 않은 것이 발단이었다. 통일부 장관이 방북 불허 방침을 발표하자 북측은 대변인 담화를 통해 '우리의 체제를 부정하고 우리를 대화상대로 하지 않으려는 자들과는 상종할 의사가 없으며 북남 사이에 초보적인 인사 내왕도 가로막으려는 자들에게는 내왕의 길을 열어줄 생각도 없다. 남조선 당국은 조상 전래의 윤리도덕을 저버리고 북남관계를 단절과 대결국면으로 몰아가려는 천추에 용납 못할 대범죄를 저질렀다'고 강도 높게 비판했다. 연이어 터진 탈북자 입국사건으로 남북의 당국자회담은 중단되었고, 기다렸다는 듯이 북한은 자위를 목적으로 핵무기를 보유한다고 공표했다. 그러고는 한국과 미국, 일본, 중국, 러시아가 참여하는 북핵 문제 논의를 위한 6자회담에 불참한다고 일방적으로 선언했다. 얼어붙은 남북관계로 인해 대한민국 전체가 위기에 처해지는 순간이었다.

남북 당국자회담의 갑작스런 중단에 따른 대책 마련과 회담 재개 방법을 모색하기 위한 각종 회의가 숨 가쁘게 열렸다. 북한과의 실마리를 풀기 위해 수많은 안건이 논의되었다. 하지만 이렇다 할 결과는 나오지 않았고 시간만 흘러가고 있었다. 그리고 오늘 다시 회의가 예정되어 있었고, 대통령도 무엇인가 방안을 찾기 위해 관련 서류를 검토하는 중이었다.

시간이 되었는지 총리를 비롯해 안기부장과 통일부 장관이 들어와 대통령에게 목례를 하였다. 서류를 검토 중이던 대통령이 고개를 들고 사람들에게 답례를 보낸 후 예의 허물없는 어투로 말을 꺼냈다.

"다들 잘 오셨습니다. 우리든 북한이든 딴생각 하지 않고, 거짓말하고 있지 않은 이상 결국 이 문제는 풀리게 돼 있습니다. 너무 조급해하지들 마시고 그들도 원하고 우리도 찬성하는 좋은 아이디어가 나오도록 머리를 맞대고 생각해보도록 하지요. 격식 차릴 거 없이 바로 회의 시작합시다. 시간이 없으니 저는 보던 서류를 마저 검토하면서 여러분 의견을 들어보겠습니다."

안경을 쓴 인상 좋아 보이는 50대 초반의 비서실장이 타개 방안을 제시했다.

"개성공단에 대한 지원을 강화하는 게 어떻겠습니까?"

옆에 앉아 있던 행자부 장관이 말도 안 된다는 표정으로 반박했다.

"괜히 자존심 건드렸다가 역효과만 날 텐데요."

안기부장으로 보이는 남자가 조심스러운 목소리로 의견을 내놓았다.

"미전향 장기수로 딜 해보지요."

그러자 총리가 매서운 표정을 지으며 카랑카랑한 말투로 안기부장을 힐난했다.

"당장 장기수로 장사한다는 말 나올 텐데 감당할 자신 있습니까?"

총리의 말에 안기부장이 불만스러운 어투로 내뱉었다.

"그렇다면 저는 더 이상 드릴 말씀이 없습니다."

안기부장의 퉁명스러운 대답에 그나마 활발하게 오가던 대화 분위기마저 경색되며 침묵이 흘렀다. 침묵이 길어지자 비서실장이 허탈해했다.

"오늘도 별 소득이 없는 장사를 한 거 같네요."

사실상 이미 수없이 많은 방안을 논의했기에 더 이상 뾰족한 수도 없어 보였다. 그러자 분위기를 전환하려는 듯 안기부장이 본론과는 전혀 관계없는 이야기를 꺼냈다.

"급하게 오느라 식사도 못했습니다. 다 먹고살자고 하는 일인데, 식사나 하고 계속하는 것이 어떻겠습니까?"

안기부장의 말에 통일부 장관이 점잖게 응수했다.

"아니, 부장님은 지금 밥이 넘어갑니까?"

통일부 장관의 어깃장에 심사가 뒤틀린 안기부장의 표정이 변했다. 나머지 사람들은 회의 분위기가 이상해지자 두 사람을 말리려 했다. 순간, 서류만 들여다보던 대통령이 갑자기 고개를 번쩍 들었다. 대통령이 이내 손에 든 서류를 흔들며 소리쳤다.

"여러분."

모두들 안기부장과 통일부 장관의 신경전에 웅성거리다가 대통령의 말을 듣지 못했다. 무시당한 대통령이 책상을 치며 소리쳤다.

"여러분!"

그제야 사람들이 웅성거림을 멈추고 대통령을 주시했다.

"반환한다면 당초 건립되었던 함경북도 길주군 임명역 부근이 적절하지만, 국교가 없는 북한과의 문제가 있으므로 남북 간에 조정한 후 외교 경로를 통해 일본 정부의 정식의뢰가 있다면 조속히 반환할 방침임."

사람들은 다짜고짜 쏟아놓는 대통령의 말을 이해하지 못해 의아해했다. 어리둥절한 얼굴로 서로를 보다가 대통령을 주시했다. 그제야 대통령이 흥분한 듯 상기된 얼굴로 계속 말했다.

"10년 전 오늘이네요. 1995년 11월 4일 북관대첩비 환수와 관련해 주일대사를 통해 전해 받은 서면입니다. 어때요, 우리와 북한과의 관계를 풀어낼 몇 가지 키 중 하나가 이 안에 있는 것 같지 않은가요?"

그제야 사람들은 대통령의 의중을 알아차렸다. 통일부 장관이 약간 미덥잖게 생각하고 반론을 제기했다.

"북관대첩비는 이전부터 관심사항이었기 때문에 알고는 있었지만, 이렇게 남북관계가 경색된 국면인데 비석 하나로 문제가 해결될 수 있을까요?"

듣고 있던 대통령이 너무 부정적인 방향으로만 생각하지 말라는 듯 반응했다.

"물론 장관님이 전문가이시니 잘 아시겠지만, 북관대첩비는 단순한 비석이 아니잖습니까? 그야말로 우리 선조의 혼이 담겨 있는 비석입니다. 특히 북측 입장에서 보면 북관비의 주인공인 정문부 장군은 남한의 이순신 장군처럼 모든 이가 경모하는 위인이기도 하지요."

비서실장이 대통령에게 조심스럽게 이의를 제기했다.

"설령 그것이 사실이라도 북한에서는 우리에게 무언가 숨겨진 술책이 있다고 생각할 수도 있습니다."

낙관적인 마인드의 소유자로 유명한 대통령이 편하게 말했다.

"북한 측도 다른 생각 안 할 겁니다. 그들도 우리 민족입니다."

그러고는 참모들의 의견은 상관없다는 듯이 계속 말을 이어나갔다.

"대첩비를 환수해야 하는 것 역시 우리의 책무이기도 하고요. 일본에서 가져간 지 벌써 100년이랍니다, 100년. 너무 오래 밖에다 모셔 이제는 왠지 조상님들한테도 송구스러운 마음입니다."

대통령의 엉뚱한 말에 사람들은 서로의 얼굴을 쳐다보았다.

"이거로 갑니다. 자! 밥 먹고 합시다!"

대통령이 자리에서 벌떡 일어나며 특유의 건들거리는 걸음으로 앞장서자, 안기부장의 표정이 밝아지며 얼른 따라 나섰다. 나머지 사람들도 서둘러 일어났다. 마지막으로 남은 통일부 장관이 주섬주섬 서류를 챙기며 혼잣말로 중얼거렸다.

"그동안 우리가 뭐한 거야?"

# 1

# 관북의 병장

* * *

덴쇼天承 15년 정해丁亥(1587), 한때 '섬나라 원숭이'로 멸시받았던 도요토미 히데요시豊臣秀吉는 일본 열도列島를 통일한 후 사나운 이리가 되었다.

그로부터 6년 후인 임진壬辰(1592)년 도요토미 히데요시는 '사람의 귀는 둘이고 코는 하나다. 죽인 조선 사람의 코를 잘라 소금에 절여서 보내라'라는 명령과 함께 왜구倭寇를 파병했다. 정명가도征明假道의 기치를 내걸고 침공한 왜구는 무방비 상태의 조선을 순식간에 정복했고, 선조宣祖는 백성과 나라를 버린 채 왕족과 함께 옥새를 들고 북으로 도주했다. 그에게 중요한 것은 권력의 상징과 대를 이어 왕조를 이어줄 혈육이었다.

거칠 것이 없었던 왜구는 조선 반도의 북쪽 끝까지 왕을 밀어붙였고, 생명과 체면을 유지하고 싶었던 선조는 자신의 왕국 조선을 버리고 이웃 나라 명明으로 도주할 계획을 수립했다. 임금에 대한 충忠과 조국에 대한 충忠 사이에서 갈등했던 많은 조정 관료는 결국 조국에 대한 충성을 앞세워 왕의 도주 계획에 반대했다.

호시탐탐 도주를 노리는 왕과 이를 저지하려는 관료들의 미묘한 갈등이 폭발하기 직전이던 절체절명의 시점에 반전의 열쇠가 만들어졌다. 반도의 남쪽에서 이순신李舜臣이라는 걸출한 장수가 등장한 것이다. 그러나 왕이 머물던 북녘 변경은 아직 고요했다. 하지만 새로운 영웅이 탄생하는 데는 그리 오랜 시간이 걸리지 않았다.

함경도 경성鏡城의 성문 밖으로 살을 에는 찬바람이 살벌하게 몰아치고 있었다. 선초鮮初에 북방 오랑캐의 침략으로부터 나라를 지키기 위해 축조된 경성은 이제 남방으로부터 침략한 왜구의 수괴 가토 기요마사加藤淸正에게 병부兵符를 바친 국세필鞠世弼에게 점령된 상태였다. 33척尺에 달하는 성벽은 너무 높았고, 성내로 들어가는 유일한 통로인 성문은 굳게 닫혀 있었다.

다른 지역에 비해 조금은 따뜻했지만, 사납기로 소문난 함경도의 추위에 경성도 예외는 아니었다. 황량한 벌판에 도열하고 있는 3천 의병이 견디기에는 너무나 매서웠다. 게다가 그들이 입은 군복은 군복이라기에는 너무나 초라하고 낡아 보였으며, 찬바람을 막기에는 역부족이었다. 하지만 그들의 눈빛만은 형형했다. 그런 그들의 눈길은 굳건한 자세로 경성을 응시하고 있는 정문부의 꼿꼿한 등을 향해 있었다. 그들이 전투준비를 마친 지는 오래였다. 영원할 것 같은 기다림의 순간이었다.

경성을 바로 보는 정문부의 손에는 활이 들려 있었고, 허리춤에는 교룡기蛟龍旗가 꽂혀 있었다. 정육품 종사인 28세의 북평사 농포 정문부農圃 鄭文孚는 석 달 전 백성에 의해 의병장으로 추대되었다. 그의 수하는 그보다 품계品階가 높은 벼슬아치는 물론 이순耳順을 넘긴 역전의 용장까지 다양했다. 혼란스러운 전란 상황에서 낮은 신분과 어린 나이는 부하들을 통솔하기에 결정적인 약점이었지만, 그의 호방豪放한 품성과 탁월한 문무의 기상은 그 모든 약점을 덮고도 남을 강력한 장점이었다. 정문부의 얼굴에는 1차 의병 활동 당시 반군과 왜구로부터 받은 총상銃傷의 흉터가 깊게 파여 있었다.

정문부의 뒤편으로는 바람에 흔들리는 수기의 흐름에 맞추듯 초요기가 흩날리고 있었다. 긴장한 얼굴의 장수들이 좌우로 도열하여 정문부를 바라보았다. 대개는 임란을 맞아 산골에서 창의기병倡義起兵한 의병으로, 다들 왜구를 단매에 쳐죽일 수 있을 만큼 억세 보였다. 그들은 '북관北關의 칠의삼걸七義三傑'이라 불리는 10인의 용자勇者였다.

경성 출신으로 최초로 의병을 주창主唱한 창의별장 중항 이붕수仲恒 李鵬壽는 왜구에게 널리 알려진 맹장猛將이었다. 10리 밖에서도 들릴 정도의 큰 목소리로 '천둥'이라고 놀림을 받곤 하는 이붕수는 칠의삼걸의 맏형으로 직전直前의 치열한 근접전에서 맹호 같은 적장을 죽이고 사모장창蛇矛長槍을 빼앗았다. 그는 장창이 자신에게 걸맞다고 느꼈는지 지니던 칼을 버리고 왜구의 사모장창을 집어 들고 춤추듯 휘두르며 '이 사모장창으로 왜놈들을 모조리 찔러 죽일 것이다'라고 입버릇처럼 말하고 다녔다.

본관이 강릉인 최배천崔配天은 '꾀주머니'라는 별호대로 지략이 대단한 자였다. 왜구의 노략질이 심해지자 이붕수와 함께 관료인 정문부를 의병장으로 추대하고 백성을 모아 의병을 일으켰다.

흑각군궁黑角軍弓을 즐겨 사용하는 경흥慶興 사람 충경 원충서忠敬元忠恕는 나무를 조총 방패로 활용해야 하는 상황에서도 살을 날리면 어김없이 적장을 말 아래로 떨어뜨렸다. 그래서 때로는 주인 잃은 전마戰馬가 진영 안으로 쫓아 들어와 아군의 사기를 높여주기도 했다.

북청北青 출신의 국순 리희당國純 李希唐은 본관이 청해青海로 집안이 가난하여 낮에는 농사짓고 밤에는 무예를 익히다가 무과에 급제해 벼슬길에 올랐다. 하지만 파벌이 판을 치는 관료의 세계가 마음에 탐탁지 않자 관직을 팽개치고 고향으로 돌아와 벌목과 수렵을 하며 지냈다. 그러다가 인근 산속에 맹수들이 나타나 사람을 해친다는 소문을 듣고 옆구리에 도끼를 차고 산에 들어가 단 한 방의 도끼질로 맹수를 잡은 귀부鬼斧였다. 리희당과 원충서는 갑장甲長으로 무과에 동방급제同榜及第하며 의형제의 결의를 맺었고, 임란이 발발하자 관북의병에 함께 합류하여 의군에 힘을 보탰다.

'길주무사吉州武士'라는 별호로 불린 길주 제일의 칼잡이 척후장 김국신金國信은 일대일 대전對戰에서는 관북에서 적수가 없었던 무서운 칼잡이였다. 그는 자신의 솜씨만 믿고 방자했는데, 정문부를 만나 의義에 눈을 뜨고 창의군에 참여했다.

근자에 참여한 이로는 길주 출신의 허진許珍과 허대성許大成이 있었다. 농사를 짓다가 이붕수의 권유로 합류한 이들은 급박한 전황으로 인해 정문부에게 정식으로 예를 표할 겨를도 없었지만, 하늘 높이 쳐들고 휘두르는 허진의 닥나무 도리깨와 허대성의 큰 낫이 나타나면 왜구는 돌깨귀신과 낫도깨비가 나타났다며 혼비백산해 도망칠 정도로 이미 전쟁터에서는 명성을 떨치고 있었다.

이들을 '관북칠의關北七義'라 하고, 덧붙여 '관북삼걸關北三傑'로는 유생 출신의 강문우와 지달원, 오윤적이 있었다. 이들은 정문부에게 학문을 배운 제자들로 경성 사람 여익 강문우汝翼 姜文佑는 유생 출신답지 않게 싸움에 능숙하여 자신의 키보다 더 큰 대도大刀를 귀신같이 휘둘렀고, 혼자서도 능히 열 명의 왜구를 감당할 수 있다고 하여 '대도십왜大刀十倭'라고 칭해지는 천하의 용자勇者였다. 그는 왜구가 대규모로 몰려 있는 적진 가운데로 단신으로 즐겨 뛰어들어 적진을 붕괴시키곤 했다. 이붕수와 가장 기질이 비슷한 의동생으로 성격이 불같아 이붕수가 '천둥'이라면 강문우는 '벼락'이었다.

역시 경성 출신의 지달원池達源은 본관이 충주忠州이고 자는 사진士進으로 용력보다는 병법에 밝아 정문부와 함께 작전을 수립하는 데 큰 공이 있었고, 회령인會寧人 향교생 오윤적鄕校生 吳允迪은 토적장討賊將의 지위로 출병 때마다 병법에 맞추어 의군의 조직을 구성했으며, 전장에서는 군사 배치가 합당한가를 확인하는 임무를 수행했다.

그리고 관직을 가진 자로 의군에 참가한 이로는 동래인 종성부사 운경 정현룡雲卿 鄭見龍과 종성부 소속의 방원만호防垣萬戶 한인제韓仁濟, 경원부사慶源府使 오응태吳應台, 그리고 고령첨절제사高嶺僉節制使 중여 유경천重如 柳擎天이 있었다.

기골이 장대한 정현룡은 전쟁이 잠시 멈출 때면 가끔 무예 자랑을 하곤 했는데, 말을 타고 달리며 단도短刀를 날려 토끼 두 마리를 잇달아 맞히기도 했다. 하지만 정현룡은 덩치에 비해 두려움이 많은 인물이었다. 그는 임란 초기 왜구의 기세가 하늘을 찌를 때 의기소침해져 항표降表까지 내어 항복하려는 것을 판관이 만류해 포기한 적도 있었다. 그는 이 사실이 세인에게 알려질까 매우 두려워했다.

한인제는 무색무취한 인물로 상관인 정현룡의 명령에 충실했고 전란에서 살아남기 위해 최선을 다했다. 내심 하급관리인 정문부가 주도하는 의병에 대해서는 썩 탐탁해하지는 않았다. 그리고 오응태는 세인으로부터 비루하고 미천한 사람이라는 평을 듣던 이로서 군사를 다스리는 데 절도가 없어 병사들로부터 불신을 받고 있었다. 어쨌든 관직을 맡고 있었기에 관과 민이 합세한 정문부의 의군에서는 관군의 중요한 한 축이었다.

관군 출신으로 왜구가 가장 두려워한 이는 유경천이었다. 유경천은 싸움할 때 항상 스스로 선봉에 서서 지휘 · 돌진했으므로 병졸들은 그를 믿었고 그의 밑에는 약졸이 없었다. 용장과 강졸이 합쳐진 그의 부대는 적과 싸워 한 번도 패한 적 없는 최고의 전투부대였다.

이렇게 정문부를 의병대장으로 하여 북관칠의삼걸과 네 명의 조정 관료, 그리고 2천의 의군과 1천의 관군이 가세해 관북의병이 이루어졌다.

어느 순간, 정문부가 의병들을 돌아보았다. 미동도 없이 지켜보던 의병들이 정문부의 움직임에 맞추어 창을 고쳐 잡았다. 그와 동시에 포와 북 그리고 꽹과리 호가胡笳를 든 신호수들이 신호를 기다리며 긴장한 모습으로 서 있었다. 그런 정문부를 최배천이 비장한 시선으로 바라보았다. 정문부가 묵묵히 바라보고만 있자 최배천이 재촉했다.

"장군, 허락해주십시오."

"돌아오지 못할 길이 될 수도 있소."

"대사를 위해 소장의 한 목숨이 무엇이 아깝겠습니까?"

한동안 침묵하며 최배천을 응시하던 정문부가 어느 순간, 무언의 신호를 보냈다. 최배천이 가볍게 고개를 숙여 인사하고는 경성을 향해 말머리를 몰았다. 그런 최배천의 뒷모습을 정문부가 착잡한 표정으로 바라보았다. 적진을 향해 달려가는 최배천이 탄 말이 내는 흙먼지가 길게 꼬리를 만들었다.

군막 안은 역도逆徒들이 내뿜는 허연 입김으로 가득 차 있었다. 역도들은 대부분 오랜 전투로 지쳐 있었다. 아직도 겉으로는 기백이 남아 있는 듯 보였지만, 언뜻 비치는 표정 속에는 시시각각 들려오는 불길한 소문으로 인한 불안감이 깔려 있었다. 국세필이 좌우의 부하들을 빠르게 훑어보았다.

호남 출신으로 함경도로 유배되다시피 쫓겨와 조정에 대한 원한이 가득했던 회령부會寧府의 아전 국세필은 임진왜란이 발발하자 조카 국경인과 함께 반란을 일으켰다. 그러고는 회령에 피난 중이던 왕자 임해군臨海君과 순화군順和君을 포박하여 왜구에게 넘겨주고 왜장 가토 기요마사로부터 예백禮伯으로 임명받았다.

국세필 역시 겉으로는 당당함을 유지했지만, 호의적이지 않은 전쟁상황에 덧붙여 명나라가 대규모의 군사를 파병한다는 소식으로 내심은 무거웠다. 그 순간 관북 지방에서 왜구를 토벌하며 연전연승의 명성을 떨치고 있는 관북의병장 정문부가 이끄는 상승군常勝軍이

성을 포위했던 것이다.

급하게 장막이 걷히고 전령傳令이 국세필의 앞에 구르듯이 달려와 섰다. 소식을 기다리고 있던 국세필은 자신도 모르게 자리에서 일어나 재촉하는 눈길로 전령을 보았다. 그런 국세필의 마음을 아는지 전령이 가쁜 숨을 몰아쉬며 역시 빠른 속도로 소식을 전했다.

"예백 나으리, 의군의 부사관 최배천이 정문부의 전언을 가지고 성 밖에 도착했다는 소식입니다."

순간, 국세필의 얼굴에 당혹감이 감돌았다. 정문부가 선전포고할 사신을 보낸다는 말은 있었지만 설마 최배천일 줄은 짐작하지 못했다. 국세필은 과거 밤을 새며 경전經典을 씨름했던 동문수학同門修學의 인연인 최배천을 보낸 정문부의 의도를 짐작하기가 어려웠다. 선전포고를 하러 온 사신이라면 그의 목을 베어 꼬챙이에 꿰어 성루에 걸어두고 죽기를 각오하고 독전할 예정이었다. 그런데 그 사신이 최배천이라니….

소란과 함께 장막이 걷히더니 최배천이 성큼성큼 군막 안으로 걸어 들어왔다. 시립하고 있던 국세필의 부하 중에 성질이 급한 목남木男이 칼집에 손을 얹고 칼을 뽑아들고는 최배천에게 들이밀었다. 북방의 여진족 태생인 목남은 임란이 발발하기 오래전부터 국세필과 생사를 같이한 부하이자 동지였다.

"장군의 명이 떨어지지도 않았거늘 어딜 감히 들어오느냐?"

그의 호통과 함께 다른 장수들 역시 칼을 뽑아들었다. 칼숲이 길을 가로막자 최배천이 그들을 둘러보았다. 최배천의 의연한 눈길에 장수들이 멈칫했다. 최배천이 조금의 거리낌도 없이 도산검림刀山劍林

을 헤치고 국세필에게 다가갔다. 그러고는 품에서 정문부의 친서를 꺼내 전달했다.

"의병장의 뜻이네. 받아보시게."

국세필이 잠시 멈칫하다가 두루마리를 풀어보았다. 내용은 다음과 같았다.

너희 군민軍民과 부로父老들에게 고하노니, 조정의 끼친 은혜 사라지지 않았으니 거절하면 반드시 단번에 죽음을 맞이할 것이나, 군신의 대의가 엄연히 살았으니 저절로 따름이 옳도다. 저 왜적은 무도한 것으로써 우리의 어짊에 대항하는 것이라. 형세로 말하면 저들이 객이요, 사리로 따지면 우리가 바르거늘, 비록 독사의 독을 피울지라도 반드시 고래의 죽음을 받을 것이라. 천도로 말하자면, 회오리바람과 소낙비는 하루아침을 다 못 가고, 겨울 뒤에 봄이 옴은 제대로 차례가 있으며, 인도로 말하면 무기만 믿는 잔인한 짓은 제 망하는 길이요, 군사를 몰아 깊이 들어옴은 패할 형세니, 천도인도天道人道를 헤아려 지고 이김을 판단하기를 이 종이 한 장 던져 날려 동지들에게 고하고자 함이다.

너희 부로들아.

나라가 깨어지면 집인들 온전하며, 아비가 있는데 자식이 어디 가랴. 너희 자제들에게 간곡히 타이르니 나라를 저버리지 말라.

정문부의 친서를 읽는 국세필의 표정이 흔들렸다. 오만한 선전포고로 알았던 서신은 의를 좇아 경성을 포기하라는 간곡한 회유의 내용이었다. 동요하는 국세필의 표정을 읽은 최배천은 기회를 놓치지 않고 친근한 어조와 사리 깊은 논조를 섞어 말을 꺼냈다.

"자네와 같이 의를 논하던 시절이 엊그제 같았네. 지금은 비록 다른 길을 걷고 있지만, 우리가 추구하던 의가 다른 것은 아니지 않은가?"

"배천, 다른 이가 사신으로 왔다면 진즉에 목을 베어버렸을 것이네. 내 비록 조선은 버렸지만, 또 다른 주군마저 버린다면 어찌 남아男兒라 할 수 있겠는가?"

국세필이 의를 이야기하며 스스로 흔들리는 마음을 다잡으려 하는 것을 눈치 챈 최배천은 틈을 주지 않고 그의 명분을 세워주며 설득을 계속했다.

"세필, 나는 자네의 진심을 아네. 자네가 가토 기요마사에게 경성을 내주고 예백의 자리를 얻었으나 그것은 유혈을 예방하고 백성의 안위를 얻기 위함이 아니었던가?"

"… 비록 죽어 마땅한 자들이긴 하지만, 나는 이미 많은 조선의 관리들을 참살慘殺했네."

"의병장은 자네를 책망하거나 벌하자는 게 아니네. 그것 또한 자네만의 죄가 아니지 않은가? 백성이 이전의 차별대우와 수령방백들의 지나친 형벌과 수탈을 견디지 못하고 오히려 왜적에 동조했다는 사실도 의병장님은 충분히 알고 있네. 이제 우리 의군과 힘을 합쳐 공을 세운다면 자네의 신임도 올라갈 것이고, 따라서 대소민병大小民兵들의 전죄는 묻지 않겠다는 북평사 어르신의 확약도 있었어."

쐐기를 박으려는 듯 최배천이 주변의 부하장수들도 들을 수 있도록 큰 목소리로 국세필에게 마지막 말을 던졌다.

"이들을 보게. 오랜 전란에 시달리고 이제는 돌아갈 한 뼘의 땅도 없어질지도 모르네. 자네는 그렇다손 치세. 이들의 자손들까지 역적의 오명을 쓰고 살아가게 만들 것인가?"

최배천의 각고의 설득에 국세필이 주변을 둘러보았다. 전란에 찌든 부하들의 얼굴에서 어느새 살기는 사라지고 혼돈만이 가득하게 남아 있었다. 국세필의 표정에서 떠돌던 혼란스러움은 결심의 빛으로 굳어졌다.

정문부의 처소가 장수들의 고성으로 가득 찼다. 이붕수와 최배천, 지달원, 정현룡, 한인제가 함께 모여 국세필의 처분을 놓고 회의를 진행하는 중이었다. 그중 이붕수의 목소리가 가장 컸다. 울분에 찬 이붕수가 강하게 견해를 개진했다.

"왕세자들의 행실이야 어쨌든지 간에 일국의 왕자를 적장의 손에 넘기고 관직을 탐하여 적군에게 투항한 자를 살려두는 것도 모자라 진중에 두고 병권까지 맡기시다니 말도 되지 않는 처사입니다."

정문부가 미동도 없이 그런 이붕수를 바라보았다. 본디 이붕수는 원칙에 충실한 단순한 인물이었다. 옳고 그름에 대한 판단이 뚜렷했다. 이붕수에게 현실적 상황이 이러하니 현실에 맞춰 움직이자고 설득하기는 어려웠다.

"하지만 반군은 아직 우리를 의심하고 있습니다. 국세필을 섣불리 처단한다면 애써 규합한 아군 세력이 분열할 위험성이 있고, 적진에 그 소문이 들어간다면 공격해오는 적들에게 내부의 약점을 노출하는 것이나 마찬가지입니다."

이붕수에 반해 정현룡은 유연했다. 역시 정현룡은 일견 실리적인 의견을 내세웠다. 이것은 그에게 맞는 전투방식이었다. 항상 그에게는 시비是非보다 유불리有不利가 더 중요했다. 이것은 맞고 틀리고의 문제가 아니었다. 그냥 사람의 됨됨이가 그렇다는 것이었다. 언젠가 이붕수는 원칙으로 인해 생사가 결정되고, 정현룡은 유불리로 인해 삶의 방향이 결정될 것이라고 정문부는 막연하게 느꼈다.

순간, 이붕수의 괄괄한 목소리가 상념을 깼다. 이붕수는 자신의 고집을 꺾으려 하지 않았다. 이 역시 이붕수만의 방식이었다.

"국세필을 저대로 두는 것은 아랫사람들에게 나쁜 본보기만 보일 뿐입니다. 이미 의군 중에서는 공개적으로 불만을 드러내는 자도 있을뿐더러 의병장이긴 하지만 아직 북평사의 관직을 가지고 계신데, 혹여 이 일이 차후 불리하게 작용할 가능성도 염두에 두셔야 합니다. 게다가 순찰사 윤탁연은 속이 좁기로 이름난 자입니다. 장군이 백성에게 신망이 높아지자 이를 질시한다는 소문이 널리 퍼져 있습니다."

이붕수가 작심한 듯 관북인 특유의 억센 어조로 순찰사 윤탁연도 거론했다. 중호 윤탁연重湖 尹卓然은 명종이 임종할 무렵 유언을 받아쓰는 춘추관기사관의 직위에 있었다. 그는 덕흥군德興君의 셋째아들을 후계자로 삼으라는 명종의 유언을 작성하는데 변조가 쉬운 글자 '삼三'이 아닌 복잡한 한자漢字 '삼參'으로 적음으로써 위조를 방지했다. 그런 연유로 후일 왕위를 승계한 덕흥군의 셋째아들 선조의 총애를 받았고, 이후 사간원정원을 시작으로 경기도관찰사, 한성부판윤, 형조판서, 호조판서를 거쳐 임란에는 선조의 특명으로 일흔의 나이에 함경도순찰사에 임명된 권신權臣이었다.

이봉수의 발언 수위가 너무 세자 정현룡이 두렵다는 듯이 말을 끊었다.

"공의 말은 너무 심한 것 같소. 순찰사에 대한 쓸데없는 풍문은 함부로 이야기할 바 아니오. 혹여 이런 말이 들어간다면 의병 전체가 조정으로부터 의혹을 살까 두렵소이다."

"윤탁연으로부터 무슨 언질이라도 받았소이까?"

이봉수가 정현룡을 노려보며 시비조로 말했다. 평소에도 정현룡의 모호한 태도에 반감을 가지고 있던 이봉수는 윤탁연을 비호하는 듯한 발언에 격하게 반발했다.

순간, 정현룡이 버럭 소리를 내질렀다. 의병이 되어 동등한 지위를 가지게 되었지만 임란 전에는 아무런 존재감도 없던 시골 유생 출신인 이봉수의 불손한 태도에 분개한 것이다. 더욱이 이봉수는 평소에도 자신을 비겁하게 여기는 듯했기에 쌓였던 자격지심自激之心이 폭발했다.

"그대는 무슨 말을 하려는 건가?!"

"두 눈과 귀가 멀쩡하다면 감찰사 윤탁연이 지금까지 우리의 공을 모두 빼앗아 임금에게 거짓 장계를 올린다는 것을 익히 알고 있을 것 아닌가? 심지어 나라 걱정은 조금도 하지 않고 공공연히 뇌물을 주고받으며 청탁만 일삼아 여러 고을의 수령들과 아전에게는 호랑이이고, 백성을 무고하여 빼앗은 재물이 산처럼 쌓여 이 난리 통에도 취첩들의 꾸미기는 평시와 같다고 알고 있다. 그 모든 것이 우리의 공을 가로채 만든 재물이라는 말을 듣지 못했나?"

이봉수의 무례한 어투에 정현룡의 분기가 탱천했다. 이봉수와 정현룡의 언쟁을 지켜보던 최배천이 중재에 나섰다.

“두 분은 좌정하시고 내 말을 들어보시오. 이러니저러니 해도 본관의 세 치 혀로 국세필을 여기까지 끌고 왔으니 나도 지분이 있다고 할 수 있겠소. 그러니 내게도 발언할 기회를 주는 것이 어떻겠소?”

그 말에 두 사람이 잠시 숨을 고르자 최배천이 나름의 의견을 냈다.

“지금 국세필의 입장은 매우 난감할 것입니다. 여러분도 보다시피 국세필의 오른팔인 목남을 제외한 부하들 낯짝은 전부 좌불안석坐不安席이오. 아마도 그들은 힘을 모으기가 쉽지 않을 것이오. 이러한 상황인지라 당장 국세필의 목을 쳐도 무방하다 할 것이지만 회령에 근거지를 틀고 있는 국세필의 조카 국경인은 아직도 두만강 민어처럼 펄떡펄떡 활기차게 뛰고 있소. 발 없는 말이 천 리를 간다고 했소. 오늘 경성에서 벌어진 일이 내일이면 회령까지 가는 것은 불문가지不問可知요. 그러니 그에게 소문이 들어가지 않는다는 보장은 절대 없소이다. 뒤통수에 적을 두고 대사大事를 벌일 수는 없을 것이오. 이봉수 장군의 말도 일리가 있고, 정현룡 장군의 말도 일리가 있소. 일단 상황은 그러하니 덫을 놓고 기다려봅시다.”

이봉수가 버럭 소리를 질렀다.

“군사도 종성부사와 뜻을 같이하는 것이오?”

지달원이 최배천의 말을 거들었다.

“형님, 현재 하책은 목을 베는 것이요, 중책은 병부를 빼앗는 것, 상책은 상대편이 안심할 때까지 기다리는 것입니다. 본관도 군사의 말씀이 이 시점에서는 적절한 계책이라고 생각합니다.”

이붕수의 천둥소리가 군막을 울렸다.

"구들장에 앉아 병법 책이나 읽고 있게. 날더러 안방 아낙처럼 불의를 보고 방구석에 처박혀 가만히 참으란 말인가?"

이붕수의 고함을 정문부가 제지했다.

"그만들 하라."

부관들의 언쟁을 지켜보던 정문부의 속내는 몹시 복잡했다. 하지만 지금은 전시이고 판단은 빨라야 했다. 정문부가 안을 내놓았다. 정문부에게는 이것이 최상의 방법이었다.

"순찰사에 대한 소문은 여기서 이야기할 바 아니니다. 그는 전쟁을 수행하기에는 마음도 몸도 너무 늙었다. 여기는 전장이다. 그런 뒷방 노인네 이야기로 시간낭비하지 마시라."

윤탁연에 대한 정문부의 평가는 혹독했다. 그리고 실제로 그는 윤탁연을 별로 의식하지 않고 지냈다. 그에게 윤탁연은 그냥 귀찮은 늙은이였다. 무엇보다 순찰사라는 윤탁연의 지위가 정문부에게는 큰 의미가 없었다. 정문부는 천성적으로 권위를 좋아하지 않았다. 그러기에 가끔 서열이건 뭐건 다 무시하는 방자함이 있었다. 그러한 정문부의 막말에 정통 관료 출신의 정현룡이나 한인제는 불편함을 느끼곤 했다.

"국세필 일가의 문제는 언젠가 상황을 보아 정리할 때가 올 것이다. 내부 결속에 각별히 신경을 쓰고 적과 내통하는 자가 없는지 면밀히 살펴야 할 것이다."

불만에 찬 이붕수가 계속 무언가 말하려다가 정문부의 근엄한 표정에 주춤하는 사이, 밖에서 인기척이 들렸다.

"무슨 일이냐?"

내용의 민감성으로 인해 긴장한 데다가 정현룡과의 의견다툼으로 신경이 예민해 있던 이붕수는 자신도 모르게 목소리가 거칠어졌다. 이붕수의 격한 반응에 밖에 있던 사람이 움찔해진 듯 잠시 조용했다. 그렇지만 다시 씩씩하게 대답했다.

"복병장 허진이옵니다."

허진이라는 말에 이붕수의 태도가 금방 누그러졌다. 지달원이 정문부에게 고했다.

"국세필이 제공한 정보를 확인키 위해 파견 보낸 병사입니다."

정문부가 고개를 끄덕이자 이붕수가 소리쳤다.

"안으로 들라."

긴 도리깨를 든 복병장이 문을 열고 막사 안으로 들어왔다. 북방의 매서운 바람 속에서 바깥활동을 하고 방금 귀환한 허진의 얼굴에는 서리까지 어려 있었다. 그가 들고 있는 도리깨에도 눈이 얼어붙어 있었다. 이붕수가 숨 돌릴 틈도 없이 허진을 다그쳐 물었다.

"국세필이 전한 정보는 확인해보았나?"

"그의 말대로 길주에서 왜병 순찰대 92명이 경성으로 오는 중인 것으로 확인되었습니다."

"특이한 동향은 없었나?"

"행보가 자연스러운 것으로 보아 아직 경성 수복을 눈치 채지는 못한 것으로 보였습니다."

억센 함경도 사투리와 특이한 도리깨를 든 복병장을 보던 정문부가 물었다.

"그대가 돌깨귀신 허진인가?"

정문부는 '돌깨귀신'이라는 별호를 가진 허진에 대한 소문은 들었지만 아직 가까이 대면하여 이야기해본 적은 없어서 내력은 알지 못했다. 경기 출신으로 경성에 북평사로 파견 나온 정문부는 인근 주민과 친교 맺기를 즐겨서 경성의 거의 모든 백성과 교분이 있었다. 하지만 임란이 발발하고 함경도 곳곳에서 의병이 모여들면서 새 얼굴들이 많아졌다. 그와 동시에 전황이 급박해진 통에 사람들과 교분을 나눌 여유도 없었다. 그런 까닭에 정문부는 경성 외의 지역 출신 의병들은 개개인까지 소소히 알 수는 없었고 정문부는 이를 무척 아쉬워했다.

"예, 제가 길주에서 온 허진입니다."

조선의 성씨 중에서는 드물게 외자 이름이 많았던 허 씨는 예부터 길주와 명천에 모여 살고 있었다. 그들은 외양으로 보이는 무뚝뚝함만큼이나 이 땅에 굳건히 뿌리를 내리며 살아온 사람들이었다.

"그 도리깨로 왜구의 머리통을 박살내고 전신 365개 뼈마디를 부수고 다닌다는 돌깨귀신의 이야기는 익히 들었네."

"과장된 소문입니다. 소인은 농사꾼인 까닭에 군사들이 쓰는 무기는 서툰지라 손에 익은 기구를 무기로 사용했을 뿐입니다"

"창의병에는 언제부터 참여했나?"

"예, 1차 거병 때는 소신이 미련하여 참가하지 못했습니다. 얼마 전 창의별장이 의병장님의 격문을 소인에게 보내주어 거병에 함께하게 되었습니다."

우직함이 묻어나오는 복병장의 말투에 신뢰를 느낀 정문부는 허진에게 향후에 추진할 작전 방향과 관련하여 긴요한 질문을 던졌다.

"혹시라도 반군이 정보를 얻는다면 기회를 놓칠 수 있으니 매복하기 좋은 곳이 어딘가?"

자신과 같은 하급장교에게도 거리낌 없이 의견을 물어보는 정문부의 태도에 힘을 얻은 허진은 강하게 의견을 냈다.

"외람되오나 감히 장군님께 말씀 올리면 두남斗南에 매복한다면 조금의 틈도 없이 섬나라 도적놈들을 모조리 쳐죽일 수 있다고 생각합니다. 다른 곳은 땅이 얕아 의병들이 은신해 있어도 쉽게 노출될 수 있지만, 두만강 남쪽에 위치한 두남은 골이 깊고 숲이 많아 위장한다면 의군들이 춤추고 노래를 불러도 적에게 발각될 염려가 거의 없습니다. 또한 두남은 큰길에서 벗어난 곳에 위치한지라 아직 지리를 완전히 파악하지 못한 왜놈들에게는 실상 거의 알려지지 않은 곳입니다. 설령 알아채어 떼를 지어 몰려온다 한들 여러 곳으로 연결된 도피로로 인해 안전함도 보장할 수 있기에 두남이 은신에는 제일 좋은 곳이라고 생각됩니다."

쉴 사이도 없이 허진이 두남의 이점에 대해 조목조목 설명했다. 허진의 말을 듣고 잠시 생각에 잠겼던 정문부가 이윽고 최배천에게 질의했다.

"최 장군은 복병장의 의견을 어떻게 생각하시오?"

"좋은 의견이라 생각합니다. 병법의 달인인 손자도 지형지물을 잘 이용하는 자가 전쟁에서 승리한다고 설파했습니다. 의군이 왜구보다 사기도 월등하지만 무엇보다 우위에 서 있는 것은 지형지물에 대한 숙련도가 확실하게 높은 것입니다."

정문부가 동의한다는 듯 이봉수에게 명령을 하달했다.

"공격 중에 적이 흩어지면 명천과 길주에 방비할 틈을 주게 되니 왜구가 올 때까지 두남에서 대기하다가 섬멸하도록 한다."

정문부의 지시가 끝나자 이봉수가 허진을 밖으로 물렸다.

"밖으로 나가 잠시 대기하고 있으라."

복병장 허진이 예를 표하고 물러났다. 허진의 도리깨가 사라지자, 물끄러미 허진이 사라진 쪽을 보고 있는 정문부에게 이봉수가 어깨를 으쓱하며 자랑했다.

"허진은 소관이 추천했습니다. 맘에 드시죠?"

"허진의 이야기는 전부터 들어왔소. 신뢰할 만한 병사 같아 보이오."

"전투에서도 결코 물러남이 없습니다. 도리깨가 번쩍하면 왜구는 끝장입니다."

이봉수의 말에 고개를 끄덕이던 정문부가 말했다.

"복병장은 척후에서 돌아온 지 얼마 되지 않아 피곤한 것 같으니 매복할 의병으로는 리희당의 부대가 나을 듯하오. 이번 작전은 창의별장이 중심이 되어 차질 없이 수행하도록 하오."

이봉수가 대답은 하지 않고 감탄 어린 눈빛으로 정문부를 쳐다보았다. 정문부가 왜 답변 없이 쳐다만 보냐는 듯 이봉수를 응시했다.

"대장은 정말 대단하십니다. 이런 전시에 어떻게 부하들까지 이리 세심하게 신경 써줄 수 있습니까?"

별 실없는 소리 다 한다는 듯 정문부가 농弄을 걸었다.

"창의별장도 피곤해서 쉬고 싶으시오?"

이붕수가 화들짝 놀라 천둥소리로 대답했다.

"아닙니다. 어김없이 준비하겠습니다."

새벽이 막 지난 새나루고개에는 멀리로 여명이 밝아오고 있었다. 유현동의 남동쪽 두 마을 사이에 있는 나루와 이어져 이름 지어진 새나루고개는 적막강산이었다. 오색무늬로 화려하게 치장한 흑마를 탄 왜구의 순찰대장 구카이 히로타카九怪廣隆가 90여 명의 기병대를 이끌고 오고 있었다.

구카이 히로타카는 가토 기요마사의 수하인 가토 히로사加藤洪坐의 가신으로 오랜 세월 전장에서 가토 히로사를 보좌한 역전의 용사였다. 건장한 체구로 각개전투各個戰鬪에 탁월한 그는 성급한 성품에 기인한 경솔한 판단으로 위기에 빠지는 경우도 있었지만, 타고난 천력으로 위험을 헤쳐나오곤 했다. 그러고는 칼집에 길게 새겨진 비샤몬텐毘沙門天의 그림을 두드리며 '무운의 신이 가호해주니 무서울 게 없다'고 큰소리치며 천연덕스럽게 경솔한 행동을 반복하곤 했다.

구카이 히로타카의 옆구리에 찬 칼은 너무나 길어 말을 타고 있었음에도 칼집 끝이 땅에 끌릴 듯했다. 그의 칼은 전설적인 도공 산죠코 가지무네지카刀工 三条小鍛冶宗近가 여우 정령의 도움을 받아 제도齊刀했다는 명검名劍이었다.

선발대로 보낸 부관이 나타나자, 구카이 히로타카가 말을 멈추고는 팔을 들어 병사들을 세웠다. 부관이 가까이 다가와 보고했다.

"앞에도 전혀 인기척이 없습니다. 문은 열려 있는데 조선 병사들이 보이지 않으니 이상한 일입니다. 우리가 도착한 것을 알았으면 경성에서 누군가 마중이라도 나와야 하는데, 여기까지 왔는데 아무런 기척도 느껴지지 않습니다."

부관의 말에 구카이 히로타카가 경성을 훑어보았다. 성곽에는 파수병 한 명 보이지 않았다. 히로타카가 등에 찬 화살을 뽑아들고 성곽을 향해 날렸다. 날아간 화살이 망루 한켠에 적중했다. 잠시 반응을 기다렸지만 성내에서는 정적만이 흘렀다. 긴장한 표정의 부관이 구카이 히로타카에게 간언했다.

"아무래도 분위기가 심상치 않습니다. 일단 길주로 돌아가 사령관께 보고한 후에 군사들을 보강해서 다시 돌아오는 것이 안전할 것 같습니다."

부관의 간하는 듯한 말투에 구카이 히로타카의 기분이 순간적으로 상했다. 히로타카가 부관을 큰소리로 질책하며 호방하게 말했다.

"겁쟁이 같은 놈! 사령관께서 '경성의 상태는 어떻드냐?' 하고 물으시면 '네, 제가 겁이 나 벌벌 떨려서 들어가 보지도 못했습니다.' 이렇게 답변하란 말이냐? 아마 연이어 하문하실 것이다. '그러면 경성에 박혀 있는 조선놈들의 코빼기라도 보았느냐?' 이렇게 물으시면 '눈도 마주치기가 겁이 나서 밖에서만 빙빙 돌다 그냥 돌아왔습니다.' 이렇게 답변 드릴까? 성 주변에 전흔이 전혀 보이지 않는 것으로 보아 별일은 없고, 평소에도 게으른 놈들이니 보나마나 자빠져 잠이나 자고 있겠지. 네놈은 겁을 잔뜩 먹었으니 여기 병사들과 대기하고 있으라. 내가 직접 가서 안을 살피고 오겠다. 혹여 수상한 낌새가 보이면 바로 신호하도록 하라."

구카이 히로타카가 호기롭게 명령을 내리고는 조총수 한 명을 대동하고 성안으로 유람하듯 천천히 말을 몰고 들어갔다.

구카이 히로타카도 속내로는 이상하게 생각했지만, 이미 말을 뱉어놓았기에 물릴 수도 없었다. 게다가 히로타카는 조선인을 겁쟁이라 얕보았다. 그의 표정에는 긴장감보다는 호승심이 감돌았다.

히로타카가 성문 안으로 들어가는 순간, 갑자기 바닥에서 밧줄이 튀어나와 양 문을 팽팽히 당겼다. 가속도가 붙으며 성문이 순식간에 빠르게 닫혔다. 굉음과 동시에 문이 바닥을 긁으며 굵은 먼지를 토해냈다. 적막하기까지 했던 성문 근처가 순식간에 먼지와 소음으로 가득했다. 히로타카는 흡사 덫에 걸린 쥐처럼 보였다. 두려움이 없던 그도 잠깐 가슴이 조여왔다. 밖에 있던 부관과 병사들은 갑자기 발생한 사태에 당황하여 성문을 향해 달려들어 두드렸지만, 굳게 닫힌 성문은 미동도 하지 않았다.

히로타카와 동행한 조총수가 공포에 찬 표정으로 총을 들어 사방을 살피는데, 갑자기 허공에서 날렵한 복장의 조선 병사가 줄을 타고 날아왔다. 국세필의 서자인 관노 국생官奴 麴生이었다. 공중에서 날아온 국생은 순식간에 조총수를 바닥에 넘어뜨리고는 등에 찬 갈고리 두 자루를 뽑아들어 조총수의 양팔을 찍어버렸다. 조총수는 제대로 저항도 하지 못하고 양팔이 바닥에 고정된 채 꿈틀거리며 비명을 질렀다. 조총수가 내지르는 비명이 허공에 울려 퍼졌다.

그 소리를 신호로 아무도 없는 듯이 보였던 성곽에서 갑자기 궁수들이 몸을 드러냈다. 궁수들은 성문 쪽에 몰려 있던 왜구에게 일제히 활을 날렸다. 닫힌 성문을 열려고 달려들었던 왜구들은 성곽에서 쏘아대는 화살을 피해보려고 몸을 웅크리며 성문 쪽으로 바싹 몸을 붙였다.

그 순간 뒤편에서 의병들의 기병대가 나타났다. 두남에 은신하고 있던 귀부 리희당이 이끄는 병사들이었다. 기병대가 함성과 함께 징을 치며 달려오자 왜구는 도망가지도 못하는 것은 물론이고 변변한 저항 자세조차 갖추지 못했다. 부관이 그런 부하들을 수습하려고 소리치며 독려하자, 모두 정신을 차리고 조총을 집어 들었지만 이미 기병대는 목전까지 도달해 있었다.

기병대가 조총을 들어 발포하려는 왜구를 향해 칼을 내리쳤다. 왜구의 손모가지가 하늘로 날아가며 조총 역시 허공을 향해 발포되었다. 부하의 죽음을 목도한 부관이 안간힘을 쓰며 칼을 휘둘렀다. 그 순간, 리희당이 도끼와 연결된 쇠사슬을 빙빙 돌리며 달려왔다. 바싹 세워진 도끼날이 겨울 햇살에 반사되어 번쩍거렸다.

칼을 들어 방어하는 부관보다 리희당이 내려치는 도끼의 속도가 더 빨랐다. 정수리부터 하관까지 안면이 반쪽으로 쪼개진 부관은 비명도 지르지 못하고 절명했다. 그의 죽음을 마지막으로 성 밖의 90명이나 되는 왜구가 변변한 저항도 하지 못하고 몰살당했다. 첩첩이 쌓인 왜구의 시체에서 피가 강물처럼 흘러내렸다. 그리고 그 피는 바닥을 타고 성안으로 흘러들어갔다.

성문 안에 홀로 남은 히로타카가 주변을 둘러보자 이미 의병들과 관병들이 정렬해 있었다. 성 밖에서 울려 퍼지는 부하들의 비명이 귀를 찢었다. 구카이 히로타카의 표정이 일그러졌다.

구카이 히로타카는 자신의 오만함과 잘못된 판단이 부하들을 사지로 몰아넣었다는 것을 깨달았다. 처음에는 어쩔 줄 몰라 당황하던 구카이 히로타카가 어느 순간 어차피 겪게 될 운명임을 깨닫고는 마지막 살기를 내뿜었다. 주변을 둘러싼 의병들을 보던 구카이 히로타카는 죽을 각오로 대적하기 위해 흑마에서 천천히 내렸다. 그러고는 거추장스럽다는 듯 갑옷을 벗어 던졌다. 그의 태도에서는 마지막을 사무라이답게 맞이하겠다는 결연한 의지가 엿보였다.

희미한 미소를 짓고 서 있던 길주무사 김국신이 이에 맞서려고 칼을 꺼내 들었다. 김국신은 일대일 싸움을 즐겨하는 검술사였다. 비록 정문부에게 감복하여 전장에 참여했지만 천성까지 바꿀 수는 없었다.

김국신이 나서려는 순간, 국세필이 김국신을 제지하고 앞으로 나서며 검을 뽑아들었다. 정문부에게 신임을 받을 절호의 기회라고 생각했던 것일까? 한순간 동지였던 적장을 바라보는 국세필의 얼굴에는 완악頑惡한 미소가 떠올랐다.

몇몇 장수가 국세필의 돌발적인 행동에 웅성거렸다. 정문부는 그런 국세필의 의중을 알겠다는 듯 그의 돌출행동을 굳이 막지 않았다. 그러고는 결투의 기회를 빼앗기지 않으려고 다시 나서려는 김국신을 눈짓으로 제지했다. 김국신이 아쉬움을 삼키며 뒤로 물러섰다.

국세필을 보는 구카이 히로타카의 눈에서 불꽃이 튀었다. 어느 순간부터 바닥을 타고 흘러들어오는 왜구들의 피가 자신의 신발을 적시자 구카이 히로타카의 눈빛은 분노로 더욱 불타올랐다. 국세필과 대치하던 구카이 히로타카의 입에서 거친 말들이 쏟아져 나왔다.

"더러운 조선놈… 기요마사님의 은혜를 이렇게 배신하다니 이 자리에서 네놈의 목숨을 끊어놓겠다."

"네놈들에게 의탁한 것이 진심인 줄 알았느냐? 어리석은 왜놈 같으니."

구카이 히로타카가 국세필의 말을 다 듣지도 않고 기합을 지르며 칼집에서 칼을 빼들었다. 칼집에서 나온 구카이 히로타카의 칼날은 날카롭게 다듬어져 있었다. 잘 단련된 칼날은 그가 얼마나 칼을 소중하게 생각하는지 알 수 있었다.

구카이 히로타카는 칼집의 비샤몬텐을 어루만지며 무언가 중얼중얼 주문을 외웠다. 주문 소리와 함께 3척이 넘는 대태도大太刀의 칼날은 비장한 빛을 내뿜기 시작했다.

주문을 마친 구카이 히로타카는 칼집을 바닥에 던지고는 칼을 높이 들고 국세필에게 달려들었다. 국세필이 칼을 치켜들어 구카이 히로타카의 기습을 막았다. 국세필과 구카이 히로타카의 처절한 생사결이 펼쳐졌다.

구카이 히로타카의 검술은 가게류陰流를 본으로 하는 것이었다. 중국 명나라의 항일명장이었던 척계광戚继光의 '신유도법辛酉刀法'도 가게류를 중국화한 것으로, 실로 당대 최강의 실전검법이었다. 거기에다 오랫동안 수많은 결전을 통해 상대의 피를 묻히고 살아남은 구카이 히로타카의 솜씨는 비범했다. 더욱이 지금은 허망하게 죽은 부하들에 대한 복수심까지 덧붙여 있었다. 하지만 북관의 세찬 바람 속에서 분노를 불태웠던 국세필 역시 만만치 않은 검술의 대가였다. 또한 국세필은 기세를 타고 있었다.

둘의 대결이 길어지면서 성문 밖에서 허망하게 몰살당한 왜구의 피가 점점 바닥을 흥건하게 적셨다. 그 피가 두 사람의 칼과 몸이 부딪힐 때마다 바닥에서 튀어 국세필과 구카이 히로타카의 팔과 다리, 몸통 그리고 얼굴을 적시기 시작했다. 국세필과 히로타카는 피로 범벅이 되어 짐승처럼 싸웠다.

얼마나 시간이 흘렀을까? 국세필의 생에 대한 의지가 구카이 히로타카의 분노보다 더 강했던 것일까? 아니면 비샤몬텐의 효험이 다한 것일까? 최후의 힘을 다해 국세필의 칼과 맞부딪힌 구카이 히로타카의 칼이 부러지며 조각난 칼날이 땅바닥으로 힘없이 떨어졌다. 구카이 히로타카의 얼굴에서는 믿을 수 없다는 표정이 떠올랐다.

구카이 히로타카가 부러진 칼날을 보며 망연자실한 순간, 국세필이 일격을 날렸다. 구카이 히로타카의 목이 몸에서 떨어져 나갔다. 그러고는 바닥을 굴러 자신이 버려둔 칼집 옆에서 멈췄다. 흑마가 구카이 히로타카의 시신에게 다가가 몸을 핥아주었다. 온몸에 피 칠갑을 한 국세필이 구카이 히로타카의 목을 집어 들고는 정문부를 향해 돌아섰다. 국세필이 간절하지만 강렬한 눈으로 정문부를 바라보았다.

순간, 성문이 열리고 닫혀 있던 성문에 의지해 겹겹이 쌓여 있던 왜구의 시체가 쏟아져 들어와 경성의 마당에 흩어졌다. 리희당의 부하들이 성으로 들어왔다. 그들은 왜구의 목을 베고 귀를 잘라 삼끈에 꿰었다. 또한 너부러져 신음하고 있는 조총수를 살펴보고는 아무렇지도 않게 목을 베고 귀를 잘랐다. 그러고는 왜구의 몸에서 전리품들을 분리하기 시작했다.

정문부가 그런 병사들의 모습과 함께 아직도 자신을 응시하는 국세필의 얼굴을 묵묵히 내려다보다가 일어서서 안으로 들어갔다. 연이어 나머지 장수들도 자리를 떴다. 남겨진 국세필의 거친 숨소리가 성안을 가득 채웠다.

정문부가 행재소行在所에 올릴 장계狀啓를 작성하고 있었다. 서안書案 위에 놓인 화등잔火燈盞의 심지가 미약한 불꽃을 내며 흔들리고 있었다. 전란의 시절이었다. 전장에서는 사소한 생필품조차 귀한 물자였기에 정문부는 웬만하면 등잔보다는 달빛에 의지해 장계를 작성하는 날이 더 많았다. 하지만 오늘은 달빛이 희미했기에 화등잔을 밝히고 장계를 작성할 수밖에 없었다.

어디선가 들어온 바람에 불꽃이 흔들렸다. 정문부가 붓놀림을 잠시 멈추었다. 불꽃이 움직임을 멈추자 다시 서둘러 장계를 작성했다. 붓을 내려놓은 정문부가 장계를 검토한 후 이상이 없다는 판단이 들자 봉투에 넣어 서랍에 넣고는 서안書案을 정리했다. 그러고는 등잔을 끄고 자리에서 일어나 밖으로 나갔다.

정문부가 집무실을 떠나고 얼마간의 시간이 흘렀다. 아직도 방안은 어두웠다. 하지만 구름이 조금 걷혔는지 정문부가 장계를 작성할 때보다는 집무실로 달빛이 조금 더 비쳐들었다.

침묵 속에서 날렵한 그림자 한 구가 들어왔다. 미끄러지듯 들어오는 그의 솜씨는 놀라울 정도로 은밀했다. 주변을 살피는 그림자의 온몸은 짙은색 옷이 감싸고 있었고, 얼굴에는 복면을 쓰고 있었다. 경계하는 태도로 내부를 훑어보던 그림자가 서안으로 다가갔다. 그림자가 서안의 서랍에서 정문부가 작성한 장계를 꺼내들고는 달빛이 드는 창가 쪽으로 조심스럽게 움직여 장계의 내용을 읽었다. 조급한 마음에 서두를 수도 있었지만 사안의 중요성 때문인지 대단히 신중한 자세로 찬찬히 살펴보았다. 그러고는 본래의 위치에 다시 가져다놓고 흔적도 없이 사라졌다.

그림자가 사라진 집무실은 누군가가 왔다 갔다는 조그만 자취조차 없이 고요했다.

국세필이 자신의 방에서 서성이고 있었다. 무언가를 기다리는 그의 표정에는 백주에 왜장과 벌인 격전으로 인한 피로와 함께 초조함이 가득 묻어 있었다.

정문부가 경성에 입성했을 때 국세필은 정문부에게 대장의 방을 내어주었다. 하지만 무슨 연유에서인지 정문부는 '전시이니 옮기느니 뭐니 하는 번잡한 일은 피하자'며 그냥 방을 쓰도록 했다. 게다가 병부兵符까지 자신에게 돌려주었다.

이러한 정문부의 태도는 국세필을 불편하게 만들었다. 애초에 반역을 일으킨 의도는 조정에서 파견한 탐관오리들과 포악무도暴惡無道한 두 왕자의 멸시와 그에 대한 반발심 때문이었다. 그리고 세불리勢不利로 인해 정문부에게 투항했을 때는 후일을 기약하자는 심경이었다. 내심으로는 조선의 왕과 왕의 관료들에게 결코 굴복하고 싶지 않았다. 하지만 정문부는 왕의 다른 신하들과 무언가 이질적이었다. 게다가 자신을 연민으로 보는 그의 눈빛도 싫었다. 국세필은 남자였다. 멸시도 싫었지만 동정도 싫었다. 시간이 흐를수록 정문부에게 동화될지도 모른다는 불안감이 싹터 올랐다. 국세필은 더 이상 마음에 이끼가 끼는 것이 싫었다.

순간, 밖에서 인기척이 들리고 곧바로 문이 열리며 정문부의 방에 침입했던 복면을 쓴 남자가 들어왔다. 남자가 복면을 벗었다. 국세필의 서자인 국생이었다. 국세필이 서둘러 장계의 내용을 재촉했다.

"그래, 어떻게 됐느냐?"

"장계는 경성을 회복했고 관북으로 전진하는 왜군의 북진도 저지했으니 당분간 왜군에 대한 공격은 자제하고 먼저 경성의 민심을 안정시키겠다는 내용입니다. 또한 편백의 군대가 상승 기운을 타고 있으니 전면전은 피해 잠시 기회를 엿보겠다는 내용입니다."

"전황에 대한 보고 말고 나에 대한 내용들도 있더냐?"

"장군께서는 과過는 있지만 병부를 순순히 내어주어 경성 회복에 도움을 주었고 오늘 적을 격퇴하는 데도 앞장서는 등 그 공이 크므로 면죄를 탄원하는 내용이 주였습니다."

가쁜 숨을 참으며 국생이 전하는 장계 내용을 들은 국세필은 잠시 생각에 잠겼다가 물었다.

"내가 가토 히로사의 부하를 참살했는데, 장군은 무엇이라 생각할 것 같으냐?"

국생이 신중한 목소리로 대답했다.

"편백은 호탕한 분입니다. 상황 때문이라 어쩔 수 없는 일이었다고 생각하실 것입니다. 오히려 일대일의 명예로운 격투에서의 죽음이라고 여기실 것입니다."

국생의 대답을 들은 국세필은 안심한 얼굴로 고개를 끄덕였다. 그러고는 결심을 굳혔다는 듯 단호한 표정으로 국생에게 새로운 명령을 내렸다.

"너는 장군께 이 소식을 전하고 추후 명령을 받아 오너라. 그리고 벚꽃은 쉽게 지지 않는다고도 전해라."

국세필의 말이 끝나자 국생이 다시 복면을 썼다. 국생이 국세필에게 예를 표하고는 어디론가 사라졌다. 국생의 뒷모습을 보는 국세필의 얼굴에 더 이상의 망설임은 없었다. 이미 주사위는 던져졌다고 생각했다.

같은 시각 정문부의 막사에서는 이붕수가 득의만만한 얼굴로 국세필의 행적을 보고했다.

"국생이 집무실에 잠입해 장계를 살펴보고 갔다는 전언입니다."

그러고는 껄껄 웃으며 좌중에게 자랑했다.

"국세필을 믿지 말아야 한다는 내 말이 맞지 않았습니까? 대장께서 맨날 나보고 힘도 필요하지만 지혜도 중요하다 하셨잖습니까? 이번 일은 대장의 지혜보다 내 지혜가 더 쓸만하지요? 맞지요?"

이붕수의 어린애 같은 자랑에 지달원이 핀잔을 주었다.

"그래서 최배천 군사께서 지켜보고 일을 진행하자고 하지 않았습니까? 별걸 다 형님의 계책인 것마냥 자랑하십니까?"

이붕수는 자신의 말에 딴죽을 거는 지달원이 얄미워 버럭 소리를 질렀다.

"아니, 자네는 내 말에 왜 그렇게 하나씩 토를 다나? 자네도 내가 용력만 있고 머리는 쓰지 못한다고 수시로 핀잔주지 않았는가? 하지만 내 지혜가 딱 들어맞았어. 내 말이 틀렸나?"

전후사정을 잘 아는 지달원은 이붕수의 말을 무시하고 대답하지 않았다. 사실 이번 일은 꾀주머니인 최배천이 정문부에게 건의한 것이었다. 최배천은 혹시라도 행재소에 올리는 장계를 쓸 때 이상한 낌새가 느껴지면 만약의 사태를 대비해 위서僞書를 작성해놓으라고 미리 언질을 해놓았다. 위서라는 덫을 놓아둔 정문부가 집무실을 나와 막사로 오며 이봉수에게 집무실을 감시하라는 명령을 내렸고, 그렇게 쳐놓은 그물에 국생이 걸려든 것이다. 어쨌든 이봉수의 보고를 들은 정문부가 현재의 전투 상황을 정리하고 향후의 방향을 결정하기 위해 의병장들의 의견을 물었다.

"국세필의 의중은 명확해졌소. 그대들의 의견은 어떠하오?"

최배천이 참모진에서 논의한 사항을 보고하라고 지달원에게 신호했다.

"한 말씀 올리겠습니다. 왜군은 다수이고 의군의 군세는 소수입니다. 적은 군세로 많은 적과 전투를 벌이기 위해서는 적의 군세를 분산시켜 격파해야 한다는 것이 참모진의 의견입니다. 길주에 주둔 중인 가토 기요마사 군에게 의군이 경성만 지킨다는 거짓정보를 흘렸으니 방심하고 굳이 후미의 군세를 불러올리지 않을 것입니다."

정현룡이 지달원이 내놓은 계책에 다소간 부정적인 반응을 보였다.

"가토 기요마사가 쉽게 우리의 계책에 넘어가겠는가?"

정현룡의 반응에 최배천이 그동안의 경험과 입수한 정보를 분석하여 설명해주었다.

"가토 기요마사는 고니시 유키나가小西行長에 대한 경쟁의식이 강한 자입니다. 관북 전체를 점령할 공을 먼저 세우기 위해 무리가 되더라도 왜군을 분산시켜 반드시 북진시킬 것입니다. 그 순간이 길주를 공격할 시기입니다."

길주를 대대적으로 공격하려는 최배천의 계책에 이붕수가 크게 웃으며 쌍수를 들어 환영했다.

"그동안 내 장창을 갈고 닦기만 했지 정작 쓸 일이 없어서 심심했는데, 한바탕 크게 휘둘러봐야겠어. 여익, 자네도 대도가 녹슬까 봐 걱정하지 않았나."

이붕수의 농을 들은 강문우 역시 전투광戰鬪狂답게 표정이 밝아졌다. 그리고 자신의 대도를 슬쩍 보았다. 아마도 적진을 휘젓는 대도의 모습을 떠올리는 것 같았다. 소심한 정현룡은 그래도 우려된다는 듯 남아 있는 반군에 대한 방비책을 물어보았다.

"국경인과 정말수 역시 왜군과 밀통하며 우리의 뒷목을 잡고 있는데, 따로 세워놓은 방책은 있는가?"

평시의 정현룡이 장대한 외형과 달리 겁이 많다는 것을 알고 있는 최배천은 정현룡의 의구심을 풀어주어 자신감을 심어주려는 듯 심모원려深謀遠慮한 목소리로 확고하게 대답해주었다.

"그들의 방책은 따로 생각해둔 바 있습니다. 물론 반도에게도 이 소식이 들어갈 것입니다. 국경인은 국세필과 본관의 관계를 잘 알고 있습니다. 본관이 국경인에게 가서 '국세필도 의병에 가담하여 공을 세우고 있으니 전죄를 씻고 의병에 합류하면 환영하겠다'라고 회유하고, 창의별장께서 회령에서 진을 치고 있는 오윤적과 신세준에게 출군을 명하는 전통을 넣어 국경인이 안심하고 있는 동안 기회를 보아 정말수를 참하도록 하면 될 것입니다."

최배천의 의견을 들은 정문부가 한동안 생각에 잠겼다가 명령을 내렸다.

"군사에게 다시 한번 무거운 짐을 지우는구려. 군사는 말을 달려 국경인에게 달려가시오. 그리고 창의별장은 회령으로 달려가 오윤적과 신세준을 도와 정말수의 목을 베어 조리돌리도록 하시오. 그들이 만일 효순效順의 성誠을 다하지 않는다면 반드시 멸족의 화를 당하고 말 것이오. 순응하는 자는 용서해주고 감히 어기는 자는 단칼에 베어 버리시오."

정문부의 명을 들은 이봉수의 얼굴이 밝아지며 예를 표하고는 신이 나서 어깨를 들썩이며 밖으로 나갔다. 최배천과 정현룡 역시 예를 바치고 물러나자 나머지 장수들도 막사를 떠났다. 사람들이 나가며 열린 문틈으로 몰아치는 북방의 매서운 눈보라가 보였다.

퇴청하는 사람들을 보던 정문부의 얼굴에서 긴장감이 사라지며 피곤이 엄습해왔다. 엄혹했던 그의 표정이 자신도 모르게 느슨해졌다. 한 치 앞을 모르는 전장이었다. 부족한 물자, 소수의 병력, 그리고 협조하지 않는 백성. 그 모든 것이 정문부에게는 가혹한 벽이었다. 게다가 국세필의 항복이 진정이 아니었다는 것을 알고는 맥이 풀렸다. 정문부가 국세필에게 항복을 권유하고 그를 받아들인 데는 나름의 뜻이 있었다. 예부터 관북은 반역의 땅이었다. 하지만 그 반역에는 납득할 만한 이유가 있었다. 항산심恒産心이 항상심恒常心을 낳는다고 했다. 먹을 것 하나 없는 척박한 땅으로 억울하게 유배되었다고 여기고 있는 사람들은 무엇을 꿈꿀까? 정문부는 국세필이 진심으로 의병에 합류하기를 바랐다. 하지만 국세필은 결국 배신했다. 정문부의 마음에서는 저 심연의 바닥부터 허탈함이 올라왔다.

함경도 길주목의 동쪽에 연해 있는 장덕산長德山은 백두대간의 등뼈를 이루고 있는 길주의 명산이었다. 1,200여 척尺으로 그리 높지는 않으나 산세가 험하기로 소문나 있었다. 또한 산세만큼이나 함경도의 야생동물이 많기로도 유명했다. 그중의 왕은 호랑이였다.

맨몸에 올가미만 걸친 수십 명의 조선인이 허연 입김을 내뿜으며 험난한 장덕산을 힘겹게 오르고 있었다. 손등이 쩍쩍 갈라지는 매서운 날씨에도 그들의 얼굴에는 땀이 비 오듯 흘러내렸다.

그 뒤를 긴 모자를 쓴 가토 기요마사가 조선 교자군轎子軍이 멘 가마를 타고 따라가고 있었다. 가마에 앉아 국생이 전해준 첩지를 읽고 있는 그의 모습은 오연했다. 그는 어릴 적부터 태합 도요토미 히데요시太閤 豊臣秀吉의 시동을 지내며 수많은 전투에 나가 전공을 세웠고, 열도통일의 최대 격전이었던 시즈가타케 전투賤ヶ岳の合戰에서의 뛰어난 활약으로 '시즈가타케의 칠본창七本槍'이라는 별칭을 얻은 맹장이었다. 그는 스스로 담대함과 용맹으로는 천하에 가히 맞설 자가 없다고 자부하고 있었다.

가토 기요마사의 뒤로는 사령관인 대신 데키테이大臣 滴定와 감사 도칸 요몽監司 道冠呂闐을 필두로 구원대장 삿사 마사모토左左政元와 깃슈 시쥬桔主祀中 가토 야스마사加藤安政, 그리고 지원대장 류조지 이에하루龍朝司家治가 보좌하며 따라가고 있었다.

이들을 좇아 수백의 일본 병사들이 일부는 요란한 뿔피리와 태평소를 불고 일부는 징을 울리며, 또한 나머지 병사들은 울긋불긋한 깃으로 장식한 북을 치며 마차를 따라 산을 올랐다. 그 아래로는 소총과 창을 든 수천의 병사가 산을 에워싸며 따라갔다.

국세필의 첩지를 다 읽은 가토 기요마사는 호탕하게 웃었다. 그는 내심 관북에 명호를 울리며 불패의 신화를 써내려가고 있는 정문부에 대한 호기심이 있었다. 하급관리 출신으로 백성의 추대를 받아 의병장이 된 정문부는 어떤 인물일까? 정문부의 통상적이지 않은 이력에 가토 기요마사 특유의 호승심이 발동했다. 하지만 첩지의 내용에 따르면 정문부는 아녀자처럼 성에 틀어박혀 전투에도 변변히 나서지 못하는 겁쟁이였다. 가마에 정좌한 가토 기요마사가 호탕한 목소리로 길주를 평했다. 그의 목소리가 장덕산 자락을 울렸다.

"길주는 조선 반역의 기운이 몰려 있는 곳이다. 조선의 왕을 능멸하고 양반을 조롱했던 이시애李施愛도 길주에서 태어나지 않았나. 이제 조선은 태합하의 영토가 되었으니 길주의 호랑이를 때려잡아 반역의 기운을 다스리겠다."

산속에 있던 사슴과 원숭이 등이 전초병들에 의해 쫓겨 내려왔지만, 가토 기요마사는 눈길도 주지 않고 더욱더 깊은 산속으로 들어갔다. 산을 오르는 조선 백성의 심중에는 긴장감이 흘렀다. 호랑이는 예부터 조선의 영물이었다. 연암 박지원燕巖 朴趾源은 호랑이를 착하고도 성스럽고, 문채文彩롭고도 싸움을 잘하고, 인자롭고도 효성스럽고, 슬기롭고도 어질고, 엉큼스럽고도 날래고, 세차고도 사납기가 그야말로 천하에 대적할 자가 없다고 하며 추앙했다. 이러한 호랑이를 왜구의 수괴인 가토 기요마사가 도요토미 히데요시에게 보낼 선물로 사냥하려 한다는 사실을 조선인은 도저히 받아들일 수 없었다. 또한 장덕산에는 범에게 잡아먹힌 사람의 시신을 수습한 자리에 돌무덤을 쌓고, 시루를 얹은 후에 숟가락을 꽂아놓은 호식총虎食塚도 즐비했다.

왜구의 위세에 몰이꾼이 되어 장덕산을 오르고는 있었지만, 호랑이에 대한 경외감과 두려움으로 그들의 표정은 겁에 질려 있었다.

어느 순간, 무성한 갈대숲이 흔들렸다. 길을 안내하던 조선 백성이 멈칫했다. 찰나의 긴장이 영원처럼 흘렀다. 어느 순간부터 그들의 얼굴에서 식은땀이 비 오듯 흘러내렸다. 잠잠했던 갈대숲이 멀리서부터 흔들거리며 갈라지더니 흔들리는 속도가 빨라졌다. 백성의 눈동자가 커지며 돌연 호랑이가 튀어 나왔다. 길잡이였던 조선 백성의 낯빛이 순식간에 창백해지며 엉겁결에 뒷걸음질을 쳤다. 사람들 앞에 나타난 호랑이는 당당한 자세로 그들을 내려다보며 우뚝 섰다. 어림짐작으로도 7척이나 되어 보이는 대호였다.

호랑이와 눈길이 마주친 길잡이가 기가 질려 자신도 모르게 옴짝달싹 못하고 제자리에서 오줌을 지렸다. 가토 기요마사가 눈살을 찌푸리더니 가마 옆에 꽂혀 있던 일곱 개의 창 중에 하나를 집어 들어 길잡이를 향해 던졌다. 창이 길잡이의 등을 꿰뚫고 앞으로 튀어나갔다. 창에 맞은 길잡이가 소리도 지르지 못하고 철퍼덕 엎어졌다.

가토 기요마사가 자리에서 일어나며 소리쳤다.

"겁에 질린 사냥개는 사냥개가 아니다. 반역이다!"

길잡이의 비참한 최후를 목도한 백성이 호랑이를 에워싸며 나아갔다. 자신을 압박해오는 사람들을 보던 호랑이가 날카로운 발톱으로 날래게 휘두르자 어느 사이에 긁혔는지 조선 백성이 피를 흘리며 쓰러졌다. 호랑이의 공격에 사람들이 우왕좌왕하며 갈피를 잡지 못했다.

그 모습을 보고 있던 가토 기요마사가 가마에 꽂혀 있던 긴 창을 뽑아들고는 침착하게 가마에서 뛰어내려 바위 위로 올라갔다. 미쳐

날뛰던 호랑이가 동작을 멈추고 그를 노려보았다. 호랑이가 자신을 쏘아보자 가토 기요마사 역시 호랑이를 노려보았다.

호랑이가 미친 듯이 달려왔다. 가토 기요마사와의 거리가 14~15간 정도 되었을 때, 돌진하던 호랑이가 갑자기 멈춰 서서는 더 이상 앞으로 나오지 않았다. 그러고는 다시 그를 노려보았다. 이래도 도망가지 않겠냐는 듯 겁을 주는 것처럼 보였다.

순간, 보좌하던 부장들이 조총을 겨누어 호랑이를 쏘려고 했다. 이에 가토 기요마사가 부하들을 제지했다. 너무나 엄청난 호랑이의 크기에 막료들의 얼굴에 긴장의 빛이 떠올랐다. 하지만 가토 기요마사는 아랑곳하지 않았다. 그는 내심 자신이 직접 숨통을 끊어주겠다고 생각했다. 그래야만 오늘의 호랑이 사냥이 의미가 있다고 여겼다.

그가 창을 들어 올려 호랑이를 겨냥했다. 잠시 동안의 침묵과 함께 대치 상황이 지나가고 있었다. 가토 기요마사와 대호 사이에 긴장감이 흘렀다. 어느 순간, 호랑이가 사지의 털을 곤두세우며 한입에 삼킬 기세로 입을 열고 포효했다. 호랑이의 울음소리가 장덕산을 울리자 숨어 있던 새들이 날아올랐다. 요란하게 악기를 울려대던 왜구들도 잠시 소리를 멈췄다. 가토 기요마사의 이마에는 식은땀이 흘렀다.

순간 대호가 그에게 달려들었다. 고도의 집중력으로 기회를 노리던 가토 기요마사가 창을 앞으로 내지르자 달려들던 호랑이의 목구멍 깊숙이 창날이 박혔다. 창이 호랑이를 뚫자 호랑이의 몸에서 피가 쏟아졌다. 그리고 쏟아지는 피가 그를 뒤덮었다. 그는 대못으로 바위에 발을 박은 양 움쩍도 안 하고 마지막 힘을 다해 버텼다. 호랑이가 최후의 공격을 위해 꿈틀거렸지만, 창을 잡고 있는 그의 움직임에는 변화가 없었다. 호랑이가 다시 한번 포효를 지르려 했지만 더 이상 소리가 나오지 않았다. 호랑이의 동작이 멈춰지고 몸통이 늘어지자 그제야 가토 기요마사는 창을 내렸다. 창에 목이 꿰뚫린 호랑이는 피를 쏟아내며 바닥으로 쓰러졌다. 일어나려고 버둥거렸지만 끝내 그대로 절명했다.

가토 기요마사가 쓰러진 호랑이를 보고 호탕하게 웃으면서 소리쳤다.

"호랑이를 잡는 것은 조선을 잡는 것과 같다!"

경성의 남문 문로에 정문부가 대장기를 세우고 앉아 있었다. 남문에는 북풍이 몰아치고 있었다. 휘하의 장수들이 매운바람을 견디며 도열해 있었다. 장수들이 행군례行軍禮로 정문부에게 그날의 일을 보고하는 자리였다. 장수들은 각기 자신이 제보받은 첩보를 정리하여 보고했다. 먼저 원충서의 보고가 있었다. 원충서는 가토 기요마사의 근거지인 길주를 중심으로 첩자들을 심어놓고 있었다.

"종사관 원충서가 대장께 보고드립니다. 가토 기요마사의 횡포가 하늘을 찌르고 백성의 원성이 바다를 이룬다고 합니다. 매일 조선의 백성을 사냥개로 삼아 본토의 도요토미 히데요시에게 바칠 호랑이 사냥을 나가고 있습니다."

원충서에 이어 군사 최배천의 차례였다. 최배천은 정문부의 명을 받아 경성을 제외한 관북지역에 흩어져 있는 반군들을 처리하고 귀환했다. 옆에 서 있던 국세필이 의아한 얼굴로 최배천을 보았다. 군사軍師인 최배천은 좀체 본진을 떠나지 않았는데, 잠시 사라져서 이상하다고 여겼다. 더욱이 국세필에게 최배천은 단순한 동료 이상의 관계였기에 아무런 언질도 하지 않고 사라진 것은 의외였다. 며칠 동안 보이지 않다가 나타난 최배천에게서 짙은 피 냄새가 진동했다. 왠지 국세필의 기분이 더러워졌다. 최배천은 그런 국세필의 심정을 아는지 모르는지 감정 없는 건조한 목소리로 정문부에게 보고를 올렸다.

"소장이 국경인의 본거지인 회령의 오국성으로 갔을 때 이미 국경인에 대한 유생과 백성의 분노는 상당했습니다. 소장은 유생과 백성을 설득해 역도에 대한 반란을 추동하고 역사들과 함께 국경인을 때려죽였습니다. 그리고 그의 일당 이언우와 전언국 등 6명을 주살해 수급을 잘랐습니다."

그러자 낫도깨비 허대성이 국경인의 수급이 담긴 쟁반을 들고 정문부에게 바쳤다. 국경인의 잘린 수급은 기괴했다. 국경인의 수급을 본 국세필의 낯빛이 어두워졌다. 그러자 이번에는 이붕수가 나섰다.

"창의별장 이붕수가 보고드립니다. 명천에서도 민심이 동요하자 성을 버리고 숲속으로 도망가던 정말수는 토적장 오윤적, 신세준과 소신이 인솔한 60여 명의 군사에게 쫓기다가 결국은 죽임을 당했습니다."

이번에는 토적장 오윤적이 정말수의 수급이 담긴 쟁반을 들고 와 정문부에게 바쳤다. 국세필의 낯빛이 사색으로 변해갔다. 정문부가 국경인과 정말수의 수급을 양손에 집어 들고는 자리에서 일어났다. 정문부가 수급들을 높이 치켜들고 외쳤다.

"이것이 반도들의 머리통이다. 순간의 역심으로 민초들에게 죄를 짓는 자들이 설 땅은 조선팔도 어디에도 없을 것이다."

의군들이 정문부의 외침에 함성으로 호응했다. 그를 본 국세필은 등골에 식은땀이 흐르며 온몸이 오싹해왔다. 국세필은 정문부로부터 군사행동을 취하지 않겠다는 이야기를 들었고, 훔쳐본 장계를 통해 그 말이 사실임을 철석같이 믿었다. 그런데 국경인은 최배천에게, 정말수는 이붕수에게 죽임을 당했다. 믿기 싫은 사실이었다. 국세필이 주위를 둘러보았다. 주변의 장수들은 모두 열에 들떠 있었다. 이붕수는 자랑스러움을 감추려 했고, 강문우의 표정에서는 자신도 한몫했어야 했다는 아쉬움이 엿보였으며, 리희당은 앞으로의 전투를 기대하는 눈치였다. 그들의 모습에서 국세필은 이 사실을 자신만이 몰랐다는 것을 알아차렸다.

국세필이 최배천을 보았다. 정문부에게 예를 표하느라 고개를 숙였던 최배천은 아직도 고개를 들지 않고 있었다. 국세필은 자신이 혹시 반간계反間計에 속지 않았나 하는 생각이 들었다. 하지만 내색하지 않고 침착함을 유지하며 자리를 지켰다. 쟁반 위에 국경인과 정말수의 수급을 내려놓은 정문부가 사람들을 둘러보았다. 그러고는 관북 정복에 대한 의견을 물었다.

"이제 반도들의 목은 잘렸고, 왜구의 수괴 가토 기요마사만 남았다. 가토 기요마사의 목 역시 이 쟁반 위에 놓고 싶다. 그대들의 생각은 어떠한가?"

최배천이 그제야 고개를 들고 정문부에게 의견을 고했다.

"자고로 장부가 큰일을 하기 위해서는 무릇 집안 살림부터 안정시켜놓아야 한다고 들었습니다. 우리의 내장을 곪게 했던 반도들이 정리되었으니 대사를 도모해도 이제는 빠르지 않다고 생각합니다."

진격에 대한 최배천의 의견에 정현룡이 예의 미온적인 태도로 반대했다.

"이제 막 경성을 회복했는데 시기상 너무 이르지 않겠습니까? 아직도 가토 기요마사의 기세가 등등하니 일단은 이곳을 지키고 있다가 형세를 보아가며 치는 것이 좋을 듯합니다. 그것이 의병들의 희생을 줄이는 일일 것입니다."

그러자 오윤적이 최배천에게 힘을 실어주었다.

"길주의 회복이 하루가 늦춰지면서 백 명의 백성이 고통 받고 있고, 이틀이 늦춰지면서 천 명의 백성이 죽어가고 있습니다. 서둘러야 합니다."

부장들의 의견을 경청하던 정문부가 힘찬 목소리로 선언했다.

"우리가 의병을 일으킨 것은 나라와 백성을 위한 것뿐, 집 지키는 개 흉내를 내며 성만 지키고 나가 싸우지 않겠다는 것이 아니다. 이제 길주를 정복할 때가 왔다."

정문부의 절엄한 선언에 정현룡이 더 이상 자신의 의견을 개진하지 못하고 고개를 조아리고는 뒤로 물러났다. 듣고 있던 국세필이 앞으로 나섰다. 여기서 밀렸다가는 의견을 말할 더 이상의 기회조차 없을 것 같아 보였다. 국세필은 강력하게 의견을 개진했다.

"왜적이 많고 우리는 수가 적으니 불리하지 않겠습니까? 차라리 성을 지키며 방비를 튼튼히 하고 명의 지원군을 기다려 공격하는 것이 옳습니다."

정문부의 얼굴이 굳어졌다. 정문부는 국세필이 간자間者가 아니기를, 그리고 왜구와의 전쟁에 찬성해주기를 진심으로 바랐다. 하지만 국세필은 전쟁에 반대했다. 이제 국세필에게는 마지막 기회마저 없어진 것이다. 정문부가 국세필의 말에 단도직입적으로 질문을 던졌다.

"그대는 가토 기요마사에게 그렇게 보고했나?"

국세필은 정문부의 질문에 자신의 실체가 발각되지 않았을지도 모른다는 막연한 기대를 접었다. 주위를 둘러보았다. 주변의 장수들이 전부 칼집에 손을 얹고 있었다. 국세필은 최배천을 보았다. 국세필과 눈이 마주친 최배천은 고개를 돌려 외면했다. 국세필은 상황을 돌이키기 어렵다는 것을 알았다. 국세필은 운명을 거스르려 반역을 도모한 자였다. 천성적으로 순응하는 자가 아니었다. 상황이 닥치자 국세필의 마음속에서는 오히려 자신의 뜻을 정확히 전달해야 한다는 오기가 솟았다. '설령 살아나지 못해도 좋다. 저들에게 내 생각을 전달하고 내 뜻을 알려주는 것이 옳지 않겠는가? 아마도 저들 중 많은 이들은 나와 같은 마음이리라.' 그러자 마음이 편해지면서 그의 진심이 입에서 튀어나왔다.

"나는 호남에서 함경도까지 쫓겨와 혹한과 모멸 속에 지내왔다. 나를 임해군과 순화군 두 왕자를 왜군에게 넘겨준 순왜順倭요 반역자라 지탄하지만, 그들은 어떤 자들인가? 임해군은 사람 죽이기를 초개草芥같이 하고, 순화군은 눈먼 여자의 이 열 개를 쇠뭉치로 깨고 집게로 잡아 빼내 결국은 죽게 만든 악종惡種이다. 그놈들을 왜에게 넘겨주었을 때 백성은 덩실덩실 춤을 추었다. 네놈들이 아무리 나를 왜놈 앙개발이라고 욕하지만, 네놈들은 백성을 괴롭히는 포악한 왕자놈들의 횡포에 반항할 조그만 용기라도 있었더냐? 또 백번 양보해도 살아남기 위해 악을 쓴 우리에게 정녕 무슨 죄가 있단 말이냐! 이치가 그러하지 않느냐? 나를 위해주면 임금이며 나를 학대하면 원수이니, 누구를 부린들 신하가 아니며 누구를 섬긴들 임금이 아니랴!"

순간, 정문부의 가슴이 시려왔다. 정문부 자신도 매일 조정의 관료들에게 모함받고 의심과 시기를 받지 않았던가? 관북 출신의 장수들 역시 국세필의 말에 주춤했다.

자신의 마음을 시원하게 토로吐露도 했고 장수 중에 일부가 동요하는 모습을 보이자, 국세필이 호탕하게 웃고는 칼을 휘두르며 달려들었다. 그와 동시에 옆의 문이 부서지며 국세필의 반군 부하들이 뛰어 들어왔다. 대기하던 의군들 역시 몰려들며 전투가 벌어졌다.

전투가 벌어지면 이성이 멀어지고 생존 본능만 남는다. 잠시 주춤했던 장수들도 막상 전장이 개시되자 얼굴에 살기가 피어올랐다. 이붕수가 사모장창을 휘두르고 원충서가 흑각군궁을 집어 들자 리희당이 도끼를 날렸다. 허진이 도리깨를 휘두르자 허대성이 낫을 치켜세웠다. 하지만 최배천만은 차마 어쩌지 못하고 뒤로 물러나 전투 현장을 외면하고 서 있었다. 잠시 침묵했던 정문부가 옆에 있는 활을 들어 기세등등하게 전투를 벌이고 있는 국세필의 부하들을 한 명 한 명씩 정확하게 쓰러뜨렸다.

의군들과 맞서던 국세필의 아들 국생 앞에 김국신이 섰다. 국생과 싸우던 의군들은 김국신의 호승심을 익히 알고 있기에 길을 열어주었다. 국생 역시 자세를 잡고 김국신을 바라보았다. 김국신은 하늘을 날아다닌다는 국생의 무술 솜씨에 대해 많은 풍문을 들었고, 왜구를 처단할 때 보여주었던 날렵한 모습에 언젠가는 반드시 일합을 겨뤄보리라 결심했다. 지금 상황은 난장이었지만 칼 가름을 벌일 기회를 놓치고 싶지 않았다. 국생 역시 어둠속에 숨겨진 삶이었지만 무사로서의 호승심은 본능이었다.

잠깐의 시간이 흐르고 김국신과 국생은 서로를 향해 달려들었다. 인자의 기술을 습득한 국생과 길주의 칼잡이 김국신의 대결은 참으로 치열했다. 국생의 갈고리가 번뜩이면 김국신의 칼이 막아섰다. 갈고리와 칼이 날카로운 금속성의 소리를 내며 어울리던 어느 순간, 국생이 휘두른 갈고리가 김국신의 얼굴을 스치며 뺨에서 피가 흘러내렸다. 지금까지 수많은 결투를 벌인 김국신이었지만, 그의 안면에 상처를 낼 만한 적수는 그리 많지 않았다.

김국신의 표정에 긴장감이 감돌며 자세를 다잡았다. 국생의 얼굴에도 긴장감이 감돌았다. 마지막 순간이었다. 김국신이 칼을 감아쥐고 기합을 지르며 하늘로 날아올랐다. 국생 역시 허공으로 날아오르며 괴성을 질렀다. 순식간에 두 사람의 무기가 교환되었다. 바닥에 착지한 그들은 한동안 서 있었다.

잠시 후 국생이 피를 흘리며 쓰러졌다. 국생은 이제야 자유로워졌다는 생각이 들었다. 멀리서 자신의 결투를 지켜보던 국세필에게 희미한 미소를 지어주었다. 국생은 평생 국세필을 아버지라 불러본 적이 없었다. 타고난 자질이 있어 국세필에게 무술을 배웠지만, 어린 시절에는 주인이었고 무술을 배우면서는 스승이었다. 죽는 순간에 드디어 아버지라 불러도 될 것 같았다. 하지만 그의 입에서는 말이 나오지 않았다. 그리고 그렇게 죽어갔다.

죽어가는 국생을 보는 국세필의 눈에서 피눈물이 흘렀다. 국생은 평생을 음지에서 자신을 보필한 아들이었다. 노비의 몸을 빌려 태어났기에 어쩔 수 없이 관노의 신분이었지만 묵묵히 효성을 다하던 자식이었다. 아버지라는 소리를 한 번도 허락하지 않았다. 국세필의 가슴이 무너져 내렸다.

한곳에서는 목남이 의군들에게 둘러싸여 악전고투를 벌이고 있었다. 국세필은 분노에 이글거리는 표정으로 의병들을 거세게 몰아붙였다. 국세필의 무서운 기세에 의병들이 밀리기 시작했다. 함경도에서 태어난 의군들은 국세필의 발언에 무의식중으로 공감하고 있었기에 내심의 미적거림도 있었다.

순간, 정문부가 벌떡 일어나 국세필을 향해 걸어갔다. 국세필과 싸움을 벌이던 장수들이 길을 비켜주었다. 국세필 역시 정문부를 기다렸다. 국세필은 비록 정문부가 자신의 말이 옳다고 생각했을지라도 결코 자신을 살려두지 않으리라는 것을 알고 있었다. 국세필은 바보가 아니었다. 정문부에게는 정문부의 입장이 있다는 것을 이해하고 있었다. 정문무가 허리에서 칼을 뽑아들고 소리쳤다. 그것은 국세필에게 하는 말이기도 했지만, 잠시 흔들렸던 북관의 장수들과 자신에게 하는 외침이기도 했다.

"비록 나라가 어려운 지경에 이르렀으나 흉도가 감히 이렇게 할 수 있는가? 오랑캐의 전화가 몹시 심하여 한양이 함락되고 팔도가 무너졌는데, 의인은 죽음을 걸고 외로운 군사를 이끌고서 억센 도적을 무찔러 우리나라가 시작된 옛 땅이 오랑캐의 땅이 되는 것을 막았으며, 변방 사람들이 소문을 듣고 일어나 충성스러운 마음으로 뭉치게 된 것이 그 또한 누구의 힘이더냐? 내 오늘 너의 목을 베어 그들의 혼을 위로하는 데 쓰리라."

국세필이 무언가 항변의 말을 하려는 순간, 정문부가 국세필의 목을 단칼에 베었다. 잠시 침묵이 흘렀다. 과연 국세필이 하려던 말은 무엇이었을까? 정문부가 생각에 잠긴 순간, 국세필의 머리가 바닥에 굴렀다. 국세필의 죽음을 본 장수들은 자신도 모르게 주춤했다. 국세필의 충신이었던 목남만이 오열하며 정문부에게 달려들었다. 다시 한 번 정문부가 칼을 휘둘렀다. 이성을 잃고 달려들던 목남 역시 목이 떨어져 나갔다. 정문부가 남아 있는 역도들에게 소리쳤다.

"수괴首魁는 죽었다. 항복하면 용서한다. 너희들은 모두 조선의 백성이다."

정문부가 비장한 표정으로 3천여 명의 의군들 앞에 우뚝 서 있었다. 눈보라가 몰아치는 차가운 경성의 남문 밖이었다. 정문부가 왜적 토벌의 출정 여부를 물었다. 국세필을 비롯한 내부의 적들을 정리한 정문부는 드디어 가토 기요마사와 전면전을 벌일 시기가 왔다고 생각했다. 그리고 상승의 기운을 탄 지금이 적기라고 판단했다. 정문부의 뇌리에는 머리가 잘려 바닥을 구르던 국세필의 최후가 떠올랐다. 국세필이 자신의 화해요청을 받아들였다 한들 임란이 끝난 후에 조정에서 살려두었을까? 알 수 없다는 판단이 들었다. 어쨌든 국세필은 죽었고 지금은 가토 기요마사와 결전을 앞둔 시간이었다. 결단의 시기에는 결단을 해야 했다. 의군들을 내려다보았다. 모두 결연한 의지가 엿보였다. 지금이었다.

"오늘 우리의 목숨을 나라에 바치려 이 자리에 섰다. 모두들 따르겠는가?!"

의병들은 함성으로 정문부의 질문에 답했다.

"대장의 뜻에 따르겠습니다!"

정문부가 다시 한번 의병들의 의사를 단호하게 물었다. 마치 조선을 위해 생명을 내놓아야 한다는 다짐을 받으려 하는 것 같았다.

"진정 따르겠는가?!"

의병들이 다시 한번 정문부의 질문에 함성으로 대답했다.

"따르겠습니다!!"

그제야 정문부는 안도했다. 의군들의 대답에 한 치의 망설임도 없다는 것을 느꼈기 때문이다. 이응성李應星에게 명을 내렸다.

"동관첨사 이응성에게 명한다. 오백의 군사와 함께 경성에 남아 종묘사직을 지킨다. 따르겠는가?!"

"대장의 뜻에 따르겠습니다!"

"종성부사 정현룡이 중위장으로 경성 이북 군사 천여 명을 지휘하라. 죽기를 각오하고 따르겠는가?"

정문부의 군령이 우렁차게 울렸다. 출전장의 열기가 의병들의 함성과 부하 장수들의 대답으로 타오르기 시작했다.

"대장의 뜻에 따르겠습니다!"

계속해서 정문부가 부하 장수들에게 군령을 내렸다.

"고령첨사 유경천은 좌위장으로 길주 군사 천여 명을 이끌고 갯마을에 진을 치고 일본군을 감시하라."

"대장의 뜻에 따르겠습니다!"

"경원부사 오응태는 우위장으로 길주 양리와 서북보 토병을 거느리고 일본군이 나무 벨 길을 끊어라.”

“대장의 뜻에 따르겠습니다!”

“급제 원충서는 정병 이백여 명과 함께 야간창에 진을 치고 산에 올라 일본군을 감시하라.”

“따르겠습니다!”

모든 의병들과 장수들에게 목숨을 다짐받은 정문부가 장수들과 의군들을 내려다보았다. 드디어 출정이었다.

삼천 의병의 행렬은 끝없이 이어졌다. 경성을 나와 길주로 가는 길은 녹록지 않았다. 무거운 갑옷과 병장기는 고통이었다. 세차게 내리는 눈발은 형벌이었다. 허리까지 차오르는 눈으로 행진 속도는 빠르지 않았지만 엄혹한 군령으로 의병들의 군세는 조금의 흐트러짐도 없었다.

정문부는 묵묵히 말 위에 앉아 정면만 응시하고 있었다. 그의 마음속에는 조선을 위한다는 대의大義와 누구를 위한 싸움인가 하는 충忠이 계속 다투고 있었다. 그리고 계속해서 임금과 조정을 비방하던 국세필의 말이 가슴속에 맴돌았다. 그의 말이 맞을 수도 있었기에 서둘러 그의 목을 베어버렸다. 계속해서 그의 입에서 터져 나오는 말들을 감당할 수 없을 것 같았다. 떨쳐버리고 싶었지만 떨쳐지지 않았다. 이 모든 것을 잊는 것은 한 가지 방법뿐이었다. 이런 갈등을 일으킨 원인인 왜구와 가토 기요마사에 대한 증오를 배가시켜 전투에 열중하는 것이었다. 전쟁에서 이기기 위해서는 최대한 단순하게 생각해야 한다고 다짐했다. 멀리 길주가 있었다.

길주에서 얼마 떨어진 남쪽에는 영강永康이 있었다. 영강은 경성에 속한 역참으로 길주로 가기 위해서는 반드시 거쳐야 하는 곳이었다. 이곳에 일본열도 통일 시절부터 가토 기요마사를 보좌했던 영웅 중의 한 명인 가토 야스키요加藤安精가 천여 명의 왜구를 거느리고 진을 치고 있었다.

전쟁 초기에는 나름대로 기강을 유지하던 왜구도 계속되는 전쟁에 지쳐 본토에 대한 향수가 깊어졌다. 그리고 인내심의 경계가 무너지고 있었다. 전쟁은 항상 폭력적이다. 그들은 내면의 화를 달래기 위한 방안으로 조선의 백성을 죽이고 재물을 약탈했다.

점차 백성에게 가하는 겁박의 강도가 높아지면서 조선인의 불안감도 걷잡을 수 없이 깊어졌다. 전쟁이 길어지면서 함경도에서는 재물과 가축을 약탈하고 노리개로 쓸 부녀자를 잡아 귀성하는 왜구의 모습이 매우 익숙한 장면이 되었다. 게다가 왜구는 열 명씩, 백 명씩 떼를 지어 산골로 가 마구잡이로 땔감으로 쓸 나무를 베곤 했다. 임란이 발발한 지 얼마 지나지도 않아 조선의 산은 초토화되었다. 나무는 함경도 백성에게 혹독한 겨울을 이겨내는 겨울 식량이었다. 씨가 말라버린 땔감으로 인해 조선 백성은 엄동嚴冬을 버틸 방도가 사라졌다. 추위로 인해 백성이 겪는 고초는 이루 말할 수 없었다. 그야말로 조선의 백성에게 임란은 아비규환의 현장이었다.

영강을 지키던 왜구가 정문부 군의 진격 소문을 확인하기 위해 가토 야스마사의 지휘하에 영강의 길목인 해정海汀으로 진격했다. 척후병을 보내면 되는 일이었지만, 가토 야스마사 역시 소강상태인 전투에 무료하던 차에 직접 출격했다. 해정은 30여 가구와 100여 명 남짓의 사람들만 있는 작은 마을이었다. 임란 이후 반격다운 반격을 받아보지 못한 가토 야스마사는 관북의병대의 공격 소식에 다소간 긴장하는 모습으로 해정으로 들어왔지만, 의병의 그림자조차 발견하지 못했다.

마을을 훑어보던 왜장 가토 야스마사는 이내 긴장이 풀렸다. 긴장이 풀리면 조심성이 사라지며, 정작 봐야 할 것은 보이지 않고 보고 싶은 것만 보인다. 그의 눈에 마을 사람들이 들어왔다. 그들은 두려움에 떨며 자신을 보고 있었다. 주변을 둘러보았다. 부하들이 아귀 같은 눈빛으로 명령을 기다리고 있었다. 가토 야스마사 역시 잔인한 자였고 전쟁에 지쳐 있었다. 그의 마음속에 잔혹한 살심이 떠올랐다. 그는 이렇게 소리쳤다.

"살아 숨 쉬는 것들은 단 하나도 남기지 말라!"

가토 야스마사의 명령이 떨어지자 이내 병사들의 손에 횃불이 들렸다. 그리고 마을을 불사르기 시작했다. 마치 사냥하듯 마을의 백성을 살육하고 가옥을 초토화시켰다. 지옥도가 그려졌다. 마을 사람들 거의 죽임을 당하고 초가를 태우던 불길도 사그라질 무렵, 동료들과의 살상 경쟁에서 밀려 죽일 대상을 찾지 못하고 헤매던 한 왜구의 눈에 불길 속을 가르고 도망가는 조선의 여인이 들어왔다. 왜구가 잔혹한 웃음을 지으며 여인을 향해 달려갔다. 여인에게 가깝게 다가갔다고 느끼자 왜구가 야비한 미소와 함께 칼을 뽑아 들었다.

칼을 내리치려는 순간, 어디선가 날아온 흑각군궁의 화살이 그의 눈알을 관통했다. 왜구가 비명을 지르며 피가 솟구치는 눈을 부여

잡고 말안장에서 굴러떨어졌다. 멀리서 지켜보던 가토 야스마사가 놀란 눈으로 화살이 날아온 곳을 보자, 원충서가 50여 명의 의병을 이끌고 달려오고 있었다. 살육의 현장을 본 원충서의 눈에서 불꽃이 튀었다. 그리고 부하들에게 아낙을 구출하게 하고 왜구를 향해 돌진했다.

처음에는 당황했던 왜군은 의병의 수가 적음을 알고 말을 몰아 달려들었다. 가토 야스마사가 부하들을 독려했다.

"적의 수는 얼마 되지 않는다. 모두 도륙하라!"

가토 야스마사의 왜구와 원충서의 의병이 전투를 벌이기 시작했다. 숫자에 밀린 원충서의 군은 구해낸 여인을 데리고 이내 말머리를 돌려 달아났다. 왜구가 의병들을 쫓으려 하자 가토 야스마사가 소리쳤다.

"그만! 버러지 같은 놈들이다. 더 이상 기력을 소모할 필요가 없다. 적의 군세를 파악했으니 돌아간다."

잠시 긴장했던 가토 야스마사는 도망치는 의군을 보고 이번 전투도 지금까지의 계속된 승리와 마찬가지로 일방적일 것이라고 자신했다. 자신감이 넘친 가토 야스마사는 의병의 공격을 대수롭지 않게 여겼다. 추격을 멈춘 가토 야스마사는 수하들에게 노략질한 물품들을 실으라고 명령하고 영강으로 말머리를 돌렸다.

말에 전리품을 가득 실은 가토 야스마사와 왜구가 산속을 지나가고 있었다. 겨울산이었기에 산새들의 기척도 드물었다. 행군하는 왜구의 소리에 놀라 그나마 몇 안 되는 산새들도 후드득거리며 하늘로 날아올랐다.

승전으로 한껏 고양된 왜구는 군기가 흐트러져 있었다. 그들은 조선의 백성을 어떻게 죽였나에 대한 이야기를 나누었다. 조선인의 손과 발을 장작 위에 큰 대大 자가 되게 묶어 움직이지 못하도록 잡고서 아래쪽부터 태웠다는 이야기부터 꼬치처럼 긴 쇠꼬챙이에 꿰어 창자가 터져 나올 때까지 쑤셨다는 이야기까지 왜구의 잔혹한 무용담이 적막한 산중으로 퍼져나갔다.

고개를 지나가는 순간, 가토 야스마사는 이상한 기미를 느꼈다. 줄곧 자신들보다 앞서 가끔씩 날아가던 새들이 한 마리도 보이지 않았다. 불길한 느낌에 말을 멈추고 주위를 둘러보았다. 행군을 멈추라고 손을 들었지만, 가토 야스마사의 신호를 알아차리는 부하들은 없었다.

순간, 숲이 어두워지는가 싶더니 하늘에서 화살이 빗발치듯 날아왔다. 당황한 가토 야스마사가 칼을 뽑아 화살을 쳐내며 응전했다. 하지만 무방비 상태의 왜구는 쏟아지는 화살에 전신이 꿰뚫리고 있었다. 온몸에 화살이 박힌 왜구가 비명을 지르며 쓰러졌다. 살아남은 왜구는 경위를 몰라 우왕좌왕했다. 연이어 함성과 함께 숲에서 의병들이 뛰어나왔다. 그들은 왜구의 선봉을 꺾기 위해 잠복하고 있던 정문부가 거느린 300여 명의 보병이었다. 순간, 어디선가에서 사라졌던 원충서의 의병들이 흙먼지를 날리며 나타나 합세했다. 이에 질세라 리희당도 나타나 도끼를 휘두르며 왜구를 공격했다.

가토 야스마사는 노련한 지휘관이었다. 부하들이 전열을 가다듬을 시간을 벌 수 있도록 다섯 명의 장령을 중심으로 조총을 쏘며 의병들에 맞서도록 명령했다.

그 순간 정문부가 말을 몰아 순식간에 가토 야스마사에게 다가 갔다. 가토 야스마사가 본능적으로 칼을 들어 막으려 했지만 내려쳐 오는 칼을 막을 수 없었다. 정문부의 칼에 가토 야스마사의 몸은 두 동강이 났다. 전장이 고요해졌다. 패배를 몰랐던 자신의 대장 가토 야스마사가 죽었다. 왜구들은 충격을 받았고 그 충격으로 두 발이 얼어 붙었다. 왜구들은 제 자리에 선 채 목이 잘려나가기 시작했다. 바닥으로 굴러떨어지는 동료들의 목이 하나 둘씩 보이는 순간에야 왜구들은 정신을 차렸다. 정신을 차린 왜구들이 도망치기 시작했다.

이때 허대성이 긴 낫을 들고 나타났다. 그리고 연이어 의병을 거느린 강문우가 대도를 휘두르며 등장했다. 허대성과 강문우가 거느린 의군들이 좌우에서 협격하여 왜구가 도망가지 못하도록 포위망을 치고 일제히 공격했다. 의군의 사기는 하늘을 찌를 듯했다. 함께 출격한 마부와 종들까지 용기를 내어 화살을 빗발치듯 쏘아댔다. 도망치려던 왜구들은 의군에 의해 도주로가 가로막혔다는 것을 알았다. 왜구들은 어쩔 수 없이 말에서 내려 평지에서 싸움을 벌이기 시작했다. 하지만 이미 무너진 전열은 어쩔 수 없었다. 하루 반나절이 걸린 길주대첩의 본격적인 서막은 이렇게 열렸다.

가토 기요마사의 본진은 벌집을 쑤셔놓은 듯했다. 국세필의 보고를 믿고 방심하며 전력을 분산시킨 가토 기요마사는 정문부의 공격에 매우 당황했다. 계속해서 파발마가 본진으로 달려오기 시작했다. 가토 기요마사가 20여 명의 부장에게 둘러싸여 전장의 소식을 기다리고 있었다. 연이어 첩자들이 들어와 부장들에게 무언가 보고를 했다. 안달이 난 가토 기요마사는 자리에서 벌떡 일어나 다급한 표정으로 부하들을 닦달했다.

"우리의 병사들은 어디까지 왔느냐?"

주저하던 류조지 이에하루가 머뭇거리며 대답했다.

"길주로 오던 지원군들이 매복하고 있던 적군에 의해 도착이 늦어지고 있습니다."

답답한 표정으로 가토 기요마사가 다시 물었다.

"전황은 어찌 돌아가느냐?"

부장들은 침묵하며 답변하지 못했다.

가토 기요마사가 큰소리로 채근했다.

"전황을 보고하라, 전황을."

가까이서 시립해 있던 부관 삿사 마사모토가 어쩔 수 없이 미적거리며 보고했다.

"매복하고 있던 정문부의 병사들에게 속속 멸절당하고 있다고 합니다. 그리고 길주 수장인 가토 야스마사께서는 정문부의 칼에 전사했다고 합니다."

가토 야스마사가 죽었다는 소식을 들은 가토 기요마사의 얼굴이 노랗게 변했다. 분노로 일그러진 가토 기요마사가 분연히 자리에서 일어나 소리쳤다.

"내가 직접 출정한다."

말이 끝남과 동시에 가토 기요마사가 자리를 박차고 밖으로 나갔다. 빠르게 나가는 가토 기요마사의 뒤를 류조지 이에하루와 가토 우마노조加藤右馬允, 삿사 마사모토가 쫓아갔다.

가토 기요마사가 전장을 바라보며 우뚝 서 있었다. 그의 뒤로는 많은 부관이 도열해 있었다. 눈앞에는 동서로 33리, 남북으로 64리에 이르는 함경도의 중심인 길주평야 600여 평이 위아래로 길게 늘어져 있었다. 가토 기요마사가 나고 자란 규슈 지방에서 이 정도 크기의 평야는 그리 대단한 것이 아니었다. 하지만 온갖 풍파를 헤치고 평생을 전쟁터를 누비며 천하를 주유해온 가토 기요마사는 칼만 다루는 무지한 자가 아니었다. 산악으로 이루어진 북관에서 이 평야가 백성에게 얼마나 소중한지 잘 알고 있었다. 아마도 이곳은 관북 백성의 먹거리를 생산해내는 몇 안 되는 곡창지대이리라. 그렇게 먹을 것을 만들어내던 길주평야가 지금은 죽음을 생산해내는 전장으로 변해 있었다. 가토 기요마사는 이미 길주평야가 많은 사람의 피를 머금고 있고, 그 피내음이 당분간 없어지지 않을 것이라는 사실을 잘 알고 있었다.

가토 기요마사는 축성의 귀재였다. 그는 전쟁광으로 알려져 있지만, 기실 전쟁보다 성 쌓는 것을 더 좋아했다. 가토 기요마사는 내심 전쟁이 끝나 이 대지의 주인이 된다면 멋진 성을 쌓을 것을 꿈꾸었다. 그리고 자신의 성이 길주 땅에서 피냄새를 씻어내고 본래의 평야로 회복시켜줄 수 있다고 여겼다. 방금 전까지도 그는 자신의 꿈이 이루어질 수 있다고 생각했다.

가토 기요마사는 정문부 군을 내려다보았다. 그들의 기세가 느껴졌다. 가토 기요마사는 전쟁은 기세라고 생각하는 자였다. 그러기에 적의 기세를 제압하기 위한 목적으로 전쟁터에서는 항상 3척이 넘는 모자를 쓰고 상대적으로 왜소한 자신의 몸을 크게 보여주었다. 정문부 군의 기세는 당당했다. 먹을 것도 없는 조선군의 기세는 어디에서 나온 것일까? 가토 기요마사는 자신의 부하들이 기세싸움에서 밀리고 있다고 생각했다. 어쩌면 길주에 자신만의 성을 쌓는 일을 이루지 못할지도 모른다는 예감이 들었다. 절대 위축되어서는 안 된다고 생각했다. 말이 필요 없었다. 이제 자신이 행동으로 나서야 할 순간이었다.

"내가 앞장선다!"

가토 기요마사가 호기롭게 앞장서자 부장들과 왜구가 특유의 괴성을 지르며 그를 따랐다. 고유의 사무라이 기질과 열도를 통일하기 위한 오랜 전란의 경험이 합쳐져 왜구에게는 그들 나름의 전투방식이 확립되어 있었다. 그리고 그들 특유의 함성도 있었다. 조선에서는 듣기 힘든 소리였다. 어찌 들으면 음산하고 어찌 들으면 소름이 돋는 기괴한 소리였다.

정문부는 조선의 호랑이를 모조리 때려잡았다는 가토 기요마사의 용맹에 대한 이야기를 너무나 많이 들어왔다. 소문으로만 들었던 가토 기요마사를 처음으로 맞닥뜨린 정문부의 느낌은 기묘했다. 자신을 과시하기 위한 가토 기요마사의 커다란 모자는 두려움의 대상이라기보다는 헛웃음을 주었다.

정문부는 무인으로서의 삶보다 문인으로서의 시간을 더 좋아했다. 그는 이름 높은 문장가였고, 일체의 격식을 배제한 절제된 문체를 선호했다. 무인으로서의 그의 삶도 마찬가지였다. 생사를 결하는 것은 꾸밈이 아니라 단 한 번의 결행이라고 여겨왔다. 그래서 왜구를 이끌고 달려오는 가토 기요마사를 보고 정면으로 맞서기로 결심했다.

그리고 의병과 함께 전장으로 뛰어들었다.

양군은 날이 저물 때까지 도전과 응전을 반복하며 교전을 벌였다. 왜구는 조총의 지원을 받아가며 돌격했다. 의병들 역시 응사와 돌격으로 왜군을 몰아붙였다. 시간이 지나면서 각 지역에서 시기를 기다리며 매복해 있던 의병들이 속속 도착했다. 그 수는 점점 불어났다. 의군의 사기는 하늘을 찔렀다. 반면에 왜구는 쌓이는 시신과 함께 급속도로 힘이 소진되어갔다.

처음에는 조그만 틈이었던 왜구의 전열이 점차 크게 벌어지며 전선이 붕괴되기 시작했다. 가토 기요마사의 독려에도 신시申時경까지 계속된 전투에서 패퇴한 왜구는 길주 동쪽의 장덕산으로 퇴각했다. 장덕산 위에서 잠복하고 있던 좌우복병장 허진과 허대성의 정예 의병들이 좌우로 나누어 후퇴하는 왜구를 가로막았다. 왜구의 뒤는 유경천이 이끄는 관병들이 화살을 쏘며 험준한 산을 달려올라 10여 리를 추격했다. 전후좌우로 완전히 포위된 왜구는 도주할 곳을 찾지 못하고 장덕산의 사방에서 의병의 공격을 받았다.

허진의 도리깨질과 허대성의 낫질은 집요했다. 허진은 산야를 뒤져 왜구가 보이는 족족 도리깨로 내리찍었다. 허진의 도리깨가 위에서 내리치면 머리뼈가 으깨졌고, 옆으로 가로 치면 갈비뼈가 부러졌으며, 아래로 찍으면 족골이 부서졌다. 허대성은 몸을 숙여 왜구의 무릎을 노렸다. 허대성이 휘두른 긴 낫에 다리가 잘려 바닥으로 쓰러지는 왜구의 수가 부지기수였다. 그리고 원충서의 흑각군궁이 왜구의 목을 꿰뚫으면 이에 질세라 리희당의 도끼도 거침없이 춤을 추었다.

그의 도끼가 허공을 가를 때마다 왜구의 목이 하늘로 치솟았다. 애초부터 전략적으로 매복한 의병들에게 지리멸렬하여 뿔뿔이 흩어지는 왜구는 적수가 될 수 없었다. 의병들은 왜구를 끝까지 추격하여 공격했다.

길주대첩에서 가장 빛난 이는 단연 강문우였다. 다수의 적들 속에서 더욱 빛을 발하는 강문우의 대도는 흩어지는 왜구에게 무자비했다. 수많은 왜구의 목과 팔, 그리고 몸통이 대도에 의해 분리되었다. 이 전투가 끝나면 '대도십외大刀十倭'인 그의 별호가 '대도백왜大刀百倭'로 바뀔 것 같았다. 왜구를 베던 대도의 칼날이 무뎌져 어느 순간부터 왜구의 뼈가 잘리는 대신 살이 짓이겨졌다. 칼날을 다시 갈지 않으면 대도가 무용지물이 될 무렵쯤 해서 장덕산에서 왜구의 저항은 마침내 완전히 소멸되었다. 때는 유시酉時였다.

정문부는 불로써 전투를 마무리하기로 결심했다. 왜구의 씨를 말리기 위해 사방에 불을 놓아 살아남아 있던 왜구도 모조리 태워 죽이라고 명령했다. 장덕산이 불타올랐다. 왜구의 살이 타는 역한 냄새가 코를 찔렀다. 정문부는 말을 타고 불이 붙은 장덕산 안쪽으로 달렸다. 조선에는 너무나 상처가 깊은 전쟁이었다. 정문부는 잔인해져야 한다고 스스로를 다잡았다. 잡초는 잔뿌리까지 잡지 않으면 다시 생겨난다는 것을 정문부는 알고 있었다. 정문부는 어느 순간부터 왜구를 인간으로 생각하지 않고 잡초라고 여기기로 했다. 정문부는 마지막 남은 잔뿌리마저 뽑으려는 듯 남아 있는 왜구의 잔당들을 처단하며 산 안쪽을 뒤졌다.

산을 뒤지던 정문부는 숲속 깊숙한 곳에서 마침내 가토 기요마사와 맞닥뜨렸다. 이곳은 예전에 가토 기요마사가 호랑이를 잡았던 곳이었다. 부하들을 이끌고 도주하던 가토 기요마사는 정문부를 한눈에 알아보았다. 그리고 마지막 호승심으로 부하들의 만류에도 칼을 뽑아들며 호통쳤다.

"내 너에 대한 소문은 수차례 들었으나 오늘에서야 만나는구나. 보건대 맹장은 될지언정 지장은 되지 못하는 꼴이로다. 환란 중에 백성을 버리고 도망친 아둔한 상왕과 탐욕에 눈이 먼 조정관료 중에 누구 하나 백성을 위하는 자가 있는가? 너희들이 임금과 나라를 위해 의병을 세워 싸우지만 전쟁이 끝나면 너희들 역시 그들에 의해 솥에 삶겨 죽는 개의 신세가 될 터이니, 차라리 호랑이 잡던 칼에 쓰러지는 것을 영광으로 여겨라."

가토 기요마사의 준열한 호통에 정문부는 아무런 답변도 하지 않았다. 설령 가토 기요마사의 말이 사실일지라도 지금은 의미가 없다고 생각했다. 정문부는 전장에서 필요한 것은 실질적인 힘으로 생각했다. 힘을 아끼기 위해서라도 별다른 말은 하고 싶지 않았다.

정문부와 가토 기요마사의 피 튀기는 혈투가 이어졌다. 정문부의 조선무예에 기반을 둔 검법과 가토 기요마사의 사무라이 도법이 장덕산에서 맞부딪혔다. 불과 연기로 가득한 숲속 벌판에서 조선과 일본의 두 맹장의 생사결生死決이 벌어졌다. 수십 합의 칼질이 오고가고 한순간 기회를 보아 가토 기요마사를 구석에 몰아넣은 정문부가 일격을 날리려 했다.

순간, 지켜보던 가토 기요마사의 부하인 구원대장 류조지 이에

하루가 불속을 헤치고 달려 나와 정문부를 공격했다. 정문부가 류조지 이에하루를 상대하는 동안 가토 기요마사는 말을 타고 도주했다. 그리고 뒤늦게 정문부를 찾아온 이붕수가 정문부를 협공하던 왜군 잔당들과 싸웠다.

가토 기요마사는 조선 호랑이의 가죽을 실은 마차와 함께 패퇴했다. 가토 기요마사의 표정에는 분노와 함께 비참함이 서려 있었다. 가토 기요마사의 생生에 잊지 못할 처참한 패배이자, 조선 호랑이 사냥꾼으로 명성을 떨치던 그가 조선 땅을 밟은 후 처음으로 맞이하는 참담한 패전이었다. 이것이 임진왜란의 지상 전투 중에 최고 승리인 길주대첩이었다.

아직도 불길이 다 잡히지 않은 장덕산을 정문부가 말을 타고 천천히 순시하고 있었다. 장덕산 입구부터 산 위에 이르기까지 왜구의 시체가 즐비했다. 절벽과 벼랑에는 화살에 맞아 떨어져 죽은 왜구의 시체가 걸려 있었다. 생사가 한순간이라고 여겨졌다. 생기가 사라진 시신에게서는 아무런 느낌도 들지 않았다. 그들의 시체를 통해서는 어떠한 분노도 특별한 적개심도 일어나지 않았다. 그냥 단순한 고깃덩어리로 보였다. 정문부는 극도로 기갈飢渴이 들어 먹을 것이 없는 해에는 인육조차 먹는다는 이야기를 들은 적이 있었다. 그런데 지금 보니 영혼이 빠져나간 육신은 정말 아무것도 아니었다.

멀리로는 왜구가 부상을 당한 채 도망가고 있었다. 의병들도 지쳤는지 도망가는 왜구가 보여도 더 이상 추격하지 않았다. 신나게 대도를 휘둘렀던 강문우조차 이제는 왜구를 쫓아가지 않았다. 단지 평야와 산야를 훑으며 목숨이 붙어 있는 왜구 중 상세의 정도를 보아 죽이거나 살리거나 할 뿐이었다. 의병들은 이제 천여 명에 이르는 왜구의 사체에서 전리품인 목과 왼쪽 귀를 기계적으로 베어내고 있었다.

정문부가 말을 멈추고 장덕산을 돌아봤다. 장덕산의 짙어지는 어둠이 의병들의 모습과 왜구의 시신 풍경을 모두 집어 삼키고 있었다. 그냥 산만 남아 있었다. 명년明年이면 또 아무렇지도 않게 장덕산은 그렇게 서 있을 것 같았다.

정문부와 의병들이 경성으로 돌아오고 있었다. 의병들은 길주대첩의 승리로 들떠 있었다. 부관들의 얼굴도 기쁨으로 가득했다. 각자 자신들의 무용담을 떠들어대며, 장차 만날 가족들과의 회포를 풀 기쁨을 이야기했다. 그리고 살아남은 이로서 죽은 동료들에 대한 안타까움도 논했다.

하지만 정문부는 죽은 이보다 살아남은 이들의 미래로 인해 마음이 무거웠다. 정문부는 길지 않은 관직생활이었지만 대사大事가 끝나면 인간관계도, 주변상황도 변할 수 있다는 것을 알고 있었다. 토사구팽兎死狗烹이라 했던가? 정문부는 언젠가는 자신조차 의병의 대장 신분에서 솥에 넣어 삶기는 개 신세가 될 수 있다는 것을 알고 있었다. 게다가 윤탁연은 믿을 수 없는 인간이었다. 자신에 대한 시기심을 가토 기요마사에 대한 두려움으로 누르고 있었지만, 이제 패퇴한 가토 기요마사와 함께 두려움은 사라지고 시기심만 남아 있을 거라 추측했다.

승리에 들떠 있는 의군들을 돌아보았다. 그들을 가장 필요로 한 곳은 칼과 창으로 왜구를 죽이는 단순명쾌한 셈법만이 존재하는 전장이었다. 전투를 끝낸 지금 저들이 가는 곳은 완전히 다른 세계였다. 그곳은 전쟁의 공과功過를 세 치의 혀와 한 줄의 글로써 분별하는 세계였다. 그곳에는 칼과 창이 필요 없었다.

하지만 정문부는 당분간 그런 걱정은 하지 않기로 했다. 의병들과 함께 승리의 기쁨을 누릴 며칠의 여유는 있을 것이라고 여겼다. 살육의 현장이 두려워 전장에서 멀리 벗어나 있던 윤탁연은 얼마간의 시간이 지나야 경성에 나타날 것이라는 막연한 기대감 때문이었다.

멀리 경성이 보였다. 앞서 가던 정문부의 표정이 굳어져갔다. 왜구가 관북을 지배했을 때의 경성에서는 눈에 띄지 않았던 관군들의 모습이 들어왔다. 정문부의 입에 쓴웃음이 돌았다. 정문부가 간과한 것이 있었다. 윤탁연의 권력에 대한 저열한 욕망이 전쟁과 죽음에 대한 두려움을 누르고 조급한 행동을 취하게 할 수도 있었다는 것을. 문 앞에 도열해 있는 관군들의 분위기가 차디찼다. 참군參軍으로 보이는 군관이 정문부의 앞을 가로막고 윤탁연의 명을 전했다.

"순찰사님의 명이요. 평사와 병사들은 무장을 해제하고 말에서 내리시오."

승리에 도취되어 구름 위를 걸어오고 있던 의병들의 표정에 혼란이 떠올랐다. 왜구들과 생사를 결하던 전쟁터에서는 코빼기도 보이지 않던 이들이 나타나 명령을 내리는 것이 불쾌했다. 더욱이 의병들은 북방의 억센 기질과 반항의 기운을 타고난 사람들이었다. 그들에게 고압적인 관군의 명령은 고분고분 순종할 만큼 권위 있는 존재가 아니었다. 동요하던 의병들이 본능적으로 자신들의 무기에 손을 가져가며 다가오자, 참군은 자신도 모르게 주춤하며 뒤로 물러섰다. 불온한 기운이 의병들을 감싸자, 정문부가 의병들을 제지했다.

"다들 자중하라. 그리고 명을 받들라."

참군을 향해 다가가던 의병들이 멈추었다. 그들에게 존재감이 있는 것은 관군의 명령이 아니라 정문부의 명이었다. 정문부가 솔선해서 말에서 내렸다. 정문부가 말에서 내리자 동요하던 의병들도 어쩔 수 없이 명을 따랐다.

잠시 멈칫했던 관군들이 의병들의 손에서 왜적의 수급을 빼앗았다. 관군 한 명이 리희당에게 다가가 수급을 빼앗으려다 도끼를 건드렸다. 분노한 리희당이 순간적으로 도끼를 휘둘렀다. 관군의 얼굴이 사색이 되었다. 바람을 가르던 리희당의 도끼가 관군의 목 바로 앞에서 멈췄다. 정문부가 그 광경을 보고 무언가 말하려다 그만두었다. 리희당에게 도끼는 생명 이상의 존재라는 것을 알고 있었기 때문이었다. 관군이 사시나무 떨 듯 떨며 바들거렸다. 리희당이 자신을 응시하는 정문부를 보고는 도끼를 접었다. 그제야 얼어붙었던 관군이 휘청거리며 물러났다. 다른 의병들의 표정에도 불만이 가득했다. 하지만 정문부가 묵묵히 바라보자 의병들은 별다른 행동을 취하지 못하고 자신들의 분노를 삼켰다.

눈치를 보던 참군이 가까스로 용기를 내어 정문부에게 함경도 순찰사 윤탁연의 명을 전했다.

"평사는 들으시오. 순찰사님에게 출두하라는 명이오."

정문부는 아무 말 없이 관군을 따랐다. 자신의 반응 여하에 따라 의병들이 동요하고 결국은 관군과 의병의 내분이 일어날 수도 있었기 때문이다. 일단은 인내하고 그들을 따르기로 결정했다.

경성 본청의 대청에 자리 잡은 장군석은 윤탁연이 차지하고 있었다. 얼마 전까지 그곳은 정문부가 앉아 있던 곳이었다. 그전에는 국세필이 있었다. 국세필을 죽이고 그 자리에 앉았던 정문부는 그 의자에서 나라와 백성을 구하기 위한 왜구 섬멸의 명령을 하달했다. 그런데 지금 그 자리는 의군의 공을 시기하여 약탈하라고 명령을 내리는 탐욕의 장소가 되어 있었다. 윤탁연이 정문부를 거침없이 다그쳤다.

"평사는 일개 막관으로서 마땅히 감사의 절제와 지시를 따라야 함에도 그 명에 불복했으며, 순찰사의 절제를 받아야 할 평사가 자칭하여 나와 동일하게 대장이라고 겸하며 종성부사 정현룡 등 여러 부사를 종사관으로 거느리니 이는 해괴한 일이다."

도열해 있던 의병들이 순찰사의 말에 웅성거렸다. 윤탁연의 말은 정문부를 반역으로 몰아가는 것이었기 때문이다. 마당 한가운데에는 정문부의 의병이 노획해온 왜군의 수급과 전리품이 산을 이루고 있었다. 의병들은 핍박받는 정문부를 옹호하기 위해 한 발짝 앞으로 나섰다. 그중에서 성정이 불같은 이붕수가 소리쳤다. 그의 천둥 같은 외침이 경성 내를 쩌렁쩌렁 울렸다.

"순찰사는 무슨 말을 그리 하시오. 우리는 의를 위해 병사를 모았소. 조정의 개가 아니오. 평사는 우리가 대장으로 선택한 분이오. 그게 무에 그리 문제란 말인가? 그렇지 않은가?"

의병들이 이봉수에게 호응하며 함성을 질렀다. 기세등등한 이봉수와 의병들의 대응에 도열해 있던 윤탁연의 관병들이 무기를 곧추세웠다. 순간, 강문우, 원충서, 리희당, 최배천, 허진, 허대성, 지달원, 오윤적이 앞으로 나섰다. 이미 무장을 해제당한 나머지 의병들도 맨몸으로 응전의 자세를 취했다. 윤탁연은 의병들의 반항에 움찔했다. 하지만 그는 믿는 바가 있었다. 속내는 어떨지 몰라도 상당한 자제력을 가졌다고 소문난 정문부가 의군의 중심이고, 그 중심이 순간적인 분노를 인내하지 못해 의군들을 사지로 모는 일은 결코 만들지 않을 것으로 자신했기 때문이다.

"네놈은 누구냐? 몰골을 보아하니 '창의별장'이라는 지위를 가지고 있다는 이봉수가 틀림없을 것이다. 네놈의 대장인 정문부도 저리 얌전히 있는데 네놈이 어찌 나서느냐? 네놈의 상관인 정문부가 역도인 국세필 부자에게 부화뇌동附和雷同해 주상을 업신여기고 상관을 능멸했는데, 네놈도 주인을 닮아 버릇없기가 안하무인이구나."

윤탁연의 말에 이봉수가 벽력같이 소리쳤다.

"무슨 개소리인가, 단매에 쳐죽일 것이다!"

순간, 정문부가 소리쳤다.

"그만하라!"

정문부의 외침에도 이봉수가 참지 못하고 윤탁연에게 삿대질하며 고함 쳤다.

"그 자리는 네놈이 앉을 자리가 아니다!"

이봉수의 기세에 윤탁연이 움찔했다. 눈을 부릅뜨고 윤탁연을 노려보던 이봉수가 정문부에게 호소했다.

"대장은 언제까지 참으라고만 하시오. 우리는 의병이오, 조정의 개가 아니오! 대장, 제발 내게 저 냄새나는 늙은이를 쳐죽이라고 명령해주시오! 대장이 명령만 내려주면 쳐죽여버린 연후에 나는 자진自盡할 것이오. 제발 명령만 내려주시오."

의병들이 함성으로 이붕수에게 동조했다. 정문부가 이붕수에게 호통쳤다.

"그대는 나를 천고의 역적으로 만들 것인가?"

정문부의 호통에 장내가 진정되었다. 이붕수는 울분을 참지 못해 눈물이 맺혔다. 의병들을 둘러보던 정문부가 차분하게 말을 이었다.

"아직 순찰사의 말씀이 끝나지 않았다."

장내가 조용해지자 마음이 진정된 윤탁연이 득의만만한 미소를 지었다. 그리고 정문부만을 보며 말을 이었다.

"평사의 죄가 비록 중하나 아직 전란이 끝나지 않았고, 그간의 공도 얼마간은 있으니 의군 대장의 직책을 박탈하고 그 자리를 정현룡에게 위임한다."

윤탁연이 씌운 누명에 의병들이 동요하기 시작했다. 윤탁연은 정치적인 인물이었다. 의병들을 순간적으로 능수능란하게 다룰 수 있는 닳고 닳은 인물이었다. 윤탁연은 정문부에게 마지막 발언 기회를 주는 것으로 동요를 수습할 방안을 택했다. 정문부가 그들을 진무할 것을 너무나 잘 알고 있었기 때문이다.

"평사는 이에 대해 할 말을 하라."

정문부는 윤탁연을 바라보았다. 칠십의 정객政客이 희미한 미소를 지으며 노회老獪한 눈길로 자신을 보고 있었다. 윤탁연의 눈빛은 회색이었다. 정문부는 자신을 바라보는 윤탁연의 깊이를 알 수 없는 짙은 회색 눈빛에 기분이 나빠졌다. 참으로 추잡한 늙은이라는 생각이 들었다. 분노가 타올랐다. 정문부는 젊었다. 무릇 장부는 두려움이 없어야 한다고 생각하는 청춘이었다. 거칠 것이 없었다. 이내 피가 끓어올랐다. 정문부는 윤탁연에게 버럭 욕지거리를 하려 했다. 그리고 단칼에 그의 목을 베고 싶었다. 허리에 손을 얹고 도전적인 자세로 윤탁연을 노려보았다.

순간 비스듬히 앉아 있던 윤탁연이 희미한 미소를 지으며 의군들을 향해 고개를 돌렸다. 정문부는 자신도 모르게 윤탁연을 따라 고개를 돌려 의군들을 보았다. 경성에 도착하기 전까지만 해도 승리의 기쁨에 들떠 있던 병사들이었다. 자신을 응시하는 그들의 눈빛은 비록 아직까지 형형하기는 했지만 내면에는 불안감이 깃들어 있었다. 승리라는 휘장에 감싸여 빛나던 그들의 의복도 추위와 피곤함에 절은 남루한 빛으로 바뀌어 있었다.

정문부의 마음에 갈등이 밀려왔다. 그리고 끓어오르던 분노 대신 무거운 책임감이 가라앉았다. 자신은 의병장 정문부이기도 했지만 북평사 정문부이기도 했다. 조정의 관리라는 신분으로 의병장이 된 자신의 한계를 알고 있었다. 게다가 자신의 선택 여하에 따라 내란의 불씨가 생길 수 있다는 것도 알았다. 그는 윤탁연을 정면으로 응시했다. 윤탁연은 득의의 미소를 짓고 있었다. 정문부 개인의 분노와 의병들의 안위 사이에서 저울질하는 자신의 갈등을 너무나 잘 아는 듯 보였다.

정문부가 자리에서 일어나 주변을 둘러보았다. 오랜 전란을 함께했던 의병들이 자신의 선택을 기다리고 있었다. 함께 전장을 시작했던 많은 형제 중에서 그 자리에 보이지 않는 이들도 많았다. 그들은 왜구와 싸우다가 전사했고, 백성과 함께 땅속에 묻혀 있다. 더 이상 형제들이 피를 흘려서는 안 된다. 조선 민족끼리 피를 흘려서는 더더욱 안 된다. 이제 그들과 이별의 순간이 왔다는 것을 알았다. 마음속 깊은 바닥에서 슬픔이 밀려 올라왔지만 곧 수습했다. 그들에게 무언가 하고 싶은 말이 있었다. 그리고 마지막 인사를 했다.

"대개 듣건대 충신은 몸을 바쳐 임금께 보답하고, 지사志士는 때를 보아 공을 도모한다 하는데, 선조의 신민을 보라. 누가 어지러운 오늘 충성을 다할꼬. 생각건대 나라를 세운 지 200년이요, 보위를 전하기 열한 님이라. 어진 임금이 많아 대대로 덕을 잃음이 없었고 문교를 숭상하여 사람들이 전쟁을 알지 못하니, 예악禮樂은 빛나고 무기는 쓸 곳 없었거늘. 어찌 뜻했으랴, 왜적이 우리나라를 업신여길 줄. 눈을 떠보라! 험준한 산하라고 믿을 것 무엇이며, 마음 아프네! 허울 좋은 방백 수령 무엇으로 신하인가. 그대들은 혹은 왕실의 친척이요, 혹은 공신의 자손이며, 혹은 재상의 반열에서 감사된 이요, 혹은 시종을 거쳐 원이 된 이며, 총애받은 고관으로 쫓겨난 이는 아니요, 녹을 먹은 신하가 몰라준 일 없잖은가. 황금 띠 벗겨 띠고 붉은 일산 세웠으니 다시없는 영광인데, 붉은 충성 드러내고, 흰 칼날 무릅쓰며 죽음인들 마다할쏘냐. 군신의 대의가 엄연히 살았으니 하늘이 나를 가리키고 뭇 사람이 나를 믿으리라!"

말을 마친 정문부가 표연히 돌아서서 걸어 나갔다. 마당을 가득 메운 의병들이 정문부를 위해 길을 열어주었다. 그러고는 머리의 흰

띠를 풀어 의군의 신분을 스스로 박탈했다. 떠나는 정문부의 뒷모습을 보는 윤탁연의 눈길에는 이제 정문부를 처리했다는 안도의 빛이 스쳐갔다. 새롭게 의병장으로 임명된 정현룡은 곤혹스러운 얼굴로 그 광경을 보았다. 의군들이 무릎을 꿇고 정문부를 향해 손을 내밀며 칭송했다. 그렇게 정문부는 사라졌다.

# 2 대첩비 건립

* * *

조선 전역을 초토화시킨 임진왜란이 종식되고 어언 100년이 지난 1708년 무자년, 고통스러웠던 만큼이나 지루했던 선조의 시대를 지나 광해군, 인종, 효종, 현종 네 명의 왕이 죽거나 쫓겨나고 지금의 숙종이 제위에 올랐다.

정치의 달인인 숙종은 30여 년 이상 조선을 지배하고 있었다. 그는 40년 8개월을 재위했던 선조보다 길게 조선을 통치할 것 같았다. 가끔 남쪽 해안에는 왜구가 출몰했지만, 이제는 전란의 상처도 씻겨 왜와도 평화롭게 교류하고 있었다. 숙종은 조선의 문물을 광적으로 숭상하는 열도의 막부에게 통신사를 파견해주었고, 왜은倭銀의 조례條例도 확정해주었다. 일본은 어떤 도발을 시도하기에는 임란 패배의 상처가 너무 커 보였다. 물론 언젠가는 일본이 다시 침략할 수도 있다는 불안감이 조선 백성에게 잠재해 있기는 했다.

늦은 봄날이었다. 함경도 북평사 곤륜 최창대昆侖 崔昌大가 시동이 끄는 나귀를 타고 장덕산을 오르고 있었다. 그의 뒤를 길주 인근의 부로父老들이 역시 말을 탄 채 따르고 있었다. 척박한 함경도의 산이었기에 꽃은 드물었고, 이제는 시절도 늦었는지 그나마 저물어가고 있었다. 하지만 꽃은 꽃이었다. 지는 꽃조차 아름다웠다. 어디선가 소쩍새 울음소리가 들려왔다.

그의 입에서는 절로 시구가 흘러나왔다.

春去山花落　봄이 떠나자 산꽃들 지고,
子規勸人歸　소쩍새는 내게 고향으로 가라 하네.
天涯幾多客　타관을 떠도는 이, 얼마나 많은가.
空望白雲飛.　부질없이 흰 구름만 바라보네.

본관이 전주인 최창대는 과거에 급제해 임관이 된 이후로 고향에 가본 적이 언제인가 가물가물했다. 이런저런 조정의 임무를 맡아 20여 년 이상 여기저기 떠돌던 그였다. 그러던 그가 함경도 장덕산 기슭에서 저물어가는 꽃들을 보자 고향이 떠올라 향수에 잠겨본 것이었다.

한창때는 천하에 무서울 것이 없던 최창대였다. 어사의 직무를 맡아 함경도 일대를 암행할 때는 '진북로사의소陳北路事宜疏'를 써서 관폐官弊를 직소했고, 전라도에서는 세금징수의 문제점들을 문서로 올려 지방 관료들의 원성과 모함을 받았지만 눈 하나 깜짝하지 않았다. 하지만 이제는 나이를 먹었는지 몸도 자주 아프고 일들도 힘에 부쳐 과거와 같은 열정이 조금씩 줄어들었다. 더불어 이런 산행도 쉽지 않았다.

그런 최창대가 장덕산을 오르게 된 것은 '정문부라는 의병장과 관북의병들의 비석을 세우겠으니 비문을 작성해달라'는 임명진 부로들의 간청 때문이었다. 최창대는 뒤따라오는 부로들을 힐끗 보았다. 그들이 처음 자신을 찾아온 날을 생각하자 피식 웃음이 떠올랐다.

조선은 지방으로 파견 보낼 관료의 숫자가 항상 부족했다. 그런데 한성에서 거리로는 2,050리, 일수로는 15일이나 걸리는 함경도는 날씨도 척박하고 먹거리조차 부족해서 지원하는 관료들의 수는 특히 부족했다. 이러한 까닭에 조선은 지방 행정의 공백을 메우기 위한 방안으로 향교鄕校의 양반들에게 어느 정도 행정권을 부여했고 함경도는 더욱 광범위한 자치권을 부여받았다. 함경도에 부임한 관료들은 원만한 지역 통치를 위해 촌장들과 만나 관계를 맺는 것이 반드시 필요한 통과의례였다.

부임한 지 얼마 안 돼 고을의 유지들과 면을 트지 않은 시기였다. 최창대도 기본적인 업무의 인수인계가 완료되는 대로 마을 유지들과 만나 인사를 나누는 것을 계획하던 차에 인근 지역 부로들이 떼를 지어 찾아오자 내심으로 업무 처리가 수월해졌다고 생각했다. 함경도에서의 첫 단추가 잘 풀려간다는 기쁜 마음으로 그들의 방문을 맞았다. 그런데 그들의 방문 목적은 일상적인 인사치레가 아닌 조상들의 의병 업적을 밝힌 비문을 새긴 비석을 세워달라는 것이었다.

최창대를 방문한 부로들은 임명진의 해주 정씨, 길주의 양주 허씨, 경성의 공주 이씨와 진주 강씨, 충주 지씨를 비롯해 자신과 본은 다르지만 강릉 최씨를 비롯한 회령의 오씨 일족, 경흥의 원주 원씨 일족, 북청의 전주 리씨 등 함경도 전역에 걸쳐 대대로 일가를 이루는 씨족들의 종손들이 주축이었다. 그들은 선조들의 성명과 선조들이 행한 의병활동을 신화처럼 이야기했다.

대저 임란 당시 의병활동을 하지 않은 백성이 얼마나 될까? 조선 땅을 밟고 사는 백성이라면 대부분 왜구에게 저항했다는 기억에 최창대는 특별할 것도 없다는 생각이 들었다. 최창대는 당시 유행처럼 번지던 조상들의 의병활동을 기록하는 비석을 세우는 행태가 형식적이기도 하고 잘못된 내용을 적은 것들도 많다는 생각에 그다지 탐탁해하지 않았다.

최창대가 내키지 않다고 했더니 부로들은 이충무李忠武의 한산대첩閑山大捷이나 권율 원수權慄 元帥의 행주전투幸州戰鬪, 그리고 김시민 목사金時敏 牧使의 진주대첩晉州大捷에 관한 비갈은 물론이거니와 인근 황해도 연안성延安城에서 구로다 나가마사黑田長政의 공세를 물리친 월천 이정암月天 李廷馣 같은 임란 영웅들의 공적을 기록한 승전비가 조선팔도에 산재해 있음을 직시해주며, 왜구로부터 관북을 지킨 북평사 정문부와 관북의병들에 대한 기록 하나 남은 게 없으니 의병의 후예로서 조상에 대한 불민不敏함은 물론이거니와 자손들 보기가 이루 말할 수 없이 부끄럽다며 공적을 기록한 비갈을 건립해 후손들의 본이 되게 하겠다고 청원했다.

그들의 완고한 모습은 고집불통 노인네들처럼 보였다. 이런 부로들과의 만남이 최창대에게는 왠지 신래新來를 치르는 느낌이었다.

그러고는 과거에 급제했던 날의 곤혹스러웠던 신래가 떠올랐다. 신래란 과거에 먼저 급제한 선배들이 후배 급제자들에게 귀신이라는 조롱까지 들을 정도의 별스런 복색을 입혀 거리를 돌아다니게 하며 침학侵虐과 곤욕을 주는 일종의 신고식 전통이었다.

최창대는 시험 전에 서당 동기인 박태한朴泰漢, 이광좌李光佐와 함께 '우리는 급제하더라도 예를 벗어난 통과의례에는 응하지 말자'고 굳게 약속했다. 그리고 실력이 좋았는지 운이 트였는지 세 사람은 동방급제同榜及第를 했다. 일이 묘하게 돌아가서 박태한은 한 성질을 한다고 소문이 나서 괜히 말을 잘못 걸었다가 오히려 봉변당할 것을 두려워한 선배들이 애초에 신래를 시키지도 않았다. 이광좌는 약속을 지킨다고 서슬 퍼런 정승인 남구만南九萬이 신래의 좌주座主로서 부르는 자리에도 귀를 틀어막고 가지 않았다. 그런데 최창대는 아버지까지 나서서 신래에 참석하라는 협박에 굴복해 신래에 끌려 나갔다. 그 후 두고두고 박태한과 이광좌의 놀림거리가 되었다.

어쨌든 이런저런 연유로 비석 세우는 일에 동참하고 싶지 않다고 말하자 처음에는 순순히 물러났던 부로들이 한 명씩 차례로 방문하며 최창대를 괴롭혔다. 한참을 시달리던 최창대는 비석을 세우는 일이 기실 그리 복잡한 사안도 아니고 응당 해야 할 일이기도 하다며 스스로를 합리화시키고는 이를 수락했다.

비석의 핵심은 사실상 비석에 새길 비문이었다. 그런데 비문의 자료가 될 만한 사료를 찾아 비석을 세우는 단순한 일이 번잡스럽게 된 것은 두 사람 때문이었다. 한 사람은 임란 때 왕의 특명으로 함경도순찰사로 임명되어 의병을 모집하고, 왜군에 대한 방어 계획 등 시국 타개에 노력하다가 고희古稀의 노구로 객사한 윤탁연이었다. 그리고 다른 이는 관북 북평사로 재임하다가 가토 기요마사가 이끄는 왜구를 소탕하여 관북을 회복한 혁혁한 공로를 세웠지만 윤탁연에 의해 전공이 날조되었고, 이후 역모사건에 연루되어 억울한 죽임을 당했다고 알려진 정문부였다.

최창대는 고민에 빠졌다. 이 일은 한 사람이 맞으면 한 사람은 틀린 일이었기 때문이다. 또한 거의 100여 년 전에 일어난 일이었기에 정확한 자료도 있을 리 없었다. 최창대는 자료를 수집하다 주저하고 있었다.

부로들을 만난 지 달포가 지난 어느 날, 비문의 제작이 지연되고 있다는 풍문을 들은 부로들이 부랴부랴 최창대를 다시 방문했다. 대청에 앉아 기다리던 부로들 앞에 최창대가 나타났다. 그들의 대표인 정 부로를 필두로 많은 부로들이 앉아 있었다. 정문부의 직계 후손은 경기도에 거주하고 있었는데, 이에 방계 친족이긴 하지만 정 부로가 관북의 정씨 일족을 대변하며 의병의 후손들을 대표하고 있었다.

부로들의 속내에는 혹여나 일이 틀어질까 하는 급한 마음이 있었다. 하지만 최창대 앞에서는 최대한 내색하지 않고 점잔 빼고 앉아 있었다. 최창대도 그들이 왜 방문했는지 알기에 내심 껄끄러웠지만 역시 내색하지 않고 마주 앉았다.

최창대가 좌정하자 부로 중에서 가장 무게감이 있는 정 부로가 나서서 보자기에 곱게 싼 물건을 내놓았다. '하다하다 이제는 뇌물로 구워삶으려 하는구나' 하는 생각에 망설이자, 부로들이 최소한의 인간적 성의마저 무시하는 상놈 보듯이 쳐다보았다. 어쩔 수 없어 풀어 보니 한 꾸러미의 차茶와 고급스러워 보이는 한약재였다. 최창대가 찜찜한 표정으로 물었다.

"이게 무엇이오?"

정 부로가 공손한 어조로 대답했다.

"소인들이 평사를 찾아뵌 지 달포가 지났는데, 아직 일에 진척이 없다는 소문을 들었습니다. 부임하신 지도 얼마 되지 않아 처리하실 일도 많은데 혹시라도 소인들의 무리한 부탁으로 몸이 축나셨을까 염려되어 가져온 소인들의 작은 성의입니다. 사향麝香으로 만든 환약과 백두산에서 자라는 백산차白山茶입니다. 변변치는 않지만 환약을 차와 곁들여 드시면 몸을 보하시는 데 큰 도움이 될 것입니다."

사향이라는 말에 깜짝 놀란 최창대는 한약을 도로 내밀며 사양했다. 길주의 사향은 조정 진상품으로 지정된 매우 귀한 약재였기에 최창대가 놀라는 것은 당연한 일이었다.

그러자 이 부로가 나서서 정 부로를 거들었다. 골격이 크고 뼈대가 억세 보이는 이 부로는 의병을 발의했던 이붕수의 후예로 경성에서 거주하고 있었다. 최창대가 성내를 순시할 때마다 불쑥불쑥 나타나 벼락같은 목소리로 인사하고 사라졌다. 최창대가 보기에 이 부로는 천성이 제멋대로였다. 어느 날부터 부담감이 느껴져 이 부로의 모습이 눈에 띄면 슬쩍 다른 길로 돌아가곤 했다.

"나으리, 이제는 손을 놓았지만 제가 길주에서는 손꼽히는 포수였습니다. 예전 같지는 않지만 지금도 짐승이든 사람이든 때려잡을 수 있을 만한 힘은 남아 있습니다. 이게 다 조상에게서 받은 기운 덕입니다."

최창대는 이 부로의 말이 협박처럼 느껴져 움찔했다. 그런 최창대는 아랑곳없이 이 부로가 말을 계속 했다. 정말 제멋대로였다.

"그런 제가 평사께서 우리 선조를 위해 이렇게 노고를 마다하지 않으시는데 어찌 두 발을 편히 뻗고 쉴 수 있겠습니까? 그래서 여기 강 포수를 비롯해 소인들이 먼저 조상님들께 제를 올리고 산에 올라 힘을 합쳐 잡은 사슴으로 만든 약재이니 부디 거절하지 마십시오."

최창대가 난감한 표정을 지었다. 최창대의 표정을 찬찬히 살피던 정 부로가 우회적으로 질문을 던졌다.

"혹여라도 평사의 곤란함이 순찰사를 하셨던 중호 윤탁연 공과 연관된 것 때문은 아닙니까?"

정곡을 찌르는 정 부로의 물음에 최창대가 선뜻 답을 하지 못하자 정 부로가 정색을 하고는 단도직입적으로 불만을 토로했다.

"이런 말씀 드리기는 송구스러우나 북평사께서는 10여 년 전에 이곳에 관찰사로 제수되어 오셨던 노봉 민정중老峯 閔鼎重 어른이 조정에 올린 보고를 믿지 않으시는 것 같습니다."

곤혹스러운 표정으로 최창대가 대답했다.

"노봉 어른이 조정에 올렸던 내용은 익히 알고 있소. 당시 노봉께서는 주민의 청원을 받고 북평사였던 외재 이단하畏齋 李端夏 공께 의병장 정문부와 관북의병의 사적史蹟을 조사하라고 지시했고, 그 결과를 조정에 보고함으로써 관직을 추증追贈했다고 들었소. 또한 충렬사忠烈祠를 세워 사액賜額을 내리게도 하셨소. 하지만 그 후 윤탁연 공의 후손들이 이의를 제기하며 정확한 사실 조사를 요구했고 더 이상의 진전 사항은 없었소. 이 정도 선에서 멈추자는 분위기였소. 더욱이 노봉 어른과 윤공은 당파도 달라서 노봉 어른의 조사가 딱히 공정하다고만은 할 수 없다는 것이 암묵적인 분위기이기도 하오. 이런 상황에서 다시 긁어 부스럼을 낼 까닭이 있소? 그리고…"

정 부로가 이야기를 계속하려는 최창대의 말을 단호하게 끊었다. 지금까지 최창대를 대했던 부드러운 태도를 버리고 무슨 일이 있어도 자신들의 의지를 반드시 관철하겠다는 자세의 표명이었다.

"노봉 어른이 외재공께 사적 조사를 지시했던 연유가 있습니다. 이는 외재공의 부친인 택당 이식澤堂 李植께서 함경도 평사로 재직할 때 북로北路의 사실事實과 형요形要에 대해 기술한 '북관지北關誌'의 저술을 시작했던 것을 알고 계셨기 때문입니다. 외재께서는 택당을 이어 '북관지'를 완성할 정도로 북관에 대해 정통한 분입니다. 그런 분의 보고도 믿지 못하겠다는 것입니까?"

정 부로의 항변에 다른 부로들 역시 동조한다는 듯 웅성거리기 시작했다. 최창대가 난감하다는 표정으로 부로들을 보자 이 부로가 나서서 시비조가 섞인 불만스러운 목소리로 건의했다.

"늙은 우리가 조상의 빛을 내거나 그로 인해 이득을 보고자 함이 아니요. 우리는 살 만큼 산 사람들입니다. 단지 바른 이야기가 이대로 묻히고 거짓된 소식이 남아 후세에 전해진다면 그 어찌 부끄러운 일이 아니겠소?"

이 부로의 말을 들은 최창대는 말문이 막혔다. 하지만 한쪽의 말만 듣고 그 내용을 비문에 새길 수는 없었다. 말은 천 리千里를 가지만 글은 천 년千年을 간다고 했다. 최창대는 진실을 밝히는 것이 어려운 일이라는 것을 알고 있었다. 그러기에 더욱이 자신이 작성한 비문이 후세에 거짓이라 업신여김 당할 것이 두려웠다. 졸필拙筆은 용서받을 수 있지만 곡학曲學은 용납할 수 없었다. 하지만 부로들의 말을 들으니 이대로 회피할 수도 없었다. 결국 최창대는 비석을 세우는 일에 착수하기로 결심했다. 그리고 일의 방향을 결정했다. '사람들의 증언을 듣고 전투 현장을 답사하고 남겨진 기록물을 참고해 숨겨진 진실은 드러내고 잘못 알려진 사실은 바로잡는다.'

방향이 결정되자 부로들의 등쌀에 서둘러 일을 시작할 수밖에 없었다. 그리고 관북의 이곳저곳에 산재해 있는 의병들의 전투지역을 답사했다. 최창대와 부로들은 수개월의 오랜 여정 끝에 드디어 관북 지역의 최대 격전지라는 길주의 장덕산을 오르고 있었다.

"이곳의 호랑이는 가토 기요마사가 모조리 때려잡아 씨를 말렸다는 것이 사실입니까?"

최창대가 큰 소리로 부로들에게 물어보니 한창때는 '강 포수'라는 별호로 불렸다는 강 부로가 웃으며 답했다. 강 부로는 강문우의 후예로 강씨 가문은 유학을 배우기는 하지만 무술도 좋아해 대대로 뛰어난 무인을 많이 배출했다.

"어찌 가토 기요마사가 조선의 호랑이 씨를 말릴 수 있었겠습니까? 과장된 표현이지요. 하지만 많은 호랑이의 껍질을 벗겨 도요토미 히데요시에게 호피를 상납한 것은 사실이라고 들었습니다. 정문부 장군에게 패해 도주할 때도 애첩들보다 호랑이 가죽을 열심히 챙겼다고 합니다."

"어쨌든 호랑이 사냥꾼으로 소문난 가토 기요마사의 오금을 저리게 했으니 정 장군이 호랑이를 잡겠다고 마음먹었으면 대단했을 듯하오."

정 부로가 조상들에게 들은 일화를 들려주었다.

"호랑이를 잡는 데 필요한 것은 용력도 용력이지만 담력과 침착성이 중요한데, 장군께서 여섯 살 때 동대문 밖에서 호랑이 잡는 구경을 하고 있었다고 합니다. 그런데 호랑이가 큰 소리로 울부짖자 구경하던 이들이 어른이고 아이고 할 것 없이 모두들 혼비백산하여 도망갔답니다. 그런데 정문부 장군께서는 얼굴빛 하나 변하지 않고 미소를 짓고 앉아 있었다고 하니 아마도 어르신이 호랑이 사냥꾼이 되었다면 조선 제일이 되지 않았을까 생각합니다."

정 부로의 말에 옆에 가던 원충서의 후손인 원 부로가 추임새를 넣었다.

"그러게 말일세. 그러니 호랑이 가토 기요마사도 꼼짝 못한 것 아니겠는가?"

북청에서 온 리희당을 선조로 둔 리 부로도 한마디를 얹었다.

"그런 걸 보면 정 장군과 가토는 호랑이로 맺어진 전생의 인연이 있었을 것이 틀림없을 게야."

이런 대화를 나누며 각자 웃고 떠들었다.

그런 부로들을 보며 최창대는 비문의 내용이 정리되어가는 것을 느꼈다. 갈등도 많았다. 과연 어떻게 비문을 쓸 것인가? 윤탁연과 정문부의 관계를 적시할 것인가? 윤탁연과의 사실관계는 제외하고 오로지 관북의병의 전공만 적을 것인가? 그리고 역사적 사실과 나의 평가를 어디까지 분리해서 쓸 것인가? 설령 사실관계가 밝혀지고 방향이 결정되어도 비문에 들어갈 한정된 자구字句 수에 비해 관련자들의 숫자도 많고 넣어달라는 일화도 많을 것이었다. 그렇다면 정문부뿐 아니라 그와 함께 생사고락을 나누었던 의병들 각자에게 할애할 비문은 얼마만큼인가? 이런 일들은 과정은 즐거울 수 있지만 여느 논공행상論功行賞과 마찬가지로 엄정한 잣대로 쓰이지 않으면 나중에 분란을 일으킬 소지가 있었기에 최창대는 고심에 고심을 거듭했다.

이런저런 생각을 하며 무심히 장덕산을 보던 최창대의 눈에 아직도 전란의 참화가 가시지 않아 희미한 불길의 흔적이 남아 있는 초목들이 들어왔다. 최창대는 그 잔재에 끌려 찬찬히 주변을 훑어보았다. 산하의 평온한 모습 아래에 숨어 있는 많은 임란의 상처가 보였다. 의병이든 왜구든, 아군이든 적이든 살아남기 위한 몸부림이 있었고, 죽음에 대한 두려움 또한 있었을 것이다. 얼마나 혹심한 참화였던가?

최창대가 최초로 조사한 곳은 자신의 부임지인 경성이었다. 거울같이 맑은 감호와 읍성이 있었기에 거울 '경鏡' 자를 쓰고 거기에 성 '성城' 자를 붙여 이름 지어진 경성은 태종 3년에 읍성을 축조하고 경원부를 천이한 이후부터 북쪽 변방에서 침략해오는 오랑캐를 막아온 함경도의 방패였다. 최창대는 북평사로서 이미 수백 번을 둘러봤던 경성이었지만, 정문부와 의병들의 관점에서 다시 한번 살펴보기로 했다. 정문부가 순왜順倭의 수괴 국세필을 유인해 목을 베었다는 남문에 올라가 성 아래를 내려다보았다. 최창대의 마음에는 온갖 상념이 떠올라 자신도 모르게 소회를 털어놓았다.

"관노 국세필은 무예에 능한 억센 자로 들었소. 두 왕자와 대신을 잡아 왜구에게 넘겨준 국경인과 합세해 반란을 일으킨 경성 관노 국세필을 정문부 장군이 복병장 강문우 공과 합세해 이곳에서 목을 베고 조리돌렸다고 들었는데, 참으로 의롭고 통쾌한 일이었소."

그러자 강 부로가 최창대의 기미를 살피며 조심스럽게 말을 건넸다.

"제가 전해 듣기로는 국세필을 참수하는 데 장군께서는 내심의 괴로움이 많았다고 합니다."

강 부로의 말을 들은 최창대가 의아한 표정으로 물었다.

"그대들은 정문부 장군이 문무를 겸비한 충의로운 인물이라 했소. 그런데 반도를 참수하는 데 왜 괴로워했다는 것이오? 정 장군과 역도 간에 무슨 사적인 사연이라도 있었단 말이오?"

강 부로는 그 말에 손사래를 치며 어렵게 입을 열었다.

"… 그런 뜻이 아닙니다. 평사께서는 이곳으로 임관해오시기 전에 관북의 반골 기질에 대해 많이 들으셨을 겁니다. 감히 이런 말씀을 드려도 괜찮은지 모르겠지만, 관북의 관노 중에는 죄를 지었다기보다는 권력투쟁에 패배해 쫓겨온 이들이 많다고 알려져 있습니다. 기실 국세필은 비록 반도이기는 하나 전라도에 살다가 조정의 미움을 받아 이곳으로 유배 온 자인데다가 … 당시 이곳으로 피난 온 두 왕자의 악행에 마을 사람들의 원성이 자자했습니다. 두 왕자를 잡아 왜에게 넘겨준 사실에 분노하는 사람은 적었고 기뻐하는 사람들이 다수였다고 들었습니다. 정문부 장군께서는 국세필의 잘못은 차치하고 그러한 그의 불쌍한 처지를 너무나 잘 알았기에 그의 처리에 고뇌가 깊었다고 합니다."

최창대는 어느 순간부터 서슴지 않고 속내를 토로하는 강 부로의 말에 주위 사람들을 둘러보았다. 다른 부로들의 눈에서도 공감의 빛이 떠올랐다. 최창대 역시 젊은 시절 함경도 암행을 하며 조정에서 파견한 관리들의 적폐를 너무나 많이 목도했기에 그들의 말에 침묵할 수밖에 없었다.

"계속 이야기해도 괜찮다면 말씀 올리겠습니다."

최창대가 묵묵히 고개를 끄덕였다. 강 부로가 이야기를 이어갔다.

"장군께서 왜구와의 전투에서 부상을 당한 상황에서 왜구의 공세를 피해 은거한 적이 있었습니다. 그때 왜구에 적극적으로 동조해 조정의 관리들을 겁박했던 반도들조차 장군에게는 아무런 위해를 가하지 않았습니다. 이유가 어디에 있었다고 생각하십니까?"

최창대가 강 부로의 이야기에 별 대답을 못하자 성질 급한 이 부로가 연이어 말했다.

"장군이 보통 사람이었나. 기근으로 관내 백성이 굶주릴 때는 식량이 있으면 나누어주고 없으면 함께 굶었습니다. 심지어는 그들을 제자로 삼아 글까지 가르쳐주었습니다. 여타의 관리들과는 달랐다는 얘기지요. 이렇게 관북의 백성을 이해했던 장군이었는데, 어찌 국세필을 참수할 때 괴롭지 않았겠습니까? 나야 지금도 국세필이 나쁜 놈이라고 생각하지만, 장군께서는 꼭 그렇게만은 생각하지 않았던 것 같습니다. 국세필에게 호응한 백성을 용서하고 다시 받아들인 데는 그런 저간의 사정이 있었습니다."

이 부로의 말을 경청하던 최창대가 무겁게 입을 열었다.

"그렇다고 두 왕자를 나포해 왜구에게 넘겨준 국세필의 죄가 중하지 않다고는 할 수 없소."

차분하게 앉아 있던 최 부로가 침통한 표정이다가 반대 의견을 개진했다. 최 부로는 의병 당시 군사의 역할을 수행하며 국세필을 참수하는 데 결정적인 공로를 세웠다고 알려진 최배천의 후예였다.

"당시 국세필은 이곳 경성을 점령하고 있었습니다. 평사께서도 아시다시피 경성은 전략적 요지로 수성하기는 쉬우나 공성하기는 쉬운 곳이 아닙니다. 의병들과 국세필의 전투가 벌어졌다면 아마도 무고한 사상자가 많이 났을 것입니다. 저희 고조부이신 최배천 공께서는 죽음을 무릅쓰고 적진으로 들어가 투항을 요청했고 국세필은 이를 받아들였습니다. 물론 국세필의 복심에 대한 논란은 분분하고 역도임에는 확실하나, 그의 선택을 생각해볼 때 부하들은 물론 관북 백성의 희생을 막아보고자 최선을 다했던 것만은 분명합니다."

그러자 당시 최배천과 같은 경성 출신으로 함께 전략을 수립하며 정문부를 도왔던 지달원의 후손인 지 부로가 한탄했다.

"당시 국세필과 친분이 돈독했던 최배천 공께서 마음고생이 심했다고 합니다. 그래서 전시임에도 국세필의 시신을 수습했다가 정현룡의 모함을 받고 고초를 겪었다고 들었습니다. 정말 가슴 아픈 일이지요. 돌이켜보면 당시 조정의 처사는 정말 엉망이었습니다."

함길도라 불리던 함경도는 조선왕실의 발상지일 뿐 아니라 지리적으로 북방 이민족과 닿아 있는 곳이었다. 그렇기 때문에 지방관은 호족 중에서 임명하여 오랑캐로부터 조선을 지키는 데 전력했다. 그러나 어느 때부터인가 함경도의 군사력에 불안감을 느꼈던 조선 왕조는 호구조사와 호패법을 통해 백성들의 이동을 엄격히 단속했고 군역 또한 가혹하게 부담시켰다. 게다가 함경도에서는 영향력이 상당했던 무당들에게는 굿세인 신세포神稅布까지 부과했다. 심지어는 관북 호족들의 지위를 격하시켜 과거시험을 볼 자격에도 제한을 두어 어느 순간부터 관북인은 중앙에 진출할 생각조차 포기하게 만들었다.

이러한 조정의 착취는 토호와 농민들의 불만을 가중시키고 인심을 흉흉하게 만들어 끝내 회령부사이며 대토호인 이시애李施愛의 난을 불러일으켰다. 넉 달여 만에 난은 실패로 끝나고 반란의 근거지가 되었던 길주는 길성현으로 강등되었다. 임란 직전까지도 길주는 반란의 기운이 시퍼렇게 살아있는 역모의 땅이었다.

부로들의 불만을 들은 최창대는 정문부의 공적을 불편부당하게 처리하는 것이 길주의 불온한 기운을 누그러뜨릴 수 있는 방책 중의 하나라고 생각했다. 분위기 수습을 위해 최창대가 신중한 어조로 부로들에게 물었다.

"일단 정문부 장군과 관련된 경성 문제는 여기까지 정리하기로 하고, 내일은 어디를 방문했으면 좋겠소?"

지 부로가 나서서 안을 내었다.

"제 집안의 선대 어르신인 지달원 님께서는 장군께 학문을 사사 받았고 함께 의병 봉기를 모색했습니다. 듣기를 정문부 장군께서 창의기병 하시기 전에 왜구의 총탄에 맞아 단신으로 용성龍城의 산야를 헤매다가 무당 한인간巫堂 韓人侃에게 도움을 받고 은신해 있다가 선대 어르신과 합류했다고 합니다. 한인간의 집부터 찾아가 보는 것이 순서라고 봅니다."

이른 아침에 최창대는 부로들과 함께 함경도 끝자락에 위치해 있는 용성을 찾아갔다. 한인간의 집은 찾을 수 없었다. 세월도 흘렀고 전란으로 인해 지형도 대부분 변했기 때문이다. 하지만 한인간은 주술의 영향력이 강력한 함경도에서도 워낙 유명한 무당이었기에 그에게 내림을 받아 세습해온 무당을 어렵지 않게 만날 수 있었다. 한인간부터 따지자면 3대째 되는 무당이었다.

최창대는 일견 고지식하다 할 수 있을 정도의 유학자였기에 외도방술外道方術은 그리 탐탁해하지 않았다. 그러기에 최창대는 지금까지 무당을 비롯한 역술사들을 직접 대면해본 적은 없었다. 그렇지만 관북에 어사로 암행했고, 현재는 북평사로 재임하면서 함경도 백성에게 외도방술이 끼치는 영향력이 어느 정도 강력한지는 알고 있었다.

무당은 최창대의 그런 속내를 아는지 모르는지 깊은 이야기를 해주지는 않고 조정에 대한 불평만 털어놓았다.

"사실 조정에서 우리를 인정해주든 말든 크게 개의하는 바는 아니지만, 유학만 옳다 그르다를 논하는 기준이라는 것은 말도 아닌 허황한 이야기라는 생각입니다. 유학이 백성의 내면의 고통이나 불안을 모두 어루만져줄 수 있겠습니까? 물론 '경국대전經國大典'에 비추어볼 때 무속의 한계는 분명하고 조정 방침이 종교와 미신의 경계선을 구분하는 중차대한 일이기에 공인한다는 것이 쉽지 않은 일인 줄은 압니다. 그렇다면 세금이나 걷지 말든가 굿 한번 할 때마다 신세포라는 명목으로 세금은 걷어가면서 우리를 없는 백성 취급하는 연유가 무엇인지 모르겠습니다."

부로들이 무당의 말에 슬쩍 최창대의 안색을 살폈다. 최창대는 고지식하기는 하지만 속 좁은 인물은 아니었다. 최창대가 고개를 끄덕였다.

"그대의 말이 그리 틀린 말은 아니오. 하지만 솔직히 그 사안은 내 권한을 벗어나는 일이라 지금 당장 방도를 찾을 수 없는 게 사실이오. 그런데 무속이나 유교나 현실적 문제를 타개하기 위해 사람들이 선택한 방안 아니오? 그대는 우리가 찾아온 연유를 알 터이니 당장의 화급한 문제부터 해결해주면 고맙겠소. 나는 사실 정문부 장군과 한인간 만신과의 관계를 알고 싶소."

최창대의 솔직한 질문에 무당이 호탕하게 웃었다. 그러고는 무당 특유의 천진난만한 표정이 되었다.

"어르신은 진솔하시구려. 이렇게 속내를 털어놓는데 어찌 말씀드리지 않을 수 있겠습니까? 어르신도 궁금했을 것입니다. 아무리 전란이었기로서니 평북사이신 정문부 장군이 무당의 집에 의탁한다는 것이 두 분의 인연이 있지 않았으면 가당키나 했겠습니까?"

최창대가 궁금했던 것 중의 하나가 그것이었다. 대저 최창대가 생각하는 무당은 요설饒舌과 경박함 그리고 혹세무민惑世誣民이었다. 아무리 부상을 입었기로서니 정문부가 온전한 유학자라면 무당집에 은신하지는 않았을 것이라는 생각을 했다. 그리고 난세의 역모는 무속과 함께 시작되었다는 역사적 통설도 정문부에 대한 의구심을 품게 하기에 충분했다. 이런 마음을 읽었는지는 모르지만, 어느 순간부터 무당이 정색을 하고 최창대에게 설명했다.

"사실 정문부 장군께서도 북평사로 임관된 초기에는 관북에 무속이 번창하는 것은 교육이 모자란 탓이라 여겼고, 이에 부임 얼마 후부터 백성을 제자삼아 글과 무예를 성심으로 가르치셨습니다. 그러던 와중에 제자인 지달원의 어머니께서 우연히 동티가 났는데 백약이 무효라 굿판을 벌이게 되었습니다. 물론 정문부 장군에게 유교를 사사받아 한창 매진하고 있던 지달원은 고뇌가 많았습니다. 효자였던 지달원은 장군께 방안을 구해봤지만 변변한 의원도 없는 변방에서는 딱히 방법이 없었습니다. 어쨌든 대안이 없자 집안 노인네들의 강권과 효심이 합쳐져 굿판을 벌인 것이지요. 그때 굿판을 주재했던 분이 만신이셨습니다."

처음에는 그저 진지하기만 했던 최창대의 표정에 호기심이 어리기 시작했다.

"물론 굿판을 벌여 백발백중 효험을 보는 것은 아닙니다만, 그날 굿은 기적이 일어났습니다. 굿판이 끝나기도 전에 명줄을 놓고 누워 있던 노인네가 멀쩡해져 자리에서 일어난 것입니다. 다들 입을 딱 벌렸죠. 그리고 굿판을 몰래 참관했던 정 장군도 깜짝 놀랐습니다. 장군 또한 효자였기에 정신줄을 놓을 정도로 기뻐하는 제자의 모습을 이해할 수 있었습니다. 그날은 조용히 자리를 피했던 정 장군은 그 후 만신에 대해 조사를 했다고 합니다. 그리고 만신께서 부자들에게 굿판을 크게 벌여 얻은 재물로 힘없고 가진 것 없는 백성을 위한 굿판을 벌인다는 사실도 알게 되었습니다. 그래서 만신의 집을 찾아가 담소를 나누기 시작했고 이후 교류가 일어났다고 합니다. 게다가 정문부 장군은 옳다고 생각하는 일이라면 거리낌없이 행하는 거칠 것 없는 성품이었습니다. 대놓고 무당과 만나는 것을 손가락질하는 사람들도 있었지만 개의치 않았다고 합니다. 만신이 하시는 일에 조정을 대신해 고마움을 표시하는 장군에게 만신은 손사래를 치며 수차례에 걸쳐 진언했다고 합니다. '하늘이 나에게 두소지재斗筲之才를 주어 몇몇 백성은 살릴 수 있겠지만, 평사께서는 전란에 빠진 관북을 구할 영웅이 될 것입니다. 후일 그 일로 인해 억울한 액난에 빠질지라도 피할 수 없는 운명이라 생각하시고 받아들이시기 바랍니다.' 이런 말씀에 정문부 장군은 늘 호탕하게 웃으시며 '나는 일개 무명소졸에 불과한 자요, 내가 그럴만한 그릇도 아니고 혹여 하늘이 내게 그런 소임을 내린다면 내 목숨이 무엇이 아깝겠소? 남아로 태어나서 백성을 구하는 영웅이 된다면 한바탕 좋은 굿판을 벌인 것으로 여길 수 있고 이것 또한 일생의 기쁨이 되지 않겠소'라고 하셨다고 합니다. 말씀드릴 수 있는 것은 여기까지입니다."

이어서 지 부로가 첨언했다.

"정문부 장군은 몸을 추스르시고 얼마 후에 본가 어르신 댁으로 몸을 옮겼습니다. 그리고 그곳에서 최배천 어른과 강문우 어른과 함께 의병 봉기를 기도하셨습니다. 하지만 다들 정문부 장군이 엄연한 현직관료로서 조정의 명도 없이 의병장이 된다면 추후에 조정으로부터 어떤 불이익을 당할까 우려했습니다. 그래서 의병을 도모하자고 권유하기에도 조심스러워 다들 눈치만 보고 주저주저했습니다. 사실 정 장군께서도 의병장으로 추대받자 자신이 받을 불이익보다는 나이나 품계로 의병활동에 분란이 일까 봐 참여를 망설였습니다. 그때 막무가내이신 이붕수 어르신께서 '나라가 상처를 받고 침탈당함이 이 지경에 이르렀습니다. 역도들의 악행을 보고 있노라면 알 수 있습니다. 하루 결단을 늦추면 백성의 고통은 열흘이 더 심해질 것입니다' 하고 정문부 장군께 의병장을 강권했고 고심하던 장군께서는 마침내 승낙했습니다."

드디어 최창대는 '평사評事'라는 신분으로 무당과 어울렸던 정문부에 대해 가지고 있던 선입견이 많이 지워졌다. 게다가 창의기병 당시의 상황을 이해할 수도 있었다. 하지만 아직도 풀리지 않는 의구심이 있어 부로들에게 물었다.

"그 후 과정을 보면 위계질서가 흐트러졌음에는 틀림이 없소. 부장으로 정 장군을 보좌했던 정현룡 부사는 품계상으로는 상관이었소. 정 부사는 후일 나라를 지키다가 적진에서 전사했고 호국의 신神으로 산화散華했습니다. 그 후 정 부사의 애마愛馬가 주인의 잘린 두안頭顔만 물고 고향으로 돌아왔다는 이야기도 들었소. 이러한 일화로 판단하건대 의병장으로 손색 없는 인물이었을 것이라고 여겨지오. 그래서 지위로는 의당히 정 부사가 의병장이 되는 것이 순리인데, 정문부 장군이 의병장이 되었다는 것은 명예욕이나 권력욕이 과했던 것이 아닌가 생각이 들기도 하오."

최창대의 발언에 오 부로가 강하게 반발했다. 오 부로는 토적장으로 의병에 종군했던 오윤적의 후손이었다. 오윤적 역시 향교에서 정문부에게 학문을 사사받은 제자였다.

"정문부 장군은 제안을 사양하고 또 사양했습니다. 하지만 모든 의군의 뜻은 평사의 벼슬이 낮다고는 하나 많은 의군이 따르고 있으니 의병장이 되어 통솔하는 것이었습니다. 이것은 확실합니다."

그러고는 최창대에게 기습적으로 반문했다.

"어르신께서도 전란에서 승리하는 것보다 조정에서 내린 벼슬의 순위가 더 중요하다고 생각하십니까? 그리고 정문부 장군께서는 정현룡에게 의병장을 맡아주기를 제안하기도 했습니다. 하지만 완강한 의병들의 태도에 부담을 느낀 정현룡이 의병장을 장군께 양보한 것입니다. 그리고 장군을 보좌하며 갈등을 겪다가 의병장의 자리를 꿰차고 부하들을 죽음으로 몰아넣은 연후에야 자신이 한 일을 후회하고 반성했다고 들었습니다. 처음에는 소심하고 용렬한 인물이었음이 확실합니다."

이 부로가 시큰둥한 어투로 끼어들었다.

"제놈이 처음부터 의병장이 되었으면 의병이고 뭐고 산통이 다 깨졌을 것이야."

지 부로가 이 부로의 막말을 차단하고 말을 이어갔다.

"정문부 장군께서 의병장이 된 것은 장군의 의지가 아닙니다. 스스로의 의지로 자신들의 대장을 선택하고 싶었던 의병들의 뜻이며, 관북을 지키라는 하늘의 뜻이었습니다. 그 마음 변치 말자고 구국을 위한 피의 다짐을 하고 100여 명의 의병을 모았던 것입니다. 그로부터 길주 출신의 허진, 김국신, 허대성 어르신들 또한 의병을 모아 성원했습니다. 이에 창의기병의 큰 틀이 완성된 것입니다."

부로들의 말에 최창대는 드디어 당시 상황을 이해할 수 있었다. 의병의 주축은 경성인으로, 회령과 길주에 이어 경흥과 온성에서 그리고 북청에서도 각각 참여했다. 정6품 품계의 정문부는 정6품 이상이 14명이나 되는 지휘부를 이끄는 데 어려움이 있었을 것이다. 또한 현직 감사인 윤탁연과의 위상 설정과 전공에 대한 윤탁연의 질투는 이후 정문부가 겪어야 할 고난의 단초였을 것이다.

최창대의 뇌리에 창의기병 당시 의병들이 벌인 갑론을박이 선연히 떠올랐다. 얼마나 많은 이야기가 오갔을까? 전투 전의 비장함과 의기에 최창대의 피도 끓어오름을 느꼈다. 정문부와 창의기병의 내면을 어렴풋하게나마 이해할 수 있는 첫발을 내디딘 날이라고 생각했다.

정문부의 의병활동이 본격적으로 시작된 시기는 선조 25년(임진년) 9월 중순이었다. 정문부는 필승의 의지를 다지며 길주성으로 출병했다. 당시 길주에는 적장 가토 우마노조가 1,500여 명을 거느리고 성을 점령하고 있었다. 도중에 행군을 하던 병사 하나가 무슨 생각에서인지 벌벌 떨며 정문부 앞으로 뛰쳐나와 '왜구가 다수라 맞서 싸우기 벅차니 돌아가 성을 지키는 것이 옳을 듯하다'고 울면서 호소했다. 이에 정문부가 '네가 왜놈을 위해 의군을 막느냐?'며 즉시 참수하고는 깃대 위에 높이 목을 달아 군율을 세웠다. 비정한 출정이었다.

영강역으로 가는 그 길을 최창대와 부로들이 말을 타고 지나가고 있었다. 정문부의 고사를 전해주던 창의기병 종사관이었던 원충서의 후손 원 부로가 눈물을 글썽였다.

"정공은 모진 분이 아니었습니다. 첫 출정만 아니었어도 병사를 용서했을지 모른다고 했습니다. 하지만 첫 출정이었습니다. 첫 단추를 잘못 꿰면 모든 것이 흐트러진다는 것을 실감하고 있었답니다. 피눈물을 흘리며 병사의 목을 베었다고 나중에 제 조부께 말씀하셨답니다. 전란에서는 늘 일어날 수 있는 일이지요."

다들 말이 없었다. 당시는 전란이었다. 그것도 변경의 영토보존을 위한 국지전이 아닌 국가의 명운이 걸린 전면전이었다.

길주성 앞에 최창대 일행이 말을 멈췄다. 지금도 길주는 80여 년 전의 모습을 그대로 간직한 듯 보였다. 해발 6,600자尺가 넘는 웅장한 산에 탑 모양의 수많은 봉우리가 불쑥불쑥 솟아올라 마치 만물상처럼 보이는 만탑산과 만두산을 등에 지고 길주성이 우뚝 서 있었다. 백두대간을 배경으로 서 있는 길주성을 바라보는 최창대 일행은 여행의 고단함을 씻어버리는 풍경에 저도 모르게 감탄사를 연발했다.

"장쾌한 풍경이구려."

최창대가 예의 길주 풍경에 반해 탄복하자, 부로들도 땀을 씻으며 맞장구쳤다.

"볼 때마다 시원한 느낌이 절로 듭니다."

"이곳이었소? 정공이 가토 기요마사의 수하였던 가토 우마노조와 일전을 결한 곳이?"

강 부로가 성문 앞 20리 앞에서 말을 멈추었다.

"바로 여기에서 소인의 어르신인 강문우 공께서 결사 기마대 20여 기를 이끌고 성문으로 돌격했다고 합니다. 방어하고 있던 왜구가 당황하여 급히 성문을 닫았습니다. 정문부 장군은 닫힌 성문으로 인해 강문우 공에게 더 이상의 의군을 지원하지 못해 발을 동동 굴렀습니다. 그런데 야삼경에 강공께서 왜구의 수급 수십 급을 차고 돌아왔다고 합니다. 기마대의 인마는 모두 피로 물들어 귀신같은 몰골이었습니다. 기습작전이 성공하여 굳세게 닫힌 성문을 열어 내부 사정을 잘 알게 되었고, 또한 장병들의 사기를 크게 떨쳤답니다. 그렇지만 기병대의 귀환을 노심초사 기다리던 장군께서는 무엇보다 의병들의 무사한 모습에 크게 기뻐했다고 전해집니다. 첫 번째 전투가 담대한 승리로 끝나자 이후의 전투에도 자신감이 백배가 된 것입니다."

설명을 듣던 최창대가 자신도 모르게 말에 채찍을 가했다. 그리고 말을 달렸다. 당시 강문우 기병대의 심정으로 성문까지 돌격했다.

'열려 있는 성문 틈으로 들어간 직후에 성문이 닫히고 지원이 차단되었을 때 강문우의 기병대가 가졌던 심정은 결사항전의 마음이었을 것이다. 필사즉생 행생즉사必死卽生 倖生卽死의 심정으로 달려갔을 것이다.'

최창대는 돌격대의 마음으로 달리고 달려보았다. 그리고 성문 바로 앞에서 숨을 몰아쉬며 말을 멈추고는 한참 동안 길주성을 올려다보았다.

사람 사는 세상은 어디나 비슷하다. 함께 부대낀 시간만큼 친해진다. 관북의병의 행적을 찾아가는 여정을 통해 부로들과 최창대는 차츰 속내를 털어놓을 수 있는 관계가 되었다.

밤이 깊어 최창대가 침상에 누워 있었다. 피곤한 마음에 잠을 청해보았지만 잠도 오지 않아 뒤척이는데, 누군가 숙소의 문을 두드렸다. 의아한 마음에 나가보니 정 부로가 술병을 들고 서 있었다. 옆에 서 있는 이 부로의 손에는 토끼와 꿩이 들려 있었다. 최창대가 의아한 얼굴로 보자 이 부로가 꿩을 들어 올려 보여주며 입을 열었다.

"오랜만에 강 부로와 솜씨를 발휘해봤습니다. 길주의 산에서 사냥을 해서 잡은 것들입니다. 평사께서 괜찮으시면 마당에 나가 고기를 구워 먹으며 술잔을 기울이는 것도 괜찮을 듯싶습니다."

최창대의 얼굴이 밝아졌다.

"마침 잠도 오지 않고 허기도 와서 출출했는데 좋습니다."

그렇게 최창대와 부로들은 의기투합해 마당으로 나갔다.

마당에는 이미 모닥불이 훨훨 타오르고 있었다. 기다리고 있던 부로들은 최창대가 나타나자 서둘러 자리를 마련해주었다. 이 부로가 보여준 토끼와 꿩 말고도 다른 짐승들도 잡았는지 멧돼지가 꼬치에 꿰여 돌아가며 모닥불 위에서 노릇노릇하게 구워지고 있었다. 이 부로가 멧돼지를 굽고 있는 하인에게 들고 있던 꿩과 토끼를 건네주었다. 하인이 한쪽으로 가서 짐승들을 손질하기 시작했다. 이 부로가 하인에게 무어라 지시하고는 최창대의 옆에 앉았다.

"본시 봄철에는 사냥을 하지 않습니다. 멧짐승들이 번식하는 계절이거든요."

그러고는 농담조로 덧붙였다.

"우리 부로들처럼 씨가 시들어버려 씨 뿌리기에는 쓸모없는 늙은 놈들만 골라잡느라 힘들었습니다. 살가죽도 억세서 고기도 질기긴 합니다. 하지만 잘 조리해서 드실 만은 하실 겁니다. 이놈들은 이 땅을 지켜준 의병의 행적을 찾아가는 평사 어르신 몸보신에 몸을 바쳤으니 극락왕생할 겁니다. 죽은 놈들도 불만은 없을 게고요."

이 부로는 최창대가 벌이고 있는 일이 좋은 일이라고 슬쩍 죽은 짐승에 말을 얹었다. 껄껄 웃던 최창대가 이 부로 옆에 있는 도리깨처럼 생긴 편곤을 보고는 궁금한 듯 물어보았다.

“그것은 편곤이 아니오? 우리 고향에서는 주로 활로 짐승을 잡는데 북관에서는 편곤으로도 사냥을 하는 것 같습니다.”

“날짐승을 잡는 데는 활이 좋지요. 하지만 큰 짐승은 아무래도 활만으로는 힘에 부칩니다.”

고기가 다 익었는지 부로 중 한 명이 하인과 함께 자른 고기를 쟁반에 담아와 최창대 앞에 놓으며 말을 섞었다. 그는 이곳 길주 출신으로 도리깨와 낫으로 전장을 휘저었던 허진과 허대성의 후손인 허 부로였다.

“편곤은 허진 어른이 주로 사용하던 무기였습니다. 지금 관에서 사용하는 편곤은 허진 어른이 도리깨로 왜구를 때려잡았다는 이야기를 들은 유성룡 장군이 왜구들과 육박전에 쓰도록 건의해서 만들었다고 들었습니다.”

그 말에 최창대가 고개를 끄덕이며 물었다.

“그런데 어떤 연유로 길주 출신인 허씨 어르신들이 창의기병에 참가한 것입니까?”

그 말에 이 부로가 웃으며 허 부로에게 양보했다.

“거기에는 이봉수 어른과 허씨 어르신들과의 남다른 인연이 있습니다. 허 부로는 그 얘기를 귀에 못이 박이도록 듣지 않았나. 적당히 손질해서 재미있게 이야기 좀 해보시게.”

허 부로가 웃으며 이야기를 시작했다. 모닥불이 활활 타오르고 있었다.

이붕수가 한창 무술에 재미를 붙여 천하의 협객들을 찾아 무술 이론으로든 완력으로든 진검승부든 일합을 겨루고 돌아다닐 때였다. 이붕수는 타고난 힘은 장사였지만 당시에는 본격적인 무예를 익힌 지 그리 오래되지 않았기에 승패가 반반이던 시절이었다. 그때의 이붕수는 항상 몸이 근질근질했다. 무술 시합 중에서 가장 싫어했던 것은 무술이론만으로 벌이는 말싸움이었음은 물론이었다.

하루는 길주에 도리깨질을 기막히게 하는 허진이라는 장사가 있다는 풍문을 듣고 물어물어 찾아갔다. 예나 지금이나 관북의 협사들은 청해오는 결투는 피하지 않았다. 하지만 허진은 조금 예외라 무술에는 큰 관심이 없었고 농사일에만 열심이었다. 그런데 모난 송곳은 자루에 넣어도 태가 난다는 말처럼 하루 종일 80근이 넘는 도리깨를 내리칠 수 있는 힘과 그 도리깨로 멧돼지도 때려잡는다는 소문이 퍼지면서 많은 협사들이 한수 겨루고자 찾아왔던 것이다. 그중 일인이 이붕수였다.

그런데 가는 날이 장날이라고 하필 허진의 집에는 선객이 있었다. 바로 김국신이었다. '길주무사'라는 별호로 불리던 김국신은 길주가 고향으로 알려져 있지만 사실은 무술이 좋아 대결 상대를 찾아 떠돌던 낭인이었다. 적수를 찾아 조선팔도를 떠돌던 김국신은 길주에 용자가 있다는 소문을 듣고 일합을 겨뤄보려고 찾아왔다.

이붕수가 허진을 찾아왔을 때, 허진은 도리깨질을 줄기차게 하고 있었고 김국신은 마루에 앉아 그 모습을 계속 관찰하고 있었다. 허진의 집에 들어온 이붕수는 큰 소리로 허진을 찾았다.

"허자 진자 쓰시는 분을 찾아온 경성의 이붕수입니다."

'천둥'이라는 별호로 불리던 이붕수의 목소리가 너무나 우렁찼기에 여느 때처럼 힘차게 도리깨질을 하던 허진도 고개를 들어 돌아보았다. 본래 허진은 도리깨질을 할 때는 주변의 잡소리에는 신경 쓰지 않고 열중했기에 그가 고개를 들고 본다는 것은 대단히 특별한 일이었다. 그런 허진을 보고 호시탐탐 기회를 노리던 김국신이 반가운 얼굴로 말을 던졌다.

"허공께서는 오늘 본인과 결투할 시간을 낼 수 있으신지요?"

"아직 일이 끝나지 않아 며칠 더 기다려봐야겠소."

이붕수는 두 사람의 선문답같은 대화 내용을 도무지 알아들을 수 없었다. 대답을 마친 허진이 멀뚱히 서 있는 이붕수를 보고 물었다.

"그런데 어쩐 일이신지요?"

어리둥절한 얼굴로 보고 있던 이붕수는 허진이 질문이라도 해주니 대단히 반가워 더욱 큰 소리로 답했다.

"허진 공과 무예를 논해보려 왔습니다."

이붕수의 큰 목소리에 잠깐 움찔했던 허진이 곤란한 표정으로 김국신을 보고는 난색을 표명했다.

"먼저 결투를 청하시고 며칠을 기다리는 선객이 계십니다. 그리고 농사일도 끝나지 않아 시간이 없을 듯합니다."

그러고는 도리깨질을 계속 했다. 허진의 대답을 들은 이붕수가 황망한 표정으로 김국신을 보았다. 김국신의 얼굴에는 당장은 결투할 수 없다는 허진의 말 때문인지 살짝 실망의 표정이 떴다. 그렇지만 김국신은 다시 담담하게 허진의 도리깨질을 계속 관찰했다. 실상 김국신은 대련을 위해 사흘 동안 계속 허진의 집을 방문했다. 하지만 대결

은커녕 사흘 내내 허진의 무식한 도리깨질만 보았다. 지칠 만도 했지만 김국신은 이날 역시 인내를 가지고 기다리기만 하던 중이었다. 잠시 도리깨질을 지켜보던 이봉수가 김국신에게 물었다.

"며칠을 더 기다려야 할 것 같소이까?"

"사흘은 족히 더 기다려야 할 것 같습니다."

김국신의 태연한 대답에 성질 급한 이봉수는 견딜 수 없었다. 그러고는 김국신을 살펴보았다. 몸은 비록 호리호리했지만 단단해 보이는 게 상당 기간 무술을 단련한 것 같았다. 꿩 대신 닭이라고 이봉수가 청했다.

"시간도 많은데 우리가 먼저 싸워보면 어떻겠소?"

김국신이 힐끗 이봉수의 몸을 훑어보고는 매몰차게 거절했다.

"보아하니 무술을 익히신 지 얼마 되지 않으신 것 같습니다. 본인은 초보자와는 위험한 결투를 하지 않기도 하거니와, 내가 정한 순번대로 싸웁니다. 본인이 정한 이번 결투의 순번은 허공입니다."

그러고는 계속해서 허진을 관찰했다. 단호한 거절에 얼굴이 불그락푸르락해진 이봉수는 고함을 질렀다.

"아니 그깟 싸움 한 번 해주는 게 뭐가 어렵다는 게요?"

그 말에 김국신이 아주 미세하지만 코웃음을 쳤다.

"정히 결투를 하고 싶다면 다치지 않을 무술이론시합은 좋습니다."

이봉수는 화는 났지만 너무나 진지한 김국신의 대답에 체념했다. 하지만 이론은 싫었기에 어쩔 수 없이 김국신의 옆에 같이 앉아서 기다렸다. 그런데 이놈의 도리깨질이 끝날 줄을 몰랐다. 게다가 날이 어둑어둑해질 무렵이 되니 큰 낫을 든 남자가 지게에 잔뜩 벼를 싣고 찾아왔다. 허진과 사촌형제인 허대성이었다. 이붕수는 지게에 실린 벼의 양에 놀라서 김국신에게 물었다.

"설마 저 볏단도 저 양반이 도리깨질을 해야 하오?"

"아마도 그럴 것이오."

김국신이 귀찮다는 듯 대답하고는 혼잣말로 아무렇지도 않게 중얼거렸다.

"사흘치가 더 들어왔으니 헛간의 남은 볏단을 더하면 일주일은 더 기다려야겠군."

이붕수의 입이 딱 벌어졌다. 먼 길을 와서 점심부터 기다리던 이붕수는 시장기가 돌아 견딜 수 없었다. 배 속에서는 먹을 것을 달라고 아우성을 쳤다. 더 이상 견딜 수 없었던 이붕수가 허진에게 물었다.

"여기는 손님이 왔는데 식사대접도 없소?"

그러자 김국신이 대신 대답해주었다.

"허씨 가문은 결투하러 온 사람에게는 식사를 대접하지 않는답니다."

그러고는 하늘을 보고 시간을 가늠하고는 품에서 건량을 꺼냈다. 먹음직해 보였다. 이붕수가 체면불구하고 김국신에게 청했다.

"혹시 건량을 나눠줄 수 있겠소이까? 너무 허기가 져서."

김국신이 매몰차게 거절했다.

"역시 초보자임에 틀림없구려. 모름지기 무사란 자기 식량을 항상 챙겨야 하고, 타인에게 음식을 구해서는 안 되오. 적일지도 모를 타인이 주는 음식에 독이라도 들었으면 어떡하겠소이까? 선배로서 알려주는 것이오."

그러고는 맛있게 건량을 먹었다. '때리는 시어미도 밉지만 말리는 시누이가 더 밉다'고, 김국신이 맞는 말을 했지만 배고픈 이봉수의 귀에는 들어오질 않았다. 김국신이 그냥 얄미웠다. 배는 점점 고파왔다. 본래 이봉수는 배가 고프면 힘을 못 썼다. 기골이 장대하기도 했지만, 모든 일에 성정이 급한 편이었기에 참을 인忍 자라고는 눈을 씻고 봐도 찾을 수 없는 위인이었다. 이봉수는 김국신이 건량을 먹는 틈을 타서 체면불구하고 옆에 놓인 김국신의 행랑을 재빨리 낚아채어 허겁지겁 뒤져보았다. 건량은 없었다. 김국신이 냉소적인 눈으로 바라보고는 행랑을 다시 뺏어갔다.

이미 체면이 구겨진 이봉수가 너무나 배가 고파 김국신에게 애원조로 물었다.

"대체 어떻게 하면 배를 채울 수 있겠소?"

한심한 표정으로 보던 김국신이 방법을 일러주었다.

"결투를 포기하고 지나는 과객으로 왔다고 하면 식사를 줄 것이오."

그 말에 이봉수가 지체 없이 소리쳤다.

"지나가던 과객이오. 식사를 청하오."

부로들이 배꼽을 잡고 웃었다. 최창대도 한바탕 실컷 웃을 수 있었다. 이 부로가 웃으며 말했다.

"원체 중항 이봉수 어르신은 천진한 데가 있고 숨김이 없는 분이시라 모두 좋아했습니다. 결국 그날 밤 허진 어르신이 중항께 결투를 포기하는 조건으로 식사를 대접하고는 허대성 어르신과 세 분이서 밤새 담소를 나누었다고 합니다. 죽이 맞은 세 분은 의기투합하여 형제의 의를 맺고 나이가 제일 연장인 중항 어른이 맏형, 허진 어른이 둘째가 되었고, 허진 어른의 동생인 허대성 어른이 자연스럽게 막내가 되었습니다."

한참을 웃던 최창대가 생각났다는 듯이 허 부로에게 물었다.

"궁금한 게 있는데, 김국신 공과 허진 공은 결투를 했습니까?"

기다렸다는 듯이 허 부로가 이야기를 이어나갔다.

김국신은 그날도 소득 없는 하루를 보냈다. 방안에서는 이붕수와 허씨 형제가 술을 마시며 즐겁게 놀고 있었다. 기실 김국신은 갈 곳도 별반 없었지만 괜히 머물렀다가 술자리에 어울려 술과 음식을 먹게 되면 결투는 물 건너간다고 생각했다. 같이 술판을 벌이자는 이붕수의 권유를 뿌리친 김국신은 다음 날 오겠다는 인사말을 남기고 허진의 집에서 철수했다.

그날 밤, 김국신이 '길주무사'라는 별호를 얻게 된 결정적인 사건이 벌어졌다.

길주의 해는 짧았다. 이붕수와의 소동 때문에 평소보다 늦게 허진의 집을 나선 김국신은 잠자리를 찾아 주막으로 가던 중이었다. 조금씩 내린 눈 때문에 거리가 질척거렸다. 김국신의 머릿속은 온통 허진과의 결투 생각뿐이었다. 그런 그의 눈에 앞에서 걸어오는 두 남자가 들어왔다. 여느 조선 백성처럼 망건 위에 탕건을 쓰고 짚신을 신었는데 길을 걷는 발걸음이 너무 가벼워 진창인 땅에도 발자국을 거의 남기지 않았다. 호기심에 얼굴을 보니 보통의 조선인과는 어딘가 달랐다. 게다가 겉으로는 편하게 보였지만 내면에서 풍겨 나오는 기도는 생사결에 익숙한 김국신에게는 무척 친숙한 냄새였다. 바로 무사의 향기였다.

김국신은 그들의 행로를 추적하기로 결심했다. 들키지 않고 추격하려면 상당한 수준의 은폐, 나아가 엄폐의 기술을 지녀야 했다. 김국신은 오랜 세월 수많은 결투를 통해 불패로 알려져 있지만 실상은 몇 번의 패배가 있었고, 그 패배를 통해 교훈을 얻었다. 목숨을 가르는 생사결에서 승리하기 위해서는 실력 외에도 운이라고 부르는 우연과 그에 못지않은 철저한 준비가 반드시 필요했다. 그것은 일반적으로 말하는 실력이 아니었다. 속임수와 기망 같은 비겁한 행동을 과감히 행할 수 있는 용기였다. 그리고 그런 자신의 행동을 스스로에게 납득시킬 수 있는 자기합리화였다. 생사결에서의 패배는 죽음이었다. 설령 생사결이 아니고 단순한 결투일지라도 패배는 치명적이라는 것을 김국신은 너무나 잘 알고 있었다. 그러기에 김국신은 정면대결용이 아닌 은폐와 엄폐 같은 기술들을 중요한 결투 수단으로 활용했다. 지금 그들을 쫓는 기법은 바로 숙달된 은폐와 엄폐 기술을 활용한 것이었다.

그런데 두 남자가 가는 길은 김국신에게 참으로 익숙한 길이었다. 공교롭게도 그 길은 허진의 집으로 향하는 길이었다. 앞서 가는 두 남자의 걸음이 점차 빨라졌다. 김국신의 발걸음도 그들과 함께 빨라졌다. 어느 순간부터 그들 외에도 다른 이들의 기척이 느껴졌다. 두 사람과 상당한 거리를 두고 추격하던 김국신의 눈앞 멀리로 검은 복장을 한 사람들이 하나 둘씩 나타나 합류했다. 그들은 범상치 않아 보였다. 직감적으로 자객임을 느꼈다. 어느 순간 그들의 수는 다섯으로 늘어났다. 그들은 말없이 앞서 가던 두 사람을 따랐다.

마침내 그들이 도착한 곳은 김국신의 예상대로 허진의 집이었다. 검은 복장의 사람들 중 우두머리로 보이는 자가 두 사람과 말을 나누었다. 익숙하지 않은 언어였다. 섬나라 왜구의 말이었다. 숙의를 마친 자객들은 일정한 진을 형성하며 허진의 집을 에워쌌다. 습격을 위한 대오를 형성한 것이다.

김국신이 허씨 형제와 이붕수를 마지막으로 보았을 때 술판을 벌이고 있었다. 나오면서 보았던 그들의 모습은 오늘 처음 만난 사람들이라기보다는 십년지기처럼 화기애애했다. 그만큼 지금까지 엄청난 술을 마셨을 터이고 곯아떨어졌을 것이다.

김국신은 칼을 뽑아들고 소리도 없이 자객들을 향해 달려갔다. 쏜살같이 달려간 김국신의 목표는 우두머리로 보이는 자였다. 김국신은 일합의 승부를 즐겨했다. 그리고 승리를 위해 습격도 마다하지 않았다. 계획대로라면 허진과의 싸움이었지만 이들을 제거해야 허진과 대결할 수 있었다.

김국신의 칼이 번쩍이자 우두머리의 목이 눈 위에 떨어졌다. 자객들이 제대로 방어자세를 잡을 겨를도 없이 순식간에 칼을 좌우로 휘둘러 두 사람의 목을 더 쳤다. 자객의 숫자가 일곱에서 넷으로 줄었다. 한 명의 목을 더 칠 수 있다면 남은 수는 셋이 된다. 그러면 싸워볼 만했다. 예부터 검劍은 '삼배단三培段'이라고 했다. 겸인지용兼人之勇이라, 맨주먹으로는 두 사람을 이기기도 벅차지만 검은 세배수의 사람들을 감당할 수 있었다. 김국신은 적들이 자세를 잡기 전에 한 명을 더 제거해야 했다. 하지만 하나의 목을 더 치기 전에 자객들이 김국신을 에워쌌다.

달빛 아래에서 치열한 전투가 벌어졌다. 그리고 길주무사의 신화가 시작되었다.

"그날 습격한 일본인은 누구요?"

최창대가 궁금한 마음에 묻자 허 부로가 설명해주었다.

"나중에 밝혀진 바에 의하면 임란이 발발하기 오래전부터 조선을 침략하기 위한 사전 정지작업으로 도요토미 히데요시가 닌자忍者를 조선으로 파견해 정보를 수집하기도 하고 문제가 될 만한 조선인을 한 명씩 제거하기도 했다고 합니다. 왜의 첩자들이 조선팔도 곳곳에서 암약하고 있었죠. 길주도 예외는 아니었습니다. 허대성 어르신이 산에 다니며 닌자의 흔적을 발견한 적이 있었는데, 이를 두려워한 왜구가 허대성 어르신을 제거하기 위해 습격한 것이지요. 가는 날이 장날이라고 김국신 어르신께 발각되어 밤새도록 싸웠다고 합니다. 결국 왜구는 몰살당했습니다. 물론 김국신 어른도 치열한 격전 끝에 상처를 입었지요."

밖에서 무슨 일이 벌어진 줄도 모르고 밤새 통음했던 허대성, 이붕수는 해가 중천에 뜰 때까지 일어나지 않았다. 남달리 부지런한 허진만이 이른 새벽부터 도리깨질을 하기 위해 마당으로 나왔다. 허진은 깜짝 놀랐다. 일곱 명의 남자가 죽어 있고, 김국신이 싸움에서 부상을 당하여 담벼락에 기대 끙끙 앓고 있었던 것이다. 김국신을 본 허진이 깜짝 놀라 물었다.

"이게 무슨 일이오?"

"밤사이에 당신 집을 습격하려던 왜구요. 당신들은 술에 취해 정신없을 것 같아 내가 처리했소."

감동을 받은 허진의 낯에 보은의 빛이 떠올랐다.

"감사하오. 그대가 내 목숨을 살렸구려."

그러고는 얼른 김국신을 일으켜 안고 집으로 들어갔다. 끌고 들어가는 허진에게 김국신이 청했다.

"진정 내게 고마움이 있다면 내 상처가 낫는 즉시 결투해주시오."

허진이 대답했다.

"내 어찌 은공과 칼을 겨눌 수 있겠소. 또 나는 이렇게 많은 무사들과 싸워 이길 재간이 없소. 내가 졌으니 그리 아시오."

허진의 대답을 들은 김국신이 정신이 오락가락하면서도 간청했다.

"내 소원이오. 결투를 받아주시오."

"그렇게는 못하겠으니 나를 때려 죽이든 베어 죽이든 은공 마음대로 하시오."

"그 후 몸이 다 나은 김국신 어른이 허진 어른께 계속 결투를 졸랐다고 합니다. 하지만 그럴 때마다 허진 어른께서는 때려 죽이든 베어 죽이든 마음대로 하라며 목을 내밀었다고 합니다."

허 부로가 최창대에게 결투의 전말을 이야기했다. 허 부로의 말을 듣고 있던 최창대는 놀랍기도 하고 우습기도 했다.

"밤새 술을 드시고 간신히 깨어난 중항 어르신이 눈을 비비고 방에서 나오다가 김국신 어른을 들쳐 업고 들어오는 광경을 보았습니다. 자초지종을 듣고는 김국신 어른께 이렇게 말씀하셨다고 합니다. '길주의 영웅을 지켜준 당신이 진정한 무사요.' 그 후부터 김국신 어른은 중항 어르신의 칭송을 줄여 만든 '길주무사'로 불리었습니다. 물론 두 분 간의 결투는 절대 벌어지지 않았지요."

그 후 네 사람은 진정 뜨거운 교우관계를 나누었다. 나이가 제일 어렸던 김국신은 생명의 은인임에도 막내로 불리며 궂은일을 도맡게 되었다. 까칠한 성품이었기에 사람들과 어울리지 못했던 김국신조차 이붕수의 얼렁뚱땅 친화력에 넘어간 것이다.

그 후 정문부를 소개받은 김국신은 대의에 눈을 뜨고 창의기병에 참여했다. 수많은 의병활동을 거치며 왜구를 처단하던 김국신은 쌍포전투에서 왜구의 유탄에 죽음을 맞이했다. 그날 이붕수의 울음이 천지를 진동했다고 한다. 이 부로가 감개어린 표정으로 기억했다.

"중항께서는 후손에게 '국신이는 가족이 없으니 나의 동생으로 여기고 내가 죽거든 같은 날 제사를 지내도록 하라'는 유언을 남기셨습니다. 그래서 우리 가문에서는 중항의 제삿날 김국신 어르신의 재齋도 같이 올리고 있습니다."

이 부로의 이야기를 듣던 최창대의 가슴이 뜨거워졌다. 진정한 사나이들의 세계를 느꼈던 것이다. 이야기를 듣다 보니 밤이 깊어졌다. 밤공기는 차가웠지만 어느 누구도 자리를 파하고 싶지 않았다. 영웅호걸들의 이야기를 더 나누고 싶었던 것이다. 활활 타오르는 모닥불과 함께 고기 익는 냄새가 코를 찔렀다. 하인들이 최창대와 부로들에게 다시 안주를 가져다주었다. 그리고 술이 한 순배 더 돌았다. 다들 술잔을 들어 의리를 외치며 건배했다. 술잔을 내려놓은 강 부로가 원 부로와 리희당의 후예인 리 부로를 가리키며 최창대에게 일러주었다.

"이들의 연緣도 만만치 않습니다. 평사께서는 이 사람들 얘기를 듣다 보면 전생의 인연이라는 것이 따로 있다는 것을 믿으실 겁니다. 100년 전에 맺어졌던 원충서 어른과 리희당 어른의 아름다운 연이 지금까지 이어지고 있으니 말입니다."

원 부로가 계면쩍은 웃음을 지으며 말을 받았다.

"우리가 비록 좋은 사이이기는 하나 어찌 두 분 어르신의 관계에 비하겠습니까? 단지 이런 인연을 맺어준 두 분 어르신께 감사드리고 있습니다."

최창대가 궁금한 듯 물었다.

"대체 두 분은 무슨 특별한 인연이 있으십니까?"

리 부로가 쑥스러운 듯 답했다.

"별일은 아니고 전대 어른들이 갑장이시며 무과에 동방급제하셨습니다. 그런데 그 후 기이하게도 두 분이 같은 연배의 아들을 보셨고, 그다음에도 같은 연배의 아들들을 보셨습니다. 4대째 갑장인 관계를 보다 보니 주변에서도 신기한 인연이라고 다들 말합니다."

충경 원충서와 국순 리희당은 경홍과 북청으로 각각 고향은 달랐지만 손발이 어찌나 척척 잘 맞는지 둘이 함께하면 무슨 일에도 두려움이 없었다고 한다. 그래서 정문부는 가능하면 두 사람을 묶어 전쟁터에 파견을 내보내곤 했다. 포위망에 막혀 적진을 돌파할 일이 생기면 원충서가 흑각군궁을 쏘고 그 틈을 타서 리희당이 도끼를 휘두르며 돌진했다. 아무리 철벽같은 포위망일지라도 두 사람은 순식간에 뚫어냈다. 항간에 일컬어지는 무적 2인조는 다른 사람이 아닌 바로 원충서와 리희당이었다. 그런 그들은 결국 한날한시에 죽었다.

"잘못된 지시 때문이었습니다."

길주대첩의 승리로 북관이 회복되자마자 정문부는 의병장에서 해임되고 정현룡이 그 자리를 이어받았다. 많은 의병의 불만이 있었지만 정문부의 준엄한 명령에 창의기병대는 정현룡을 의병장으로 하는 부대에 합류에 의병항쟁을 계속했다. 그리고 얼마 후에 원충서, 리희당, 최배천, 허진, 허대성이 연이어 전사했다. 그들의 죽음을 이야기하며 정 부로가 울분을 토했다.

"어르신들의 죽음은 결국 윤탁연 때문이었습니다. 정현룡이 지휘하는 의병대는 이미 창의기병이 아니었습니다. 사기도 떨어졌고 작전도 정확하지 않았습니다. 정문부 장군께서 대장의 직을 빼앗기자 의병들이 장군을 쫓아가려 했지만 장군께서는 꾸짖었습니다. '나를 따르는 것이 사私라면, 정현룡을 따르는 것은 공公이다. 나를 위하는 마음이 정情이라면, 나라를 위하는 마음은 의義다. 그대들은 나를 부끄럽게 만들 것인가?' 장군의 말에 사람들이 차마 쫓지 못하고 의병에 남았습니다. 그리고 많은 분이 정현룡의 잘못된 군사운용으로 전사했습니다. 추후에 이 사실을 들은 정 장군께서는 무척 자책하셨습니다. 그리고 형제들의 죽음에 피눈물을 흘렸다고 합니다."

이봉수와 김국신이 전사해 칠의삼걸은 오의삼걸이 되었지만, 정현룡은 그들의 용력에 두려움을 느꼈고 정문부에 대한 그들의 의리를 질시했다. 그리고 그 질시와 두려움을 떨치기 위해 오의삼걸을 무모하게 전장에 투입했다.

정현룡의 명령에 따라 부하도 없이 척후를 나갔던 원충서와 리희당은 덫을 놓고 기다리던 왜구에게 쫓겨 산속 폐가로 도망갔다. 100여 명의 왜구가 폐가를 포위하자 최후를 직감한 원충서와 리희당은 마지막 포옹을 나누었다. 리희당이 도끼가 달린 쇠사슬을 휘두르며 적진을 향해 돌진하자, 원충서는 흑각군궁을 쏘며 엄호했다. 중과부적이라 결국 왜구의 조총이 심장을 관통하자 리희당은 피를 흘리며 절명했다. 그의 심장에서 나오는 붉은 피는 선명했다. 벗의 죽음을 목격한 원충서는 피눈물을 흘리면서 흑각군궁을 쏘며 왜구를 향해 돌진했다. 그리고 원충서 역시 그렇게 전사했다.

군사에서 야전으로 보직 변경된 최배천은 정현룡의 경홍 전투 전략에 부당함을 지적했지만 결국 작전을 수행하다가 왜구에게 패배해 죽임을 당했다. 허진은 형제들의 연이은 죽음에 의욕을 잃고 전쟁 중에 병사했고, 허대성은 술로 세월을 보내며 허우적거리다 왜구의 칼에 허망하게 죽었다.

정 부로가 최창대에게 물었다.

“이래도 정현룡과 윤탁연에게 예를 표해야 합니까?”

새벽이 가까워오며 남아 있던 모닥불이 서서히 꺼져가고 있었다. 최창대는 아무 말도 할 수 없었다.

다음날 일행은 영동嶺東으로 이동했다. 임란 당시 왜구는 병사 한 명이 죽임을 당하면 열 배, 백 배의 보복을 가한다는 피의 철칙을 세워놓고 있었다. 길주 전투에서 패퇴하며 많은 동료들이 살해당했다는 소식을 들은 왜구는 영동의 목책에서 나와 백성을 몰살시키는 만행을 저지르고 있었다. 이에 격분한 정문부는 길주성 공략을 뒤로하고 급하게 살육의 현장으로 출병했다.

최창대도 정문부가 갔던 그 길을 쫓아가는 중이었다. 가는 도중에 부로들과 최창대는 정문부와 관북의병이 구사한 전법에 대해 논의했다. 군사 최배천의 후예 최 부로는 정문부 장군이 작은 새가 구름처럼 떼를 지어 날아가는 형태를 모방한 조운진鳥雲陳을 중심으로 다양한 전술을 구사했다고 주장했다. 오 부로는 최 부로의 말에 일부 동의했지만, 전투의 중심은 진세가 아니었고 지세와 상황을 바탕으로 하는 기습과 매복이 주였다고 반론을 폈다. 최 부로와 오 부로, 지 부로는 전략 참모였던 조상들이 구사하고 실행했던 작전을 상상하며 티격태격했다.

그들이 쌍포雙浦에 도착했을 때는 오시午時가 다 되었다. 점심을 먹기 위해 강가에 자리를 잡고 앉았다. 쌍포의 강바람은 선들선들했다. 오랜만에 보는 너른 강은 여행으로 지친 심신을 풀어주었다. 준비했던 참을 먹는 중에 강 부로가 하인에게 무엇인가를 들려와 최창대에게 한 번 봐주기를 청했다.

"이 그림을 한번 보시겠습니까?"

최창대가 궁금한 눈으로 보는데, 강 부로는 별말 없이 하인에게 펼칠 것을 명했다. 화첩을 펼치자 그림 속에서는 쌍포의 강을 배경으로 벌어지는 치열한 전투가 생생하게 묘사되어 있었다. 마치 눈앞에서 전투가 벌어지는 듯했다.

그림의 아랫부분에는 대장 이하 창의군彰義軍 31인이 열서列書되어 있었다. 전장이 한창 무르익은 듯 관북의병장 정문부가 긴 칼을 휘두르며 전투를 독려하는 모습과 그 뒤를 이어 의병 편장 김국신이 철기를 끌고 비바람같이 신속하게 나타났고, 대도를 든 척후 강문우가 수많은 왜구에 둘러싸여 있었지만 조금의 위축도 없이 가로찌르기로 왜구의 목을 치고 있었고, 호탕한 웃음의 이봉수가 기세 좋게 소리치며 사모장창을 휘두르고 있었다. 정현룡의 단도는 막 손을 떠나 왜구를 향해 날아갔고, 원충서는 나무 위에서 흑각군궁으로 왜군의 장수를 겨냥했으며, 리희당의 도끼질은 백미였다. 돌깨귀신 허진은 도리깨로 왜구의 머리를 내리치고 있었다. 또한 도깨비 형상의 허대성이 낫으로 왜구의 발목을 베었다. 이름 모를 의군까지 모두 31인에 달하는 용자들이 왜구를 공격하자 이에 겁을 먹은 왜구는 기세를 잃고 맞서보지도 못하고 모두 흩어져 달아나고 있었다.

너무나 핍진逼眞한 묘사였다. 100년 전의 전투가 눈앞에서 펼쳐졌다. 의군들이 그림 속에서 튀어 나오고 있었다. 전설로만 들어온 '관북 칠의삼걸'이 그림 속에서 살아난 것이다. 최창대의 입이 딱 벌어졌다. 무기가 난무하는 살벌한 전장의 두려움이 온몸을 덮치며 최창대는 다리가 후들거리고 자신도 모르게 한 발 물러났다.

"이 그림은 '길주쌍포파왜도吉州雙浦破倭圖'라고 합니다. 정문부 장군께서 창의군과 함께 용맹을 떨치며 일제히 전진하는 늠름한 기세에 왜구는 목숨을 건지기 위해 다른 것을 돌볼 겨를 없이 도주하고 있습니다. 이 그림을 갑옷과 투구를 갖춘 무사가 본다면 의를 위해 반드시 몸을 내던질 것입니다. 유관儒冠을 갖춘 이라면 또한 난을 평정하는 것은 눈을 부릅뜨고 어려운 말을 하는 데서 말미암지 않고 실제로 예악禮樂을 말하고 시서詩書를 독실하게 하는 사람에게서 말미암는다는 것을 알게 될 것입니다. 누가 목격하든 사람을 감발感發시킨다는 것은 바로 이것입니다."

최창대의 가슴 속에서 무언가가 들끓어 오르는 것을 느꼈다. 최창대는 이들과 함께 관북의병의 발자취를 쫓으며 윤탁연이 중심이 되는 문인文人의 세계와 정문부가 중심이 되는 무인武人의 세계가 충돌하는 경험을 간간이 느꼈다. 윤탁연이 왜 그렇게 정문부와 대척에 섰는지, 그 이유 중의 하나를 어렴풋하나마 알 것도 같았다. 윤탁연의 유교적 질서는 정문부의 자유정신과 어울리지 않았다. 단순히 윤탁연이 정문부의 공을 탐내어 모함할 정도로 저열하다는 생각이 들지는 않았다. 윤탁연은 당대의 권신이었다. 무엇이 그를 연륜이 낮고 품계도 한참 아래인 정문부를 시기하고 질투하게 했는가? 두 사람은 도무지 경쟁이 될 수 없는 상대였다.

쌍포의 강변에서 그림을 보며 풀리지 않는 실타래의 단초가 보일 듯하는 순간, 부로들에 의해 최창대의 단상이 깨졌다. 부로들이 하나 둘 화첩을 둘러싸며 모여들었다. 최창대가 그들을 보았다. 눈물이 맺히며 얼굴이 격정으로 붉어져 있었다. 그 순간, 부로들의 심장은 임란 당시 선조들과 함께 그 자리에서 전투를 벌이는 듯 격동했다. 오부로가 피 끓는 어조로 입을 열었다.

"왜구를 섬멸한 정문부 장군께서는 마을을 둘러보고 왜구가 저지른 참상에 눈물을 흘렸다고 합니다. 백성의 목을 자르고, 코를 베고, 몸을 사지로 토막 내고, 불에 태워 죽였습니다. 왜구는 쌍포는 물론 길주와 임명 이내에 싸움에 나선 장정들은 물론 저항할 수 없는 아녀자와 노인들까지 몰살했고 살아있는 것이라면 개와 닭까지 모두 죽였습니다. 이에 장군께서는 분노했고 특단의 조치가 없다면 이런 일이 반복되리라고 생각했습니다. 그리고 잔혹한 명령을 내렸습니다.”

오 부로가 잠시 침묵했다. 최창대가 궁금한 표정으로 재촉했다.

“장군은 쌍포에서 죽은 왜구 시체의 양물陽物을 잘랐습니다. 그들의 배를 갈라 내장을 꺼내고는 그 끔찍한 주검들을 십 리, 이십 리에 늘어놓게 했습니다. 그리고 격문을 써서 화살에 묶고는 왜구가 숨어 있는 영동의 목책에 쏘아 날렸습니다.”

어느새 정 부로가 정중부의 장엄한 어조로 왜구를 꾸짖었다.

“장평에서 무수히 목이 잘린 왜놈들은 죽어서도 달아나기만 할 놈들이고, 쌍포에서 거세당한 왜놈들은 살아있었을 때에만 남자 구실을 한 놈들이다.”

정 부로가 나직한 소리로 덧붙였다.

“장군의 호통과 철저한 응징에 왜구의 살육이 누그러들기 시작했습니다. 그러자 백성이 무척 좋아했다고 합니다.”

어느 사이 쌍포의 강변에 노을이 지기 시작했다.

최창대 일행은 쌍포 강변에서 막사를 치고 하룻밤을 유하기로 했다. 그들은 밤이 깊도록 이야기를 나누었다. 쌍포 전투라 칭하는 길주 · 임명 전투에 대해 조정에 올린 윤탁연과 정문부의 장계가 너무나 달라 어느 것이 진실인지에 대해 이견이 많았기 때문이다.

“그대들의 말을 들어보면 정공이 의군들을 이끌고 전쟁을 수행했다고 했소. 하지만 윤탁연 감찰사의 장계는 군사 소집의 공은 길주 목사 정희적에게 있고, 전쟁의 공로는 사절동권관 고경민에게 있는데, 정리에 치우쳐 전투에 패한 원충서 장군을 녹공에 참여시켰다고 했소. 생사를 같이했던 종성부사 정현룡도 그렇게 장계를 올렸소."

원 부로가 강하게 반발했다.

"정현룡은 그리 말할 수밖에 없었습니다. … 임란이 벌어지면서 피난 왔던 한성의 장사꾼들과 사대부들은 관헌들도 도망가고 난장판이 되어버린 길주에서 토박이들에게 많은 고초를 겪었습니다. 그리 당했던 사대부들은 왜구들이 패퇴하고 질서가 잡히자 백성들에게 가혹하게 복수했습니다. 그것을 정문부 장군께서는 말렸습니다. 오랫동안 한성 사람들에게 당했던 설움을 난리 통에 풀려고 했던 함경도 백성의 심정을 알았던 겁니다. '큰 괴수가 물러났으니 과거의 허물들은 덮어두라'며 타이르자, 그들은 정현룡에게 몰려가 청탁했습니다. 나중에 이 일을 알게 된 장군이 정현룡을 심하게 질책했습니다. 이에 정현룡이 관찰사와 장사치, 사대부들과 함께 장군을 모함한 것입니다."

"하지만 병마평사인 정문부 장군이 스스로를 대장이라 칭하고 군기를 문란하게 한 것은 사실이잖소? 게다가 관찰사를 통하지 않고 장계를 올린 것은 상관을 무시한 행동으로 보일 수밖에 없는 일이었소."

이 부로가 괄괄한 목소리로 분개했다.

"당시 윤탁연은 무슨 연유에서인지 관북 전투의 실상을 조정에 사실대로 알리지 않았습니다. 더욱이 정현룡이나 고경민은 길주에서 인심을 잃을 데로 잃은 사람들입니다. 정문부 장군이 장계를 따로 올린 것은 자신의 영달을 위해서가 아닙니다. 생사를 같이했던 의병들의 공이 윤탁연으로 인해 왜곡되고 축소되는 것을 견딜 수 없었던 것입니다. 재주는 곰이 넘고 돈은 되놈이 번다고 아무것도 하지 않은 놈들을 윤탁연이 자기 입맛에 맞는다는 연유로 없는 공도 제멋대로 만드니 어찌 장군께서 참을 수 있었겠습니까? 전해들은 이야기로는 정문부 장군이 보내는 장계를 빼앗기 위해 길가에 병사들을 매복시켜 놓고는 습격하고, 심지어 없는 죄를 만들기 위해 장군의 부하를 잡아다가 정문부 장군의 죄를 토설하라고 배신을 종용하며 고문까지 했다고 합니다. 이게 윗사람으로서 할 도리입니까?"

정 부로가 차분한 목소리로 덧붙였다.

"장군께서는 임란이 끝나지도 않았는데 내분이 일어나는 것에 우려를 금치 못했습니다. 조국에 대한 근심 때문에 관찰사가 의병장의 지위를 삭탈했을 때도 순순히 응한 것입니다."

최창대가 물끄러미 부로들을 바라보았다. 어쩌면 이들의 말이 사실일 것이다. 게다가 윤탁연은 나이가 어리고 직계도 한참 아래인 정문부가 자신을 무시한다고 생각하고 분노를 느꼈을 것이다. 평생을 왕을 위해 살았다고 자부하던 이가 임란이 터지자 전장에서 느낀 무력감은 상당했을 것이라고 생각했다. 전쟁을 수행하는 데는 열정과 젊음이 절대적으로 유리하다. 윤탁연의 늙어가는 심신은 전쟁을 감당하기에는 너무나 허약했을 것이다. 윤탁연은 왕을 진심으로 좋아했고 왕의 명령을 수행하기 위해 자신의 목숨을 던졌다. 아마도 윤탁연이 임란에서 되고 싶었던 이는 젊은 정문부였을지도 모른다는 생각이 들었다.

동이 트자마자 최창대와 부로들은 단천으로 출발했다. 단천은 납광석에서 은銀을 분리 · 추출하는 단천연은법端川鍊銀法으로 유명했다. 조선시대 은광의 개발을 촉진했던 단천산 은은 중국이나 일본 것보다 순도가 높았다. 그리고 이 기술은 단천의 기술자와 관노가 함께 개발한 것이었기에 관노들의 자부심 또한 대단했다. 이러한 배경은 관노 출신의 아전 국경인이나 국세필이 주도하여 난을 일으킬 수 있었던 하나의 요인이었다.

단천으로 가는 길은 험난했다. 지름길을 찾아 해안가의 기암절벽 위, 그리고 옆으로 난 산길을 택했기 때문이다. 3,300자가 넘는 높이의 산에는 소나무와 잣나무, 참나무, 떡갈나무가 혼성림을 이루고 있었다. 암벽 위를 뛰노는 산양들을 뒤로하고 최창대 일행은 서둘러 산을 넘었다.

드디어 평지가 보였다. 서둔 까닭인지 예상보다 이른 시각에 마을 어귀에 위치한 향교에 도착했다. 앞에는 하마비下馬碑가 있었다. 하마비를 발견한 최창대와 부로들은 말에서 내려 몸을 건사하는데, 어느새 소식을 들었는지 관아의 관리들이 허둥지둥 달려와 예를 표했다. 우두머리는 단천의 역참驛站인 월파헌月波軒을 관리하는 찰방察訪이었다.

"북평사 나으리, 도착하셨습니까?"

괜시리 일이 번잡스러워지자 최창대가 하문했다.

"조용히 처리할 일인데 어찌 알고 이렇게 나왔는가?"

찰방이 머리를 조아리며 대답했다.

"우선은 본관이 찰방이라 타고오신 지친 말들을 바꿔드려야겠기에 대기하고 있었습니다. 게다가 북평사 어르신께서 정문부 장군의 공을 바로세우기 위해 부로들과 함께 전투지역을 순회하신다는 소문은 이미 널리 퍼져 있습니다. 마을 주민 대부분은 이참에 관북의 영웅인 정문부 장군에 대한 단천의 공적조서가 제대로 밝혀지기를 바라고 있습니다."

찰방의 말에 최창대가 궁금한 얼굴이 되었다.

"관찰사였던 중호 윤탁연은 단천 전투에서 정문부 장군의 역할이 없었다는 장계를 올렸다고 알고 있는데, 관의 녹을 먹는 자네가 어찌 다른 말을 하는가?"

찰방이 그렇지 않다는 듯 정색하며 단호히 부인했다.

"그분이 올린 장계가 그리하다는 것은 본관도 잘 알고 있습니다. 하지만 이곳에 부임하고 나서 보고 듣고 한 바에 의하면 전혀 그렇지 않습니다."

찰방의 말에 최창대가 찬찬히 그를 살펴보았다. 신중해 보이는 외양으로 미루어 허투루 말을 내뱉을 위인으로 보이지는 않았다.

"임관한 지 얼마나 되었나?"

"세 해를 거의 채우고 있습니다."

최창대는 그를 안내인으로 삼아 단천 전투지역을 둘러보기로 결심했다.

"여기까지 오느라 말들이 많이 지쳤네. 그대가 길잡이가 되어 전투지역을 둘러볼 수 있겠는가?"

찰방이 매우 기뻐하며 머리를 조아렸다.

"그리만 허락해주신다면 감개가 무량할 뿐입니다."

최창대는 찰방의 안내에 따라 단천 최대의 전투지로 알려진 구복리에 도착했다. 그곳은 단천성 밖으로 20여 리 떨어진 곳으로 멀리 단천성이 훤하게 보이는 넓은 평야였다.

"기사년에 정문부 장군이 조정에 올린 장계를 보면 왜구에게 성을 빼앗긴 단천 군수 강찬姜燦이 장군에게 지원 병력을 요청했다고 하네. 그리고 장군의 휘하 기병 200명이 지원하기 위해 단천으로 와서 매복했다고 하는데, 이곳에 그만한 병력이 몸을 숨길 만한 곳이 있는가? 공적을 과장했다는 이야기가 많네. 그리고 윤탁연 순찰사는 그 사실에 대해 의구심을 많이 가졌고, 조사해보니 당시 왜구의 수가 100여 명에 불과했다고 하네."

주위를 둘러보던 최창대가 의구심이 생겨 찰방에게 질문했다. 그러자 찰방이 채 말을 꺼내기도 전에 허 부로가 나섰다.

"그것은 찰방께서도 자세히는 모를 터이니 제가 답해드리겠습니다. 비록 지금은 이곳이 허허벌판이나 대부분의 다른 지역들처럼 임란 때 전란에 불타 없어지기 전까지는 나무들이 무성했을 것입니다. 참화가 얼마나 컸는지 전란이 끝난 지 100년 가까이 흘렀지만 아직도 이렇게 민둥산을 벗어나지 못하고 있는 실정입니다."

허 부로의 말에 최창대가 이해되었다는 듯 수긍한다는 표정으로 고개를 끄덕였다. 이에 찰방이 당시의 전장을 가리키며 전투 상황을 생생하게 묘사했다. 단천성이 훤히 보이는 너른 공터였다. 최창대가 보았을 때 병법적으로는 엄폐물만 있었다면 숨어 있다가 적을 급습하기에는 최적의 장소로 보였다.

"바로 여기입니다. 정문부 장군께서는 200명의 의군을 각 50명씩 넷으로 쪼개 100여 명은 좌우의 숲길에 매복시키고 나머지 100여 명은 저쪽으로 전방과 후미에 각기 배치했다고 합니다. 이렇게 의군의 배치를 완벽하게 해놓은 이후에 지원을 요청했던 단천 군수에게 휘하 기병 30여 명을 데리고 인근 사리까지 전진하여 왜구를 도발하라고 지시했다고 합니다."

이미 수백 번을 들었을 부로들도 그날의 광경이 다시 선연하게 떠오르는 듯 감격에 겨워하며 경청했다. 찰방은 최창대를 안내하며 설명을 계속했다. 최창대와 부로들은 말을 타고 찰방을 따라갔다.

도발에 넘어간 200여 명의 왜구가 성문을 열고 나와 추격전을 시작했다. 연이어 단천 군수가 이끄는 조선 관병이 교전에서 패배한 척하며 퇴각했다. 물론 그냥 도주한 것이 아니라 그 와중에도 적지 않은 왜구를 사살했다. 조선군 기병대가 매복 지점인 숲까지 왜구를 몰고 오자, 좌우에서 매복하던 의병들이 일시에 내달아 전면을 막기도 하고, 중간을 가르기도 하고, 혹은 후방을 끊기도 하면서 화살을 비오듯 퍼부었다. 예상치 못한 의병들의 급습에 당황한 왜구가 조총을 쏘아댔지만 소용이 없었다. 전방과 후미에서 의병들이 말을 타고 돌격하자 왜구는 궁지에 몰린 쥐새끼가 되어 유린당했다.

기습에 능한 정문부와 함께 원충서와 리희당의 무적 이인조를 비롯하여 허진과 허대성 형제가 여느 때와 다름없이 활약했다. 왜구 200여 명 중에 성안으로 도피한 이들은 30여 명에 불과했고 이 중 태반이 화살에 맞아 부상을 입은 상태였다. 원충서는 흑각군궁을 쏘며 달아나는 왜구를 단천성 인근까지 추격했다. 20여 리 가까이 추격하면서 왜구를 섬멸했고, 성 내에서 이 광경을 보던 왜구는 동료들의 죽음에도 성 밖으로 감히 나올 생각을 하지 못했다. 그리고 제대로 대응조차 하지 못한 채 성을 지키기에만 급급했다. 의병들은 왜구의 기세가 꺾였다는 것을 단천에서의 전투로 실감할 수 있었다.

한참을 듣고 있던 최창대가 말고삐를 잡았다. 말이 멈추자 다시금 의아한 표정으로 찰방에게 질문했다.

"그대는 이곳에 온 지 세 해밖에 되지 않았다고 했는데, 전투의 전모를 어찌 이리도 소상히 알 수 있단 말인가?"

"나으리, 단천 저잣거리의 어른부터 아이까지 단천 전투를 노래로 만들어 부르고 있습니다. 그리고 왜구의 손에서 자신들을 지켜준 의병장 정문부에 대한 고마움을 표하고 있습니다. 단천에서 하루만 있어도 본관의 말이 사실임을 아실 수 있을 것입니다."

굳센 찰방의 표정을 보던 최창대가 돌아보자 부로들 역시 찰방과 같은 표정으로 자신을 응시하고 있었다.

그날은 밤이 깊어 경성으로 돌아가지 못했다. 늦은 밤이었다. 계속되는 강행군이었지만 어수선한 마음에서인지 최창대는 잠이 오지 않았다. 단천의 군사 시설인 별포청別砲廳, 친기위청親騎衛廳, 갑사청甲士廳, 가솔청假率廳을 둘러보았다. 안에는 관병들이 사용하는 번듯한 무기들이 질서 있게 쌓여 있었다.

최창대의 마음에 다시 의문이 떠올랐다. 이 좋은 무기를 가지고도 어찌하지 못했던 왜구를 무장조차 변변치 못했던 정문부의 의병이 막아냈다는 사실이 믿기지 않았다. 하지만 들려오는 주민의 증언과 둘러본 상황들은 정문부의 승전을 증명하는 기록들뿐이었다. 최창대는 관료였다. 그는 지금까지도 존경받는 관료의 한 전형으로 평가받는 윤탁연의 장계를 믿고 싶었다. 윤탁연은 대단히 성실하고 올곧은 인물로 정평이 나 있었다. 그는 고희가 되도록 제대로 쉬지도 못하고 전장을 누비다가 종내는 전쟁터에서 유명을 달리했다. 그는 한평생 임금을 위해 천 리를 마다하지 않고 헌신했다. 과연 그가 무엇 때문에 거짓 장계를 올린단 말인가? 도대체 이해가 가지 않았다. 아직도 어디에서부터 잘못되었는지 정확하게 알 수는 없었다. 하지만 어렴풋하게나마 두 사람 관계의 어긋남이 윤탁연으로부터 비롯된 것임을 알기 시작했다.

성읍 앞쪽의 남대천가에는 버드나무가 울창했고 남쪽과 동쪽에는 솔밭이 잘 가꾸어져 있었다. 불어오는 바람이 소나무를 흔들었다.

단천 전투지 답사를 마친 최창대와 부로들은 다음 목적지를 방문하기 전에 며칠 동안 쉬기로 했다. 연로한 부로들이 계속되는 강행군에 지치기도 했고, 글을 써야 할 최창대에게는 관북의병에 관해 지금까지 조사한 자료들을 정리할 시간도 필요했기 때문이다. 임란 당시의 실체를 어느 정도 파악했다고 여긴 최창대는 내심으로는 비에 새길 서문과 시 형식의 글인 명銘의 얼개를 마쳤다. 그리하여 비석 제작을 서둘러 마치기 위한 방안으로 비문이 완성되기 전에 비갈의 제목과 비문을 쓸 서예가와 쑥돌을 깎아 비갈로 만들어줄 석장石匠도 미리 알아보기로 했다.

비갈의 제목인 '북관대첩비北關大捷碑'를 쓸 이를 선택하는 것은 그리 어려운 일이 아니었다. 최창대는 당대 최고의 금석지각金石之刻으로 알려진 일암 윤덕준逸庵 尹德駿에게 청했다.

최창대가 이조참의吏曹參議로 봉직하던 윤덕준을 택한 이유는 글씨도 글씨지만 성품이 단정하고 강직하기로 정평이 높아 의기 높은 비갈의 제목을 쓰기에는 최적의 인물이라고 판단했기 때문이다. 게다가 윤덕준은 최창대와는 평소에 교분도 있었기에 비석 건립의 의미를 설명하자 잠시 생각하다가 제목은 전자체篆字體가 가장 적합하겠다는 말과 함께 흔쾌히 수락했다.

연이어 최창대가 1,500자에 달하는 비문의 내용인 비명碑銘을 써 줄 서예가를 부로들에게 문의해보았으나 함경도 인근에서는 구하기가 마뜩치 않았다. 함경도는 문文의 지역이라기보다는 무武의 지역이었기 때문이다. 부로들은 최창대에게 써줄 것을 청했지만 극구 사양했다. 천 년을 가야 할 의기어린 비문의 글씨를 쓸 자는 대가는 아닐지언정 명필은 되어야 한다고 생각했기 때문이다. 결국 최창대는 수원 쌍부촌雙阜村에 은거하고 있는, 본관이 한산韓山인 봉화 이명필奉化 李明弼을 수소문하여 청하기로 했다.

최창대가 경기도 과천현을 방문했을 때, 예조판서를 지낸 호암 이기조浩菴 李基祚의 묘를 지난 적이 있었다. 당시 비석에 새겨진 글씨가 가진 힘찬 기세에 글씨 쓴 이의 성명을 눈여겨보았는데, 그가 이기조의 손자 이명필이었다. 이명필은 비문이 완성되면 방문한다고 약조했고, 부로들은 감사의 뜻으로 그에게 인근 칠곡산의 명산물인 송이버섯을 선물하기로 했다.

서예가가 결정되자 석장을 구해야 했다. 조선의 기후는 여름에는 비가 자주 오고 다른 계절에는 극단적으로 가물면서 먼지가 자주 날려 무른 돌로 만든 비석은 쉬이 삭았다. 오랜 세월을 견디기에는 다루기는 힘들지만 쇠처럼 단단한 쑥돌이 가장 적합한 석질이었다. 본래 길주의 장현동은 좋은 쑥돌이 많이 나기로 유명했다. 장현동의 쑥돌은 색과 무늬가 곱고 결이 고른데다가 광택까지 유달라서 나라에서 으뜸으로 쳐주었다. 그런 연유로 소문난 석장들도 많았다.

최창대는 석장은 손쉽게 구할 수 있다고 여겨 부로들에게 추천을 의뢰했는데, 무슨 이유에서인지 결정이 늦어졌다. 최창대가 부로들을 불러 모아 까닭을 물어보았다.

"길주는 쑥돌이 많아 석장들이 많을 터인데 어찌 되었는지 구하기가 쉽지 않은가 봅니다."

이에 정 부로가 조심스럽게 답했다.

"관북의병은 이곳에서는 전설 같은 영웅들입니다. 혹시라도 그분들의 영명榮名에 누가 될까 봐 꺼려하여 늦어지고 있습니다."

"그렇더라도 석장이 있어야 비석을 세울 것 아닙니까? 누군가는 반드시 해야 할 일입니다."

부로들이 눈치를 보다가 최창대에게 건의했다.

"관북 영웅들은 너무나 한이 많은 분들입니다. 북관의 백성과 땅을 지켰지만 변변한 대접도 못 받고 억울하게 죽어간 분들이 대다수입니다. 그런 까닭에 비석을 세우기 전에 고유제告由祭를 지내야 한다는 의견이 많습니다."

"그게 무슨 문제입니까? 일정을 잡아 치르면 되지 않습니까?"

"… 남쪽에서는 흔히 유림이 고유제 행사를 주도한다고 알고 있습니다. 하지만 이곳에서는 무당이 주관해야 원혼들의 동티를 면할 수 있다고 생각합니다."

최창대는 당혹스러웠다. 임금인 숙종은 무소불위의 절대권력자로 유교의 법도를 벗어난 일은 조그만 것들도 용서하지 않았다. 갑술년에는 왕비의 교체를 둘러싼 법도와 예법을 들먹이며 선비 14명을 사형에 처했고, 무려 67명을 유배 보냈으며, 형벌을 내린 이만도 54명이나 되었다. 더욱이 후궁인 장희빈마저 전처인 인현왕후를 모함하고 주술을 썼다는 이유로 사약을 내렸다. 숙종은 유학의 신봉자로 여겨졌다. 현재는 유일한 주권자인 임금 숙종을 둘러싸고 집권만이 정의이고 실권은 곧 죽음을 의미하는 시대였다. 이러한 시대에 정부 관료인 북평사가 무당이 굿판을 벌이는 고유제를 주관한다는 것은 상당히 어려운 일이었다.

잠시 고민에 빠졌던 최창대는 부로들을 보았다. 그들의 표정에서 깊은 갈망을 읽을 수 있었다. 그들이 세우고자 하는 것은 단순한 비석이 아니었다. 관북인의 한과 슬픔 그리고 분노까지 녹일 수 있는 비석이었다. 비석에는 관북 백성의 염원이 담겨 있어야 했다. 그들의 한과 슬픔 그리고 분노까지 삭일 수 있는 것은 유교적 법도의 제사가 아니라 전통적인 무술巫術의 살풀이 굿판이었다. '정문부도 처음에는 무당 한인간에게 몸을 의탁하지 않았는가?' 최창대는 고심 끝에 결심했다.

"입향수속入鄕隨俗이라고 '어떤 고을에 가면 그곳의 풍속에 따르라'는 말처럼 관북에는 관북의 법도가 있겠지요. 부로들께서 마음에 두고 있는 석장에게 최고의 쑥돌을 골라 다듬도록 하십시오. 그리고 길일을 잡아 망치와 정, 비석의 재료로 쓸 쑥돌을 가져다놓고 의병의 혼불을 위로하는 고유제를 벌입시다. 다른 의견들이 없으시면 한인간 만신에게 내림굿을 받은 용성 무당이 좋을 듯합니다. 그이에게 도움을 청하시지요."

그러고는 잠시 숨을 고른 최창대가 말을 이었다.

"길주의 산야를 지나면서 임란 때 사망한 의병들 중에 가족이 없거나 또는 혹독한 훼손으로 신원조차 확인할 수 없었던 시신을 모아 만든 무명총無名塚을 만난 적이 있습니다. 무척 외로워 보였습니다. 기왕에 고유제를 할 바에는 비석 아랫녘에 수십 무명 의병들의 고혼孤魂을 함께 묻고 평토장平土葬을 하고 싶습니다. 그들의 헌신과 희생을 조금이나마 위로할 방도인 것 같은데, 부로들의 의견은 어떻습니까?"

부로들의 안색이 환해지며 용성 무당을 부르기 위해 서둘러 자리에서 일어났다.

많은 일을 정리한 최창대는 누적된 피로로 몸이 무거웠다. 그렇지만 최창대는 혹시라도 기나긴 여정에서 얻은 중요한 기억들을 잊는 것이 두려웠다. 쉴 겨를도 없이 조사 자료를 바탕으로 하나씩 아귀를 맞추어 비문을 완성해가고 있었다. 하지만 인간의 몸은 무쇠가 아니었다. 견딜 수 있는 한계가 있었다.

고유제를 결정한 날부터 얼마 동안 최창대는 심한 열병을 앓았다. 그리고 의병들의 꿈을 꾸었다. 무슨 내용인지는 기억조차 나지 않았다. 그렇지만 생전 보지도 못했던 의병들의 모습만은 너무나 생생했다. 그들을 본 순간, 마음이 뻥 뚫리는 듯 시원했다. 막혀 있던 혈穴이 열린 것 같았다.

며칠을 자리보전하며 누워 있던 최창대가 간신히 몸을 추슬러 문장을 다듬고 있을 때였다. 오후도 한참 지나 해가 뉘엿뉘엿할 무렵, 밖에서 하인의 소리가 들렸다.

"평사님, 성남에서 손님이 찾아오셨습니다. 만나보시겠습니까?"

일에 열중하던 최창대는 의아해했다. 성남에서 경성으로 오는 사람들이 드물기도 했지만, 퍼뜩 떠오른 성남의 지인이 없었기 때문이다. 일을 계속하며 최창대가 하인에게 물었다.

"함자는 여쭈어보았느냐?"

"칠원 윤씨 28세손으로 남경 윤정필南卿 尹鼎弼 공이라 하십니다."

분주하던 최창대의 손이 멈추었다. 칠원 윤씨라면 필히 윤탁연과 관계되는 인물이라는 생각이 들었기 때문이다. 잠시 고민하던 최창대는 일단 만나보기로 결정했다. 서류를 밀어두고 자리에서 일어났다.

윤정필은 접객실에서 차를 마시며 앉아 있었다. 최창대와 동년배 같은데 호리호리한 몸에 깔끔한 인상으로 전형적인 유생으로 보였다. 긴 여정이었을 터인데도 인상만큼이나 복장도 단정했다. 최창대가 예를 갖추어 인사하며 자리에 앉았다. 윤정필도 마주 예를 표하고는 잠시 침묵이 흘렀다. 윤정필이 침묵을 깨며 말문을 열었다.

"얼마 전에도 방문했는데 관북의병들의 행적을 조사하느라 자리를 비우셨다고 하더군요."

의도한 바는 아니었지만 최창대는 윤정필의 말에 미안함을 느꼈다.

"여기까지 쉽지 않은 길인데 헛걸음을 하게 해드려서 면구스럽습니다."

"연락도 없이 찾아왔던 제 불찰이지요. … 그런데 평사께서는 제가 왜 방문했는지 아시는지요?"

"… 짐작은 하고 있습니다."

윤정필이 차분하게 최창대를 보았다.

"관북의병들의 비갈을 세운다고 들었습니다. 어떤 방향으로 비문을 쓰실지 결론은 내리셨는지요?"

"중호공과 농포공의 관계에 대해서는 많은 이야기들이 있었고 기록들마다 조금씩 차이가 있습니다. 이를 바로잡아 정확한 사실을 쓸 계획입니다."

그런 최창대의 말을 윤정필이 바로 받았다.

"정확한 사실이라는 게 과연 무엇입니까? 평사께서는 지금 관북의병들의 후손들과 수개월을 함께 보내고 있습니다. 중호 어르신이나 정현룡 공을 위해 증언해줄 사람을 한 사람이라도 만나보셨습니까? 무릇 정반대의 대척되는 일이나 현상을 어느 일방의 말만 듣고 정확한 사실을 쓸 수 있을까요? 후손들과 교분이 있는 상황에서 평정심을 가지고 쓸 수 있다고 장담할 수 있습니까?"

그 말에 최창대의 숨이 턱 막혔다. 사실 그동안 부로들과 정이 들고 그들의 감정에 동화되었다. 어느 날부터인가는 윤탁연에 대한 좋은 기억들은 퇴색되고, 남은 기억들은 주로 윤탁연이 정문부에 대해 가졌던 기이한 집착과 질시였다. 그런 최창대를 보고 윤정필이 차분하게 말을 이었다.

"무릇 조선을 지키는 기본 질서는 예입니다. 농포 정문부 공이 탁월한 장수임에는 분명하나 우리가 지키고자 하는 유교 세계의 질서를 존중하는 인물은 아니었습니다. 농포의 담대한 성정과 완력에 대한 이야기는 익히 들었습니다. 하지만 예가 수반되지 않은 무위武威는 저잣거리의 무뢰배와 무엇이 다를 바 있습니까? 농포는 무뢰배는 아닐지라도 유학자는 절대 될 수 없는 인물입니다. 주변을 오시하는 그의 태도는 불필요한 적을 만들었습니다. 당시 관북의병은 관군과 의군의 혼성군混成軍이었습니다. 그리고 관군과 의군의 비율은 큰 차이가 없었습니다. 조정의 녹봉을 받고 있던 농포가 대장이 되었다면 응당 관군을 중심으로 의군을 편성하는 것이 이치에 합당한 일일 것입니다. 하지만 농포는 자신이 몸담고 있는 관군을 믿지 못했습니다. 관군을 경시했다는 기록은 도처에 있습니다. 결국 지휘체계는 무너지고 의군은 관군을 무시했습니다. 군을 통솔하는 대장으로서의 자세는 아니라고 봅니다. 그리고 농포가 수번의 전투에서 승리한 바는 사실일 것입니다. 하지만 백번 양보한다 한들 지금 와서 임란의 상황을 속속들이 살펴볼 수는 없을 것입니다. 결국 당시 전투에 관한 진실은 당시 쓰인 장계가 가장 정확할 것입니다. 지금 천자의 나라에서는 '삼국지연의'로 인해 낙양의 지가가 뛰었다는 말이 있습니다. 하지만 나관중의 '삼국지연의'와 진수의 '삼국지'는 다릅니다. 후손들이 말하는 바는 세월이 지나 윤색되고 채색된 '삼국지연의'와 같은 소설일 것입니다. 그렇다면 무엇이 역사의 진실이겠습니까? 무엇을 믿고 어떤 기록에 의지해야 한다는 것은 명확할 것입니다."

윤정필은 최창대에게 할 말을 오래도록 준비해왔는지 말의 막힘이 없었고 나름의 조리가 분명했다. 최창대는 곤혹스러운 얼굴로 윤정필의 말을 듣고 있었다.

"후세의 사람들이 전쟁 영웅을 미화하는 것은 세상의 이치입니다. 게다가 그 영웅이 비극적 최후를 맞이했다면 그는 백성의 수호신으로 남아 칭송받고 찬양받다가 신성시될 것입니다. 관북의병들이 그런 예라고 생각합니다. 하지만 우리는 유교의 세계관 속에서 유교 질서를 지키며 살아갑니다. 영웅담이 삶의 고난을 위로하는 마약이 될 수는 있을지언정 진실은 아님을 아시지 않습니까? 게다가 영웅담이 일상으로 들어오면 조선이 지키고자 하는 질서가 무너집니다. 그것을 원하는 이는 아마도 많지 않을 것입니다. 저는 평사께서 관북에서 평생 머무를 것이라고 생각하지 않습니다. 임기를 마치고 평상으로 복귀하시면 관북은 금방 잊힐 것입니다. 잠시 머물던 곳을 위해 평사가 평생을 살아갈 세상과 불편해질 필요가 있겠습니까? 그것 역시 세상의 이치입니다."

가만히 듣고 있던 최창대가 윤정필의 말이 끝나자 잠시 고심하다가 말을 받았다.

"말씀하신 바는 충분히 공감할 수 있습니다. 하지만 조선의 질서를 지키는 수단은 예이지만 예의 버팀목은 진리입니다. 진리는 진실이라고 봅니다. 진실보다 앞서는 것은 없습니다. 비록 농포가 예의바른 인물이라 말할 수는 없지만 대의를 위하는 일에는 충분히 인고했습니다. 중호께서 농포의 대장 직위를 박탈했을 때 농포는 많은 갈등이 있었을 것입니다. 본인이 그동안 체감한 바에 의하면 관북은 온순한 지역이 아닙니다. 그들이 농포의 말을 따랐다는 것은 수많은 기록들이 증명합니다. 농포가 반란을 꾀했다면 반란이 일어났을 것입니다. 하지만 농포는 순순히 대장의 인을 넘겨주었습니다. 또한 본인은 조정의 녹을 먹는 관리로서 장계를 믿습니다. 그리고 임란 당시의 장계들이 1차 자료라는 것을 부인하지 않습니다. 하지만 중호와 농포가 올린 장계의 내용이 서로 다를 때는 무엇을 가지고 판단해야 합니까? 본인은 사헌부의 기록도 살펴보았고 가토 기요마사와 싸워 농포가 연전연승한 기록이 실린 일본 문헌까지 살펴보았습니다. 거기에는 관북의병에 의해 5,490명의 일본군 사상자가 발생했다는 기록이 있습니다. 중호는 농포가 850명의 왜구를 참살했다고 장계를 올렸습니다. 농포는 장계에서 5,500여 명의 참획수를 올렸습니다. 이는 왜구가 작성한 문헌의 수급 수와 일치합니다. 어느 것이 진실일까요? 그리고 비석에 쓰려는 내용은 농포의 인품이 아닙니다. 관북의병이 어떻게 싸워서 얼마나 이겼냐는 역사 사실의 기록입니다. … 그리고 본인은 불화不和를 좋아하지는 않지만 불화가 싫어 진실을 외면하지는 않습니다."

오랜 침묵이 흘렀다. 윤정필이 한 권의 서적을 꺼내 탁자에 놓았다. 표지에는 '계사일록癸巳日錄'이라 쓰여 있었다.

"중호 어른께서 기록한 책자입니다. 비문을 쓰는 데 참고하십시오."

그러고는 윤정필이 목례를 하고 자리에서 일어났다. 조용히 자리를 떠나는 윤정필의 뒷모습을 보다가 최창대는 책을 펼쳐 농포와의 관계가 수록된 부분을 찾아냈다. 그곳에는 이렇게 쓰여 있었다.

> 문부는 무례한 자이다. 무릇 군령은 엄혹한 질서에서 시작되지만 문부는 도무지 질서를 지키려 하는 자가 아니다. 의도적으로 질서를 무시한다. 단 한 번도 상관인 나에게 찾아와 인사하지 않았다. 세령歲齡이 고희를 넘어 종심소욕불유구從心所慾不踰矩를 자처하며 어지간한 일은 마음 가는 바를 따르기만 하면 되지만, 정문부 그에게서 느끼는 것은 불쾌감이다.

글을 읽던 최창대는 더 이상 책을 보지 않고 덮었다. 그리고 다시 생각했다. '내가 쓰는 것은 비갈의 주인공들의 인품이 아니다. 임란의 전장 기록이다.'

최창대는 윤정필과 만난 후에 여정이 끝나고 있음을 느꼈다. 며칠간 글을 쓰고, 돌을 고르는 등의 일을 정리한 최창대와 부로들은 다시 의병들의 행로를 쫓아 길을 떠났다. 최창대 일행이 찾아간 곳은 명천의 임명진臨溟津이었다. 가는 도중에 부로들로부터 전투 상황에 대한 설명을 들을 수 있었다.

정문부가 가토 기요마사와 임명에서 전투를 벌인 것은 매서운 겨울 추위가 절정에 달한 정월이었다. 바다를 통해 함경도를 침략한 왜구는 기세등등했다. 가토 기요마사가 이끌던 왜구는 3개의 성문을 갖춘 둘레가 830척, 높이는 500여 척에 달하는 석성인 대사동보 앞에 도착했고 순식간에 길주를 함락시켰다. 하지만 승리의 기쁨은 오래가지 않았다. 임진년의 월력月曆이 계사년으로 넘어가면서 바다에서 불어오는 칼바람이 왜구의 살을 찢어놓았다. 그리고 홀연히 나타난 관북의병에 의해 참혹한 실패를 겪고 있었다.

날씨가 어느 정도 예상했던 고난이었다면 관북의병의 등장은 전혀 의외였다. 당시 가토 기요마사는 계속되는 전투의 패배에도 관북을 사수하겠다고 결심했다. 그러고는 정문부에 의해 고립되어 있는 길주의 왜구를 구하기 위해 천여 명의 병력을 증원시켰다. 병사들의 수가 많아지면서 왜구는 심각한 식량부족을 겪었다. 게다가 의병의 포위로 성 밖으로 나갈 수 없었던 왜구는 땔감을 구할 수 없었다. 성 안의 관아와 민가를 헐어버리고 그 잔해를 땔감으로 사용했지만 혹한을 버텨내기에는 한계가 분명했다. 내일 전투에서의 죽음보다 오늘의 추위와 배고픔을 더 무서워하는 것이 인간이다. 혹독한 관북의 추위와 기아는 왜구에게 공포였다. 정문부의 압박과 함께 그 공포는 점점 커져갔다.

물론 정문부의 상황도 녹록하지만은 않았다. 수번의 전투로 인해 군수물자가 이미 바닥이 난 정문부는 조정에 수차례 물자요청을 했지만 활시울, 화살꼭지는 물론 활의 몸체를 만들 때 반드시 필요한 부레풀의 요청조차 거부당했고, 오히려 '정문부가 병사들에게 사사로이 전리품을 나누어준다'는 윤탁연의 거짓 장계를 믿고 비변사가 진상품을 요구하는 곤란한 지경에 처해 있었기 때문이다.

애초에 정문부는 직접 길주성을 공격했다. 그러나 왜구의 결사항전으로 의병 사상자가 다수 발생했고, 이에 전략을 수정하여 병력을 구분하여 네다섯 지점에 복병을 하고 주야로 적정을 살피게 하여 적이 성 밖으로 나오면 이를 포위 격멸하는 작전을 구사했다. 그러고는 마침내 왜구 수백의 목을 베고 그 창자를 꺼내 대로에 늘어놓으니 의병들의 기세는 천하를 진동하고 왜구는 더욱 두려워했다.

이는 정문부의 탁월한 적응력 때문이었다. 늘 변화하는 전시 상황에서 비록 한 번은 승리했다고 해도 같은 전술을 고집하지 않았다. 정문부는 자연 환경과 의병의 여건에 따라 이번 전투에서 승리했던 전술이라도 다음 전투에서는 반드시 변화하여 적응시켰다. 상황에 맞추어 유연하게 대처하는 것은 명장名將과 범장凡將의 차이다.

최창대가 내심 감탄하는 점도 그것이었다. 오합지졸의 의병을 모아 상승의 왜구에 맞서 백전백승의 승전보를 올릴 수 있었던 것은 단순한 의기義氣만의 문제가 아님을 잘 알고 있었다. 각개의 모든 전투를 이겨 결국은 관북을 지켜낸 것은 탁월한 전략이 있었기에 가능한 일이었기 때문이다.

임명의 전투지 조사는 넓디 너른 임명의 들판에서 시작했다. 이곳에서 많은 의병이 전사했다고 들은 최창대의 표정은 숙연해졌다. 그때 이 부로가 임명의 전투를 설명해주었다.

"계사년 정월 말의 이른 아침이었습니다. 삿사 마사모토가 이끈 왜구가 임명의 벌판을 지나고 있는데 그들의 수는 들판을 가득 채울 정도로 많았습니다. 영동에 주둔했던 왜구와 합세해 길주에 갇힌 왜구를 구출하려 나섰던 것이지요. 이때 임명에는 정문부 장군이 배치한 날랜 기병 600명이 매복하고 있었습니다. 의군은 왜구가 뒤를 보일 때까지 가만히 기다리고 있었고, 행군에 지친 왜구 역시 의군의 수가 생각보다 적은 것을 보고 그대로 지나가 뒤를 보였습니다. 왜구가 뒤를 보이자 복병장 구홍, 첨정 박은주, 첨사 강문우, 판관 인원침, 고경민, 정로위가 휘하 병사들을 이끌고 일제히 왜구의 뒤를 쳤고, 정문부 장군의 지휘에 따라 배치된 좌위장 유경천, 중위장 오응태, 우위장 한인제가 왜구의 앞을 막고 대열의 허리를 치면서 왜구를 향해 화살을 쏘아대니 왜구는 졸지에 이리저리 도망쳤습니다. 의군의 추격전으로 전개된 전투는 유시까지 계속되었고, 왜구는 무려 60리나 도망했다고 합니다. 의군의 추격을 피해 도주하던 왜구가 백탑교에 이르렀을 때 매복하고 있던 훈련판관 원충서의 군대가 튀어나와 왜구에게 화살을 퍼부었습니다. 의군은 넓은 곳에서는 왜구를 협격하고 좁은 곳에서는 왜구의 뒤를 치는 전술을 구사했고, 정공은 종사관 이성길 공에게 전령을 주어 의군을 독전하게 했습니다."

말을 타고 전투의 사적을 좇는 사이, 어느덧 일행은 백탑교에 이르렀다. 노을이 장엄하게 지고 있었다. 중항 이붕수를 그리워하는 듯이 부로의 눈시울이 잠시 뜨거워졌다.

"거개의 왜구가 다 죽고 살아남은 왜구는 길주성으로 쫓겨 달아났습니다. … 그날 이붕수 어르신께서도 적의 흉탄에 돌아가셨다고 합니다. 정문부 장군을 노리던 왜장의 흉탄에 맞아 정 장군이 탄 백마 앞에서 쓰러졌습니다. 어느 부하의 죽음이 슬프지 않겠습니까마는, 창의기병을 맺고 피로써 형제의 맹서를 했던 두 분은 특별히 각별했다고 합니다. 정문부 장군은 자신의 눈앞에서 가장 아끼던 부하가 죽어가는 모습을 보았다고 합니다.”

이붕수가 전사했을 때, 정문부는 별 말이 없었다. 이붕수는 역시 자기 방식으로 죽었다. 정문부를 향해 빗발처럼 날아오는 총탄을 막기 위해 뛰어들었고 그 와중에 유탄을 맞아 전사했다. 당시 정문부는 눈물을 흘리고 싶었다. 하지만 정문부는 모든 의병의 장이었다. 전투에서 대승을 거둔 정문부는 마냥 이붕수의 죽음만 슬퍼할 수는 없었다. 살아남은 병사들의 승리를 축하해주어야 했다. 전투에서는 수많은 병사가 죽는다. 정문부는 모든 의병의 죽음을 슬퍼할 수는 있지만, 각별한 부하의 죽음만을 슬퍼할 수는 없었다. 그것은 공인인 정문부의 책무였다. 정문부는 의연한 자세로 승리를 기뻐했지만 내면으로는 피눈물을 흘렸다. 언젠가 정문부는 이붕수의 죽음만을 슬퍼할 날이 있을 거라 생각했다.

그 후 정문부가 의병장을 삭탈당하고 이곳을 지나면서 이붕수를 생각하며 시를 지었다. 이 시는 당나라 안녹산의 난 때 원수의 지위를 서로에게 양보할 정도로 막역했던 장순과 허원의 관계를 빌려 정문부 자신과 이붕수의 우애를 생각하며 지은 시라고 전해지고 있다.

정문부와 이붕수는 매우 각별했다고 한다. 이붕수는 나이 어린 정문부를 성심으로 보좌했고, 정문부는 그런 이붕수를 진심으로 아꼈다. 아마도 낮은 지위로 의병장이 되었던 정문부가 힘겨울 때마다 끝없이 자신을 지지해준 이붕수에 대한 고마움도 있었을 것이다. 그리고 쇠락한 자신의 처지에 대한 슬픔이 함께 묻어 있었던 것이라 최창대는 여겼다.

문에 들자 혼백이 눈에 선한데
늙은 형만 남겨둔 채 어머니도 저버렸네.
천 년을 통하여 오직 장순과 허원인데
저승길 행여 함께 갈 수 있으려나.

어느덧 그들의 발걸음이 임명의 바다까지 왔다. 임명의 바닷바람은 차가웠다. 앞에는 망망한 운해가 펼쳐졌다. 세차게 몰아치는 비바람에 섞인 바닷물이 사람들의 옷깃까지 모두 적셔놓았다. 바다를 보니 감개무량했다. 시를 듣던 최창대가 저무는 노을을 보고 소회를 이야기했다.

"부로들과 함께 이곳저곳을 다니며 많은 것을 보고 선조들의 숨겨진 일화들도 많이 알게 되었소. 오랜 여정이었소. 물론 아직도 조사할 전투지는 남아 있지만 정문부 장군과 중항 이붕수 어르신의 우정을 생각하면 눈시울이 뜨거워지는구려. 선조들을 생각하면 마음먹기에 따라 충과 의는 물론이고 생과 사도 종이 한 장 차이라는 것을 알았소. 향후 어떤 기록이 비문으로 남아 후세에 전해질지는 모르지만 지금까지의 마음을 시로 지었는데, 한 번 들어주시겠소?"

여러 부로들이 최창대의 말을 듣고는 다들 '예'라고 답했다. 이에 최창대가 임명의 출렁이는 파도를 보며 암벽에 섰다. 그러고는 장엄한 어조로 시를 읊기 시작했다.

| | |
|---|---|
| 有盜自南 讐我大邦 | 명나라를 친다 하며 남쪽에서 도적이 쳐들어오니 |
| 我王于蕃 以國受鋒 | 우리는 이웃이 되어 온 나라가 화를 입네. |
| 屹屹北原 狼虺穴墉 | 우뚝 솟은 북방이여 오랑캐의 소굴 되니 |
| 有蠢者氓 不抗而從 | 어리석은 백성이 저항 없이 따르도다. |
| 血口胥呑 濟毒以兇 | 피를 숨긴 입으로 흉한 독을 뿜어대니 |
| 士也朅朅 俊羣攸同 | 씩씩한 의병준걸 의기로써 뭉쳤다. |
| 兵義莫利 不屑戈弓 | 병사에게 의는 첫째요, 창과 활은 다음이라. |
| 旣殲叛徒 寇莫我衝 | 반도들을 무찌르니 흉한 도적 못 덤비네. |
| 武夫鼓呼 山摧海洶 | 의병들이 북을 치니 산이 무너지고 바다가 놀란다. |
| 師征孔赫 厥醜崩恟 | 우리 의군 빛나는 힘 오랑캐가 달아나네. |
| 協底帝罰 匪私我忠 | 천벌을 내린 것은 진심어린 충정 때문 |
| 北土旣平 爾蠶我農 | 북쪽 땅이 평정되어 누에치고 농사짓네. |
| 大君曰咨 孰尚女功 | 그대의 공보다 더한 이 없음에 임금이 감탄하네. |
| 贈官命祠 光惠始終 | 비록 늦은 벼슬이나 한결같은 은혜로다. |
| 士風其烈 民可卽戎 | 선비 기풍 뜨거웠고 백성도 용맹했네. |
| 臨溟之厓 有石海高 | 임명의 절벽에 우뚝한 돌이 있어 |
| 刻之誦詞 用眡無窮 | 칭송을 거기 새겨 영원토록 보이노라. |

# 3

# 의병의 후예

* * *

1897년, 고종高宗 34년의 조선은 대한제국 광무 원년大韓帝國 光武 元年으로 문패를 갈았다. 문패는 바뀌었지만 이 땅을 살아가는 민초의 삶은 집주인이었던 중국의 천자가 쫓겨났다는 것 외에 달라진 상황은 없었다. 연이어 무주공산無主空山이 된 대한제국을 차지하기 위한 차르tsar와 천황天皇 간의 일전이 벌어졌다. 압록강에서 시작된 러일전쟁露日戰爭은 도고 헤이하치로東鄕平八郎가 이끄는 일본연합함대가 로제스트 벤스키의 무적함대를 대마도해전對馬島海戰에서 격파함으로써 끝이 났다. 임진왜란이 발발했던 300여 년 전에도 그랬듯이, 대한제국의 황제에게 백성의 안위는 자신의 삶보다 중요한 문제는 아니었다. 누구도 지켜주지 않는 이 땅을 지킬 이는 오로지 백성 자신뿐이었다. 이렇게 엄혹한 시절, 천황의 군대는 임명진에도 진격해 들어왔다.

눈보라가 몰아치고 있었다. 임명진의 칼바람은 예나 지금이나 매서웠다. 판초우의를 걸친 일본 군인이 눈보라가 치는 언덕을 오르고 있었다. 펄럭이는 우의 아래로 일본군 계급장이 보였다. 길게 째진 눈, 날렵해 보이는 얼굴에 쏟아지는 찬바람과 냉기는 안 그래도 차갑게 보이는 인상을 시체처럼 희고 더욱 냉혹하게 만들었다. 육군 소장 이케다 쇼스케池田正介였다. 메이지 원년明治元年인 1868년 10대의 나이에 제국이 자랑하는 제일정묘함第一丁卯艦에 승선하여 군인의 삶을 시작한 그는 40년 동안 전 세계에 걸친 일제의 영토 확장 전투를 수행해 왔다. 그의 평생에 제국은 생명이었고 제국의 군대는 삶 자체였다. 함경도사령관으로 부임하여 관북으로 온 그는 조국 일본을 위해서라면 무슨 짓이든 할 수 있었다.

언덕 끝에서 쇼스케가 발걸음을 멈추고 독일 쇼트사의 접이식 군사용 망원경을 펼쳤다. 치밀하고 섬세한 성격의 그는 세계 최고의 정밀도를 자랑하는 쇼트사가 제조한 망원경을 애용했다. 쇼스케가 찬찬히 앞에서 멀리로 그리고 좌우로 망원경을 움직이며 꼼꼼히 지형을 살피다가 무언가를 발견하고는 배율을 조정했다. 미동도 없이 한참을 바라보던 쇼스케의 얼굴에 미세한 떨림이 나타났다. 지독히도 침착하게 보였던 그에게 어떤 변화가 일어났다는 것은 이 사안이 매우 중요하다는 것을 알려주는 것이었다.

쇼스케가 망원경을 접어 넣고 방금 전 눈에 띈 물체 쪽으로 걸어갔다. 침착함을 유지하려는 듯 애써 걸음 속도를 조절했다. 사무라이의 전형적인 사뿐한 걸음걸이를 가진 쇼스케는 눈밭 위에서도 깊이 자국을 남기지 않고 걸었다. 하지만 긴장한 듯 어느 순간부터 쇼스케의 발자국이 바닥에 깊이 파였다.

한참을 걷자 눈에 묻혀 윗부분만 언뜻 보이는 비석이 있었다. 비록 지금은 눈에 묻혀 있지만 평소에는 관리가 잘되어 있는 듯 보였다. 쇼스케가 비석 앞에 섰다. 잠시 호흡을 고르고 비석을 뒤덮은 눈을 헤쳤다. 그러고는 한자가 빽빽이 적혀 있는 비문을 읽어보았다. 읽어 내려가던 쇼스케의 눈길이 빨라지며 자신이 찾던 그 비석, 북관대첩비임을 확인했다. 재차 호흡을 고른 쇼스케가 추위로 곱은 손을 떨며 주머니에서 지도를 꺼냈다. 펜을 꺼내 지도 위에 현재 위치를 표시하고 여백에 비문의 일부를 적었다. 그리고 지도를 주머니에 집어넣고는 미묘한 표정으로 다시 한번 찬찬히 비석을 훑어보았다.

막사로 돌아온 쇼스케는 눈으로 덮인 군모와 판초우의를 벗어서 대기하던 당번병에게 건네주었다. 당번병이 군모와 판초우의를 받아 들고 절도 있게 인사하고 사라졌다. 쇼스케가 자세를 바로 하고 막사에 걸려 있는 초상화 앞으로 갔다. 커다란 크기의 특이한 모양의 모자를 쓴 전투복 차림의 가토 기요마사의 초상화였다. 쇼스케가 자세를 가다듬고는 엄숙한 얼굴로 초상화에 절을 했다.

그러고는 책상 앞에 정좌하고 앉아 서랍에서 이전에 조선으로 파견했던 첩자가 보내온 비문의 내용이 적힌 서류를 꺼냈다. 그리고 지도를 꺼내 자신이 여백에 적어놓았던 비문의 일부 내용과 신중하게 비교해보았다. 두 내용이 동일한 것임을 확인하자 편지지를 꺼내 보고문을 작성했다. 목적은 북관대첩비의 존재를 확인했으며, 정확한 위치가 어디인지 그리고 임진왜란의 영웅 가토 기요마사의 패전 기록이 허위로 작성되어 있는 불온한 비석이므로 반드시 회수해야 한다는 의지와 그에 따른 회수 계획 등을 적어 상부에 보고하고자 함이었다. 보고문을 작성한 쇼스케는 말미에 자신의 직인을 찍고는 편지지를 접어 봉투에 집어넣고 밀봉했다.

상 위에 놓인 작은 종을 들어 올려 흔들자 청량한 종소리가 들리고 부관 이치로가 들어왔다. 평생을 전장에서 살았던 쇼스케에게 이치로는 가족보다 가까운 존재였다. 이치로가 쇼스케에게 깊이 몸을 숙여 인사했다. 이치로는 전형적인 군인이었다. 명령에 살고 명령에 죽었다. 세인들은 흔히 그 말을 농담처럼 쓰기도 하지만 이치로에게 그 말은 유일한 진리였다. 쇼스케의 명령이 법이었다.

쇼스케가 이치로에게 보고문을 건네고는 지시를 하달했다.

"이 서한을 본국으로 송부하라."

"네, 알겠습니다."

부관 이치로가 보고문을 절도 있게 받아들어 품에 넣었다. 쇼스케가 이치로에게 뜬금없는 질문을 했다.

"임명진의 주인은 누군가?"

"조사한 바에 의하면 조선은 계속되는 민란으로 지방에는 관의 손길이 거의 미치지 못하고 있습니다. 특히 관북 지방은 이전부터 민심 이반이 심한 관계로 토착씨족들이 마을을 관리하고 있습니다."

"그렇다면 토호는 알아봤는가?"

쇼스케의 기질을 잘 알고 있는 이치로는 미리 조사해놓았던 사항을 보고했다.

"정씨 일족이 살고 있습니다. 이곳에 뿌리를 내린 지 수백 년이 넘었다고 합니다."

"그들에 대해 알고 있는 것이 있는가?"

기다렸다는 듯이 이치로가 쇼스케에게 정씨 일족의 특성에 대해 설명했다.

"비석의 주인공인 의병장 정문부의 일족이라고 하는데, 비석이 세워진 이래로 계속 비석을 지키며 살아왔다고 합니다. 고지식하기는 하지만 융통성이 없는 편은 아니라 마을 사람들의 문제들을 현명하게 해결해 '임명진의 명판관'이라는 별호로 불리고 있습니다. 조상에 대한 예를 지킬 줄 알고 가문에 대한 자부심이 높아 비석 관리에 무엇보다 공을 들이고 있습니다. 슬하에 아들 둘이 있고, 부인은 부산 역관 집안 출신인 박씨로 조선여자로는 드물게 신식 문물을 배웠고 성품이 너그러워 식솔들의 신망을 받고 있습니다."

이치로의 대답을 들은 쇼스케가 눈살을 찌푸렸다. 정씨 일족이 북관대첩비의 처리에 걸림돌로 작용하리라는 예감이 들었다.

무표정한 얼굴로 부관 이치로를 보던 쇼스케가 잠시 후 가까이 오라고 손짓했다. 이치로가 쇼스케에게 무릎걸음으로 다가갔다. 쇼스케의 얼굴이 더욱 냉혹해졌다. 거의 들리지 않을 정도의 낮은 소리로 이치로에게 무언가를 지시했다. 지시를 받은 이치로가 굳은 얼굴로 자리에서 일어나 나갔다. 밖으로 나가는 이치로의 뒷모습을 미동도 없이 응시하던 쇼스케는 잘못된 역사의 기록물을 그대로 방치할 수 없다는 자신의 결심을 재차 다짐했다. 그렇다면 신성한 목적을 위해 어떤 방법을 사용해도 무관할 것이었다.

쇼스케는 자리에서 일어나 가토 기요마사의 초상화 앞으로 갔다. 한참을 경건하게 바라보던 쇼스케가 깊이 고개 숙여 인사했다. 고개를 들자 경건했던 그의 표정이 무섭도록 단호한 결의로 변해 있었다.

아직도 호된 눈보라가 몰아치고 있었다. 멀리서 짐승의 털가죽으로 만든 옷을 뒤집어쓴 남자 둘이 걸어왔다. 한 사람은 기골이 장대했고 다른 사람은 몸놀림이 조금은 경박해 보였다. 경박해 보이는 사람은 길잡이인 듯했다.

두 사람은 길게 늘어서 있는 일본군 막사들 앞에서 잠시 멈추었다. 제국의 군인들이 눈보라 속에서 무기를 점검하거나 총검술 훈련을 하고 있었다. 보통사람이라면 제대로 몸조차 가눌 수 없게 만드는 강력한 눈보라였지만 군인들의 몸놀림에는 힘이 있었다. 열악한 물리력에도 쓰시마해협에서 당대 천하무적이라 칭송받던 러시아의 발틱함대를 기백과 전술로 제압했던 천황의 군대였다. 위압적이고 절도 있는 태도들이었다.

기다리고 있던 쇼스케의 부관 이치로에게 조선인 길잡이가 다가가 괜히 친한 척 너스레를 떨며 서툰 일본어로 인사를 건넸다. 마치 오래도록 알았던 사이 같이 굴었다.

"부관님께서 말씀했던 정대인, 여기 대령했습니다. 앞으로도 부탁할 일 있으면 언제든지 말만 해주셔요. 즉시 해결하겠습니다."

이치로는 지나치게 친근하게 구는 길잡이를 무시하고는 딱딱한 얼굴로 서 있는 남자에게 다가갔다. 그러고는 정중하게 인사했다.

"번거롭게 해서 죄송합니다. 어서 오십시오."

남자가 마주 인사했다.

"정병채입니다."

우뚝한 코에 다부진 인상은 재력과 세력을, 나이가 들어 주름이 파였지만 단단한 근육과 곧은 자세는 그의 강직함과 권위를 보여주는 듯했다.

"기다리고 계십니다. 저를 따라오시지요."

정병채는 이치로의 일본말을 알아듣는지 못 알아듣는지 별다른 대답도 없이 앞서가는 부관을 따라갔다. 이치로는 따라오려는 길잡이를 제지하고 정병채만 데리고 안으로 들어갔다. 길잡이가 뒤에서 투덜거렸다.

"나 없으면 통역은 누가 하나?"

이치로가 대청으로 정병채를 안내했다. 이치로는 정병채를 정중히 마루에 앉히고 어디론가 사라졌다. 정병채가 정좌하고 앉자 당번병이 다과상을 들고 와 앞에 놓았다. 격식과 절도가 있는 태도였다. 정병채는 무심코 주변을 둘러보며 지나치게 정갈하게 정리되어 있다고 느꼈다. 오랜 세월을 살며 수많은 사람을 상대하는 과정을 통해 명판관 소리를 들었던 정병채였다. 이곳 주인의 성격을 알 수 있었다. 이 방 주인은 보통 사람이 아니며 또한 이렇게 극도로 섬세한 사람은 상대하기 쉽지 않다는 것을 본능적으로 느꼈다.

어느 순간, 쇼스케가 들어와 무심한 얼굴로 정병채를 보았다. 그런 쇼스케의 태도에 정병채 역시 정좌한 채 미동도 없이 그를 바라보았다. 쇼스케가 대청으로 올라 정병채의 맞은편에 자리를 잡았다. 동시에 통역으로 보이는 남자가 정병채와 쇼스케 중간에 앉았다. 군인 한 명이 다과상에 일본식 녹차를 올렸다. 쇼스케가 차를 한 모금 음미했다. 그러고는 냉혹한 표정을 풀고 담담한 어투로 말했다.

"날이 춥습니다."

정병채와 쇼스케 중간에 앉아 있던 남자가 쇼스케의 말을 조선말로 통역해주었다. 쇼스케는 누가 들어도 본론과 상관없는 몇 가지 일상적인 말들을 건넸다. 정병채는 특별히 대답할 것도 없고 그럴 필요도 느끼지 않았다. 묵묵히 그의 말을 듣고 있다가 단도직입적으로 질문을 건넸다.

"나를 여기까지 부른 이유가 뭡니까?"

정병채의 입이 열리자 그제야 쇼스케의 얼굴에서 미소가 떠올랐다. 쇼스케가 벽에 걸린 가토 기요마사의 초상화를 가리켰다.

"저분이 누군지 압니까?"

가토 기요마사의 초상화를 보는 정병채의 눈썹이 살짝 꿈틀거렸다. 관북에 살며 아직도 임란을 기억하는 사람들에게는 절대 잊지 못할 인물이었다. 정병채의 반응에는 아랑곳없이 쇼스케는 마치 동료에게 말하듯 편한 태도로 가토 기요마사에 대한 경외심을 전했다.

"'시즈가타케의 칠본창'이라는 별호를 가지신 조선과는 깊은 연이 있는 분이시지요. 조선의 문물에 대해 많은 존경심을 가지고 있으셔서 조선인과 함께 구마모토성도 쌓았소."

아무 말 없이 듣고 있던 정병채가 처음으로 반응했다.

"임란 때 우리 조상님들은 강제로 끌려간 것입니다."

정병채의 대답에 통역사가 자신도 모르게 한 호흡을 쉬었다가 통역했다. 정병채의 답변을 전해들은 쇼스케가 살짝 눈살을 찌푸렸다. 잠시 침묵하다가 계속 말을 이었다.

"그 성은 내 고향 구마모토의 자랑이고, 가토 기요마사님은 지금 구마모토의 신으로 추앙받는 분이시오."

쇼스케의 말을 조용히 듣고 있기는 했지만, 정병채의 표정은 점점 언짢아졌다. 그런 정병채를 보면서 쇼스케가 계속 자신의 말을 했다. 어느 순간부터 쇼스케의 입에서 점점 빠른 속도로 가토 기요마사에 대한 이야기와 북관대첩비에 대한 이야기가 섞여서 흘러나왔다.

"얼마 전 북관에서 비석 하나가 발견되었다는 첩보를 받았소이다. 러일전쟁으로 북관에 임명받고 온 것을 행운이라고 생각했소. 비석의 내용을 조사해보니 가토 기요마사님에 관한 날조된 기록이 적혀 있어서 놀랐소. 제국의 결정은 이렇소. 이 비석은 가토 기요마사님의 명예를 훼손하고 또한 제국과 조선황실의 선린관계를 방해하는 것이다. 반드시 제국으로 비석을 반입해오라."

그전부터 표정이 밝지 않았던 정병채는 북관대첩비에 관한 이야기가 나오자 눈살이 찌푸려졌다. 그런 정병채를 보는 쇼스케의 얼굴이 점차 차갑게 변했다. 그러고는 정병채의 반응에는 아랑곳없이 말을 이었다.

"그리고 반입의 편의를 위해 지역민의 동의서 전부를 받아야 한다. 이것이 내가 제국으로부터 부여받은 명령이오."

말을 마친 쇼스케가 정병채를 보았다. 이제 할 말을 다했으니 답을 기다린다는 태도였다. 생각할 여지도 없는 일이라는 듯 정병채가 지체 없이 답변했다.

"그런 일에는 협조할 수 없습니다."

정병채의 예의바르지만 단호한 거절에 쇼스케가 잠시 침묵했다. 그러고는 역시 예의바르지만 단호한 태도로 정병채에게 청을 넣었다.

"같이 산책이나 하겠소?"

쇼스케가 정병채의 대답은 들을 필요도 없다는 듯이 즉시 자리에서 일어났다. 정병채는 두려움이 없는 사람이었다. 하지만 이 순간에는 알지 못할 두려움을 느끼며 자리에서 일어났다. 나가는 그들의 뒷모습을 초상화 속의 가토 기요마사가 지켜보고 있었다.

쇼스케와 정병채가 언덕을 오르고 있었다. 아직도 눈보라가 매섭게 몰아치기는 했지만, 정병채가 막사를 찾아올 때보다는 다소 잦아들어 있었다. 그래도 발걸음을 내딛기가 쉽지 않았다. 내키지는 않았지만 정병채는 일정 거리를 두고 쇼스케를 따라갔다. 묵묵히 걸어가던 쇼스케가 뜬금없이 정병채에게 말을 던졌다. 한마디도 놓치지 않으려는 듯 통역사가 신속하게 전달했다.

"이곳에서 해주 정씨가 400년 넘게 뿌리를 박고 살아왔다는 것을 알고 있소. 촌장도 해주 정씨라고 들었고."

쇼스케가 북관대첩비가 세워진 언덕으로 올라갔다. 일본 군인들이 북관대첩비 주위를 에워싸고 있었다. 정병채는 북관대첩비를 보자 막연했던 두려움이 불길한 현실로 되어가고 있다고 느꼈다. 정병채의 낯빛이 점점 어두워졌다. 이제 쇼스케는 정병채의 대답을 기다리지도 않고 혼자서 주저리주저리 말을 계속 했다.

"조선인의 조상 숭배 사상은 대단하다고 들었소. 500년 왕조 동안 위로는 임금의 종묘宗廟부터 아래로는 가묘家廟까지 차례라는 각 절사를 비롯해 기제사, 생일제, 묘제 등의 조상 숭배 의례를 지킨다는데, 맞소?"

정병채는 쇼스케가 왜 이런 말을 하는지 의도를 알 수 없었다. 정병채는 역관 집안 출신인 아내를 통해 일본말을 약간은 알고 있었다. 정확히는 아니지만 쇼스케의 말을 어느 정도 이해할 수는 있었다. 지금 그가 하는 말의 어투에서 왠지 비웃는 듯한 느낌을 받았다. 그런 쇼스케의 질문에 정확하게 반박하고 싶었다.

"근본을 아는 것은 모든 인간의 도리라고 알고 있소."

쇼스케가 희미한 웃음을 지으며 북관대첩비 앞에 섰다. 그리고 담담한 얼굴로 비석의 한 부분을 지적했다.

"이 비석의 주인공은 정문부라는 관인 출신 의병장이더군. 당신이 이 비석을 지키려는 것도 인간의 도리를 지키려는 거겠지."

정병채의 의연했던 표정에 불안감이 섞여들기 시작했다. 정병채는 아무 대답 없이 쇼스케를 보았다. 그런 정병채를 보던 쇼스케가 잠시 침묵하다가 질문했다.

"조선에 들어와서 쌀 한 톨 없는 집에 여자아이들만 꽉 차 있는 것을 보았소. 다들 떨어진 옷을 입고 벌벌 떨면서 지내더군. 아들을 낳을 때까지 계속 낳겠다고 했소. 진짜 미개하고 역겨운 일이더군. 이유를 물었더니 조상의 혈통을 지키려면 아들이 반드시 있어야 한다고 하던데, 당신 생각도 그렇소?"

정병채는 점점 더 쇼스케의 의도를 알 수 없었다. 다만 막연한 공포가 현실로 닥칠 것 같은 예감이 머리를 조여왔다. 긴장한 얼굴로 쇼스케를 보았다. 절벽 근처 고개에 선 쇼스케가 갑자기 친근하게 정병채를 불렀다.

"여기로 와보시오."

정병채는 다정하게 변한 쇼스케의 말투로 인해 더욱더 불안해졌다. 그의 내심을 짐작조차 할 수 없었기 때문이다.

정병채는 떨리는 발걸음으로 고개에 올라섰다. 자신에게 왜 이런 말을 하는지 의아해하던 정병채의 눈앞에 믿을 수 없는 광경이 펼쳐졌다. 차디찬 임명진의 바닷가에 큰아들은 사지가 밧줄로 말에 묶인 채 공중에서 당겨져 막 능지처참을 당할 상황에 놓여 있었고, 작은아들은 그 옆에서 총검에 위협당한 채 꿇어앉혀져 있었다. 그런 아들들 앞에는 온몸이 결박당한 10여 명의 친족들이 무릎이 꿇린 채 옴짝달싹 못하고 있었다. 입에는 재갈이 물려 비명도 지르지 못하는 정병채의 자식들이 아버지를 발견하자 살려달라는 필사의 몸짓을 보냈다. 그런 아이들을 보고 정병채의 낯빛이 사색으로 변했다. 그러고는 미친 듯이 달려들었다.

주변의 일본군이 그를 막으려 하자 정병채는 그중의 몇을 쓰러뜨렸다. 하지만 결국 일본군에게 개머리판으로 등짝을 가격 당하고는 주저앉았다. 벌떡 일어나는 정병채를 일본군이 재차 가격했다. 바닥에 강제로 주저앉혀진 정병채가 증오의 시선으로 쇼스케를 쏘아보았다.

그런 정병채를 무심하게 내려다보던 쇼스케는 일순간의 망설임도 없이 말을 잡고 있는 부하에게 기계적인 태도로 신호를 보냈다. 정병채의 얼굴에서 짙은 공포가 떠올랐다. 동시에 일본 군인들이 말 엉덩이에 채찍을 내려쳤다. 정병채의 입이 얼어붙으며 아무 말도 나오지 않았다. 흥분한 말이 서로 반대쪽으로 달리자 아이의 연약한 몸은 변변한 저항도 하지 못하고 사방으로 찢겨 나갔다. 큰아들의 사지가 공중에서 분해되며 피와 살이 허공에서 튀었다. 그러고는 바닥에 떨어져 순백의 눈 위를 붉은 피로 물들였다.

자신의 눈앞에서 갈기갈기 찢기는 아들의 모습을 본 정병채의 얼어붙었던 입이 갑자기 터지며 비명을 질렀다. 그의 비명은 피를 토하는 듯 처절했다. 아직도 꿈틀거리는 형의 찢어진 사지를 본 작은아들은 버티지 못하고 그대로 실신했다. 쇼스케가 다시 신호를 보내자 일본 군인들이 대기하던 말에 작은아들을 묶으려 밧줄을 들었다. 정병채는 정신이 나가버렸다. 미친 듯이 맨바닥을 기어 쇼스케에게 다가갔다. 꿈틀거리며 바닥을 기어가는 정병채의 모습은 마치 벌레같았다. 쇼스케의 발 근처까지 기어간 정병채가 쇼스케의 발목을 잡고 애원했다.

"제발 부탁입니다, 나으리. 무슨 짓이든 할 테니 제발 아이만 살려주세요. 우리 집의 대를 이을 하나뿐인 자식입니다."

벌레 보듯 정병채를 내려다보던 쇼스케가 동의서를 내밀었다. 정병채의 눈앞에서 동의서가 펄럭였다. '제국의 학술적 연구와 제국과 조선의 우호증진을 위해 불온한 비석 이전에 동의한다.'

정병채가 고개를 돌려 북관대첩비를 보았다. 휘몰아치는 눈보라 속에서도 북관대첩비는 의연하게 서 있었다. 눈에서 눈물이 흘렀다. 정병채는 고개를 돌려 작은아들을 보았다. 아직도 실신한 채로 바닥에 너부러져 있었다. 정병채의 눈에서 이제는 피눈물이 흘렀다. 그런 정병채를 쇼스케가 경멸의 눈으로 내려다보고 있었다.

정병채의 집은 임명진 마을의 중심에 자리 잡고 있었다. 정병채 일가가 임명진의 중심으로 살아온 오랜 세월만큼이나 집은 고풍스러웠다. 정병채 일가가 거주하는 내채와 하인들이 거주하는 외채로 구성되어 있는 가옥의 외부는 전형적인 지방 양반집 모습이었지만, 내부는 추운 기후를 극복하기 위해 부엌과 정주간 사이에 방들이 전田자형을 이루면서 맞붙어 있는 관북 특유의 양식이었다.

쇼스케가 부관 이치로와 몇몇 군인을 대동하고 집으로 들어왔다. 정병채를 일본군 막사로 데려왔던 조선인 길잡이가 굽실거리며 그들을 안내했다. 쇼스케가 군화를 신은 채 방안으로 들어섰다. 방안에는 정병채가 정좌하고 앉아 있었다. 쇼스케를 따라온 군인이 책상을 펼치자 길잡이가 재빠르게 간이의자를 책상 앞에 놓았다. 쇼스케가 자리에 앉았다. 뒤따라 들어온 군인 두 명이 정병채의 아들을 찾기 위해 별채 쪽으로 사라졌다. 쇼스케가 정병채에게 간단하게 물었다.

"동의서는?"

정병채가 쇼스케에게서 이전에 건네받았던 동의서 뭉치를 내밀었다. 이치로가 이를 전달받아 쇼스케에게 건넸다. 쇼스케가 동의서를 펼쳐보았다. 빈 종이였다. 몇 장을 넘겨봐도 동의서에는 공란뿐이었다. 쇼스케가 무심하게 동의서를 덮었다. 그러고는 정병채를 보았다. 정병채가 담담하게 자신을 보고 있었다. 어느 순간, 쇼스케의 표정이 차갑게 변했다. 그리고 나직하게 명령했다.

"종이와 붓을 가져와."

이치로가 즉시 지참하고 왔던 종이와 잉크를 책상 위에 내려놓았다. 쇼스케가 잉크병을 열며 단호하게 명령했다.

"다른 놈들의 서명은 필요 없다. 네가 이 마을의 대표니 이제 모든 일이 일본제국에 대한 충성심의 발로로 너의 책임하에 자발적으로 진행된 일임을 증명하는 문서를 작성해."

쇼스케가 잉크병을 정병채 쪽으로 밀어주고는 안에 붓을 꽂았다. 정병채는 움직이지 않고 자리에 앉아 있었다. 쇼스케가 냉소적인 어조로 비웃었다.

"우리가 이 비석을 가지고 가려는 이유가 뭔지 아나? 네놈처럼 미련하고 열등한 민족에게 졌다는 걸 인정할 수 없기 때문이다. 만약 비석을 놔두고 가면 너희들은 한때 존재하는지도 몰랐던 일을 끊임없이 들춰보며 승리에 도취되겠지. 열등 민족이라는 현실은 부정하고 과거의 승리 한 번이 대단한 것인 양 거들먹대면서. 보고 또 보면서 별 볼 일 없는 그 한순간이 역사의 모든 것처럼. 사실은 뭔지 알아? 너희는 과거부터 지금까지 대일본제국에 끊임없이 패하고 짓밟히고 굴욕을 당했어. 그런데 이제 와서 뭐가 달라질 것 같아? 어서 글을 쓰란 말이야!"

정병채가 자신의 말에도 아무런 반응 없이 앉아 있자 쇼스케가 책상을 거칠게 내리쳤다. 잉크가 사방으로 튀었다. 평소에 냉정을 유지하던 쇼스케의 어조가 높아졌다.

"너희들이 숭배하는 조상에게 제삿밥이라도 먹이려면 누구라도 살아남아야 하겠지. 서명을 할 텐가 아니면 이대로 집안이 몰락하는 꼴을 보겠나?"

쇼스케의 빠른 말에 힘에 부친 조선인 길잡이가 제대로 통역하지 못하며 어리버리했다. 길잡이의 무능함에 분노한 쇼스케가 칼을 빼서 그어버렸다. 악 소리도 내지 못하고 길잡이가 바닥으로 쓰러졌다.

"병신 같은 무지랭이 놈."

쇼스케의 행동을 지켜보던 부하들의 표정에 긴장감이 돌았다. 이치로가 뒤에서 총으로 정병채를 밀쳤다. 책상 앞으로 밀려온 정병채가 쇼스케의 손에 든 붓을 왼손으로 받아들었다. 쇼스케가 예상했던 반응이라는 얼굴로 정병채를 보았다. 혐오의 눈빛이었다. 순간, 정병채의 작은아들을 찾으러 갔던 군인이 마당으로 뛰어 들어오며 소리쳤다.

"조선인의 아들이 사라졌습니다! 집을 다 뒤졌지만 없습니다!"

비록 말은 알아듣지 못했지만, 당황한 일본군을 보고 정병채가 희미한 웃음을 지었다. 그러고는 순식간에 앞에 서 있던 이치로의 허리춤에 꽂혀 있던 칼을 잡아채 이치로를 그대로 찔렀다. 예기치 못한 정병채의 반격에 이치로가 피를 뿜어내며 쓰러졌다.

그 모습을 본 쇼스케가 권총을 꺼냈다. 정병채가 쇼스케를 향해 칼을 휘둘렀다. 정병채가 휘두른 칼이 쇼스케의 총신을 때리자 총이 바닥에 떨어졌다. 떨어진 권총이 격발되며 총소리가 집안을 울렸다.

다른 일본군들이 정병채를 향해 총을 쏘려 하자 쇼스케가 제지했다. 격분한 표정의 쇼스케가 칼을 뽑아들었다. 정병채와 쇼스케의 검이 부딪혔다. 그들의 싸움은 그리 오래 가지 못했다. 처음에는 대등했지만 정병채가 일본 검술의 달인인 쇼스케를 당해낼 수는 없었다. 정병채가 마침내 칼을 떨어뜨리며 바닥에 주저앉았다. 이케다 쇼스케의 날카로운 칼끝이 정병채의 목을 겨누었다. 자신 앞에 서 있는 일본군 육군 소장을 쏘아보는 정병채의 눈은 한 치의 흔들림이 없었다. 잠시 두 사람의 눈이 마주쳤다. 쇼스케의 눈빛에는 자신이 예상했던 비굴한 조선인과는 다른 별종을 발견했다는 기이함이 감돌았다. 그것도 순간이었다. 모든 것을 내려놓은 정병채의 눈을 보는 순간, 쇼스케가 칼을 휘둘렀다. 쇼스케의 칼이 허공을 가르자 정병채의 목이 몸에서 떨어져 나갔다. 그의 몸에서 분수처럼 솟아오르는 피가 마당을 붉게 적셨다.

쇼스케가 쓰러진 정병채의 시신에 다가갔다. 정병채의 손을 잘라 손가락 사이에 붓을 끼웠다. 쇼스케가 그의 목에서 나온 피에 붓을 적셔 동의서를 쓰기 시작했다. 문서 작성이 끝나자 쇼스케가 정병채의 손을 집어 던지고는 만족한 듯 동의서를 바라보았다. 정병채의 목과 손 그리고 붓이 바닥에 나뒹굴었다. 쇼스케가 동의서를 부하에게 건넸다. 그러고는 바닥에 엎어져 있는 이치로를 아주 잠시 보았다.

쇼스케가 몸을 돌려 정병채의 집을 떠났다. 모든 임무를 완료했다는 표정으로 걸어가는 쇼스케의 뒤로 일본군 몇몇이 이치로의 시신을 수습했다. 일본군이 사라진 집에는 손목이 잘린 정병채의 시신과 함께 조선인 길잡이의 시체만이 남았다.

눈보라치는 임명진이었다. 북관대첩비가 우뚝 서 있는 언덕에 많은 일본 군인이 모여 있었다. 완전무장을 한 몇몇의 군인은 주변에서 웅성거리는 주민이 접근하지 못하도록 방어선을 치고 있었다. 쇼스케는 말 위에서 북관대첩비를 바라보고 있었다.

일본군 한 명이 뛰어와 쇼스케에게 동의서를 몇 장 건넸다. 동의서를 받아든 쇼스케가 주민의 인적 사항이 등재된 호적대장을 펼쳐

동의서와 대조했다. 이미 대부분의 성명에는 검은 줄이 그어져 있었다. 남아 있던 이름에도 검은 줄이 그어지기 시작했다. 이윽고 쇼스케가 마지막 동의서의 이름과 호적대장을 확인하고 검은 줄을 그었다. 호적대장을 훑어보던 쇼스케가 만족한 얼굴로 호적대장을 덮고는 동의서를 가져온 부하에게 명령했다.

"철거를 개시하라!"

쇼스케의 명령을 받은 부하들이 신속하게 움직였다. 일본군 몇몇이 비신碑身에 거적을 둘둘 말기 시작했다. 그러고는 신속하게 북관대첩비 비신을 말과 연결된 밧줄로 묶었다. 말에 채찍질을 가하자 땅에 묻힌 북관비가 끌려 나왔다. 북관대첩비가 굉음을 내고 바닥으로 쓰러지며 비석의 머리가 떨어져 나갔다. 북관대첩비 옆에 서 있던 부하가 쇼스케의 지시를 받기 위해 질의했다.

"비석의 머리와 주춧돌을 어떻게 할까요?"

"버리고 간다."

부하가 계속해서 물었다.

"목적지는 어디입니까?"

냉혹했던 쇼스케의 얼굴에서 처음으로 미소가 돌았다.

"황궁."

쇼스케가 부하에게 간단히 대답하고는 말머리를 돌려 언덕을 내려갔다. 밧줄에 묶인 북관대첩비가 가마니에 둘둘 말려 관북에서 일제의 심장인 황궁까지 고난의 여행을 시작했다.

# 4 야스쿠니의 조선혼

* * *

열도를 아직도 막부幕府가 지배하던 시절, 메이지유신明治維新의 비조 요시다 쇼인吉田松陰은 제자들에게 '용사勇士는 자기 머리를 잃을 것을 두려워하지 않는다不忘喪其元'고 가르쳤다. 그리고 그의 수제자 다카스기 신사쿠高杉晋作는 29세의 목숨을 일본의 근대화를 위해 던졌다. 그는 '모든 제국의 병사는 죽어서 신神이 된다'며 '살아있는 사람들이 죽은 사람들의 혼을 불러 받들자'고 초혼사招魂社를 만든 인물이었다. 전쟁에서 죽으면 신이 된다니, 병사들이 한 인간으로서 본능적으로 간직하고 있던 죽음에 대한 두려움은 깃털처럼 가볍게 날아갔고, 제국의 군대는 죽음을 두려워하지 않는 병사들로 이루어진 공포의 군단이 되었다. 그리고 어느 순간 초혼사는 '신사'로 이름을 바꾸었다.

그 중심에는 일본의 성지 야스쿠니신사靖国神社가 있었다. 메이지

유신 직후인 1869년 막부 군과의 싸움에서 죽은 자들의 영혼을 '일본의 신'으로 추앙하기 위해 건립된 야스쿠니는 조선으로, 만주로, 태평양으로 진격을 거듭해가는 제국주의의 확장과 함께 군국 일본의 표상이 되었다. 도쿄의 중심 지요다구千代田區 황궁 북쪽의 3만여 평에 똬리를 틀고 황실을 참배하게 만드는 야스쿠니는 8만여 개 신사 중의 황제였다. 야스쿠니신사의 상징은 평화를 표상하는 흰 비둘기였다.

엄숙한 야스쿠니를 조금만 벗어나면 입담 좋은 여주인이 운영하는 선술집이 있었다. 그리고 그곳에는 자욱한 담배연기와 다양한 종류의 술이 있었다. 물론 깔끔한 맛의 이국적 안주는 덤이었다.

쾅! 문이 열리고 한 무리의 조선인 유학생이 우르르 몰려들어왔다. 선술집 내부는 자리를 메운 취객들의 소음으로 왁자지껄했다. 유학생들을 선동해 들어온 동그란 안경을 쓴 청년이 빈자리를 찾아가 앉았다. 호방한 그의 태도에서는 젊은이다운 기백이 엿보였다. 그는 조소앙趙素昻이었다. 경기도 교하군에서 태어난 그는 일찍부터 개화사상에 눈을 떠 18세의 나이에 황실 유학생으로 선발되어 일본으로 유학을 왔다. 을사늑약乙巳勒約이 체결되자 우에노上野 공원에서 일제를 비판하는 규탄대회를 열었고, 공수학회共修學會를 조직하여 배일정신을 고취했다. 그는 항일운동을 적극 추진하는 골수 열혈 독립청년이었다. 조소앙이 도발적인 목소리로 동료 유학생들에게 물었다.

"제국의 무덤, 야스쿠니를 직접 보니 어떤가?"

호기롭게 질문하는 조소앙에게 덩치가 산만 한 학생이 대답했다. 다혈질의 이남학이었다.

"주변국 침략을 위해 싸우다 목숨을 잃은 미물들을 신처럼 치장하고 제사를 지내는 하열下劣한 인간을 위한 무도장으로 보이네."

연이어 다른 학생도 질세라 야스쿠니를 품평했다. 호기심이 충만해 보이는 김상만이었다.

"중들과 위정자와 무덤 파는 일꾼까지 오색창연한 광대 옷을 입고 죽어 마땅한 자들을 위로하고 있더군."

그들의 발언이 위험수위를 아슬아슬하게 넘나들었다. 어느 순간부터 구석에 앉아 술잔을 홀짝이던 한 남자가 시끄럽게 떠드는 조소앙 일행을 매서운 눈길로 유심히 지켜보았다. 동경 경시청 소속의 형사 야스유키였다. 그의 표정이 미묘하게 변했다. 불온한 일이 벌어질지도 모른다는 긴장감과 함께 따분한 일상을 타개할 수도 있다는 설렘이 일었다. 유학생들은 주위의 시선과 시국 상황은 아랑곳없이 유쾌하게 떠들었다. 갑자기 무언가가 생각났다는 듯 김상만이 조소앙에게 질문했다.

"자네는 아메리카에도 유학하지 않았나. 아메리카 제국에도 군인들의 무덤이 있겠지?"

조소앙이 유창한 발음으로 놀리듯이 대답했다.

"유나이티드 스테이츠 오브 어메리카?"

장난스러운 조소앙의 태도에 모두 한바탕 기분 좋게 웃었다. 김상만이 고개를 절레절레 흔들며 추임새를 넣었다.

"소앙의 허세는 참."

"오랜만에 잘난 척할 기회를 줬으니 오늘 술값은 내가 내겠네."

조소앙이 경쾌하게 탁자를 두드리며 호기롭게 주문했다.

"여기 가장 저렴한 안주거리와 소주 한 병 주시오!"

조소앙이 부리는 가벼운 허세의 성찬에 다들 취하기 시작했다. 본격적으로 조소앙이 이야기보따리를 풀어놓았다.

"알링턴이라는 묘지가 있지. 야스쿠니와 달리 그곳에서는 뛰어놀 수도 있더군. 서구인의 장점은 결코 엄숙하지 않다는 것이야."

냉소적인 표정으로 듣고 있던 김상만이 조소앙의 말에 수긍하듯 맞장구쳤다.

"하긴 얼마 전에 우연히 전쟁터로 떠나는 일본 친구를 만났어. 내 손을 잡고 진지하게 말하더군. '야스쿠니에서 만나세. 황홀한 궁극의 땅이네.' 내 일본어 발음이 너무 좋아서 가끔 날 일본인으로 착각하기도 했거든. 표정이 너무 엄숙해서 같이 숙연해지느라 힘들었네."

김상만의 말에 조소앙이 고개를 끄덕이며 반농조로 응대했다.

"궁극의 땅이라. 그러면 유혹의 향기가 나야 할 텐데, 구석구석을 다 뒤져봤지만 죽음과 부패의 냄새 말고는 아무것도 없던데. 내 코가 잘못됐나? 다시 한번 가봐야겠어. 자네도 다시 가볼 텐가?"

김상만이 시큰둥하게 대답했다.

"일 없네, 소앙, 나의 호기심은 이미 채워졌네. 자네나 열심히 훑어보게."

"가서 황홀한 죽음을 좇는 부나방이나 찾아볼까?"

그러면서 조소앙이 껄껄 웃었다. 순간, 여주인이 안주와 술을 가져다놓으며 은근슬쩍 말을 붙였다. 일본 화과와 함께 동경에서는 흔히 볼 수 없는 조선식 한과가 섞여 있었다. 40대 중반으로 보이는 여주인은 몸은 여릿했지만 얼굴에서는 굳센 의지가 엿보이는 독특한 분위기가 풍겼다.

"신사에서 오셨나 보죠?"

여주인의 질문에 조소앙이 경쾌하게 답해주었다.

"야스쿠니를 봐야지 일본을 이해할 수 있다기에 와봤습니다."

조소앙의 대답에 여주인이 아무렇지도 않은 듯 물었다.

"신사의 신들에게 열심히 빌면 복을 준다고 하는데, 만나보셨나요?"

조소앙이 일본어 억양에 섞여 묻어나는 조선어 말투에 힐끗 여주인을 보았다. '혹시 조선인인가?' 하지만 조소앙은 별 내색 없이 장난스럽게 대답했다.

"만나지 못했습니다. 설령 만난다 해도 그 신이 조선인을 위해 빌어줄 만큼 너그럽지는 않을 것 같습니다. 조선의 신이라면 또 모를까."

"신사에 조선의 비석도 있다고 들었는데…."

가져온 음식을 내려놓은 여주인이 말을 마치고 돌아갔다. 왠지 여주인의 말이 신경 쓰였는지 조소앙이 그녀의 뒷모습을 다시 한번 보았다. 여주인은 구석에 앉아 있는 야스유키의 앞자리에 앉았다. 여느 선술집 여인의 모습이었다. 손님과 잘 어울려 보였다. 여주인이 야스유키에게 술을 권하는 소리가 조소앙의 자리에까지 들려왔다.

"왜 이렇게 외롭게 계셔요. 제가 술 한 잔 따라줘야겠네."

여주인이 술을 따라주자 야스유키의 얼굴이 풀리며 술잔을 들었다. 순간, 이남학이 술잔을 채우라는 듯 빈 잔으로 탁자를 두드렸다. 그러고는 나지막한 어조로 놀리듯이 얘기했다.

"임자가 있는 여인인 듯하이. 나이도 적당히 들어 보이니 그만 보시게나."

이남학의 말에 조소앙이 호쾌하게 웃으며 동료들에게 술을 따라 주었다. 김상만이 물었다.

"이번 흥학회 학보 기사는 무언가?"

1909년 1월 일본에 유학 온 학생들이 만든 다양한 단체가 통합하여 발족한 대한흥학회大韓興學會는 돈의연학敦誼硏學, 국민의 지덕계발智德啓發을 목적으로 애국계몽운동愛國啓蒙運動에 힘썼다. 흥학회는 출판부를 만들고 인쇄기를 구입해 학보를 발행하고 있었다.

"아직 결정하지 못했는데, 무엇이 좋을까?"

김상만이 핀잔주는 어조로 조소앙을 짐짓 나무랐다.

"주필이 못하면 누가 하는가?"

잠시 고민하는 표정으로 생각에 잠긴 척하던 조소앙이 고개를 들고 반짝 물었다.

"'황홀한 궁극의 땅 야스쿠니'는 어떤가?"

껄껄 웃던 이남학이 조소앙의 농담에 화답했다.

"아마도 동지들이 자네 정신감정을 의뢰할 걸세."

이남학의 말에 조소앙이 웃으며 선창했다.

"조선민족과 조선을 위하여!"

"조선민족과 조선을 위하여!"

이남학과 김상만이 벌컥벌컥 술을 마셨다.

얼마나 시간이 흘렀을까? 선술집 문이 열리고 이미 많이 취한 조소앙 일행이 비틀거리며 나왔다. 조선말과 일본말을 섞어서 객기어린

구호들을 외치고는 손을 흔들고 각자 갈 길을 갔다. 동료들이 사라지자 조소앙도 발걸음을 옮기려다가 다시 한번 신사를 보았다. 어둠속에 음산한 모습으로 서 있는 야스쿠니신사는 자신을 거부하는 듯했다.

저항하는 심정으로 야스쿠니를 보던 조소앙은 자신도 모르게 신사로 다시 발걸음을 옮겼다. 조소앙은 가로등불이 잘 비치지 않는 비좁은 개천 둑을 따라 비에 젖어 들뜬 이끼와 젖은 나뭇잎을 밟으며 걸어갔다. 무성한 나무들 사이를 스치는 바람이 눈앞에서 그를 부르며 요란하게 소리를 냈다. 그때마다 흔들리는 나뭇잎들은 불빛에 반사돼 검고 붉은 얼룩을 만들어냈다. 고개를 든 조소앙의 눈에 어둠속에 웅크리고 있는 야스쿠니신사의 현판이 들어왔다. 망설이던 조소앙이 신사 안으로 들어섰다.

어느 순간부터 멀리서 어두운 그림자가 조소앙을 쫓았다. 조소앙이 신사로 들어가자 조소앙을 따르던 그림자도 눈치 채지 못하도록 조용히 뒤를 밟았다.

신사로 들어온 조소앙이 잠시 발길을 멈추고는 주변을 둘러보았다. 낮에 보았던 풍경들이 희미한 자태를 드러내고 있었다. 주변을 둘러보던 조소앙의 뇌리에 선술집 여주인의 말이 떠올랐다. '조선의 비석도 있다고 들었는데….' 제국의 혼령을 진무하는 일본 제일의 신성소인 이곳에 조선의 비석이라니, 조소앙에게는 상상할 수 없는 일이었다. 여주인의 말에 담긴 기이한 신뢰감이 돌아서던 조소앙의 발길을 잡았다. 마지막으로 다시 한번 찬찬히 주변을 둘러보았다. 어둠속에서 낮에는 보이지 않던 것들이 새롭게 보였다. 숨죽인 나무들, 숨어 있던 이끼, 그리고 기이한 벌레들까지…. 조소앙은 뒤편으로 향하는 샛길을 발견했다. 갑자기 가슴이 뛰었다. 이상한 기대감으로 자신도 모르게 샛길로 끌려들어갔다.

조소앙은 어느 순간 신사의 후미진 곳에 당도했다. 조소앙은 당혹스러웠다. 신사의 다른 곳과 달리 생기 없이 시든 나무들에는 떨어진 꽃이 누렇게 매달려 있었고 비에 젖어 흔들리는 거미줄은 구슬픈 눈물을 흘리고 있었다. 개천을 따라 썩어가는 수초들이 빗물 물살에 시달린 모습으로 진흙 위에 무리 지어 있었다. 창백한 줄기는 세찬 물결에 위태하게 흔들렸다. 언뜻 꽉 막힌 길 앞으로 난 공간에 낡은 비석 한 기가 방치돼 있었다. 무거운 바위에 눌려 기괴한 모습으로 서 있는 비를 발견한 조소앙의 가슴이 갑자기 뛰기 시작했다.

조소앙은 풀숲을 헤치며 다가갔다. 물을 먹고 질겨진 줄기가 손이 닿을 때마다 그를 옭아매더니 공기 중에 퀴퀴한 냄새를 풍겼다. 머리 위로 까마귀 한 마리가 무겁게 날개를 퍼덕이며 달빛을 피해 날아갔다. 은행나무가 바람에 느릿하게 흔들거리며 그의 뺨 위로 빗방울을 떨어뜨렸다. 힘겹게 이끼들을 헤치자 온전히 자태를 나타내는 비석 한 기. 무거운 바위에 눌리고 쇠사슬에 비신이 묶인 기괴한 모습으로 서 있었다. 마치 누군가 의도적으로 숨겨놓은 듯 눈에 보이지 않는 공간에 은밀하게 감춰져 있었다.

조소앙이 두근거리는 심정으로 비석을 보았다. 조소앙의 눈에는 마치 비석이 말을 걸어오는 듯했다. 조소앙은 비석으로 다가가 비문을 조심스럽게 읽어 내려갔다.

在昔壬辰之難其力戰破賊雄鳴一世水戰則有李忠武之閑山焉陸戰則有權元帥之幸州焉有李月川之延安焉史氏記之游談者誦之不倦雖然此猶有位地資於乘賦什伍之出也若起單微奮逃竄徒以忠義相感激卒能用烏合取全勝克復一方者關北之兵爲最

글자들이 그의 머릿속으로부터 흘러 비에 젖은 등줄기를 땀으로 적셨다. 그리고 비문의 글씨가 살아서 꿈틀거리며 조소앙의 눈으로 날아 들어왔다. 조소앙의 눈이 놀라움에 점점 커졌다.

쿵! 천둥이 어두운 하늘을 때렸다. 번갯불이 깨지고 금이 간 가첨석加檐石을 밝히고, 그 위로 쏟아지는 빗물은 비신을 옭아맨 쇠사슬을 타고 흘렀다.

조소앙이 천둥소리에 소스라치게 놀라며 잠에서 깼다. 책을 읽다가 엎어져 잠들었는지 안경을 쓴 채로 일어난 그의 이마에 땀이 흥건했다. 멍한 표정이던 그는 여름을 알리는 소나기와 함께 떨어지는 요란한 천둥소리에 다소간 정신을 차렸다. 꿈속에서 자신을 향해 무언가 외치고 절규하던 수많은 얼굴들, 피에 젖은 그 얼굴들의 잔영이 쉽게 사라지지 않았다.

그의 옆으로는 대한흥학회 학보와 일본의 일간지들, 그리고 샌프란시코 대한인국민회의 영자신문 등이 흩어져 있고, 뒤쪽 벽면으로는 다양한 국가의 도서가 꽂힌 책장과 옷가지들이 걸린 일본식 옷장이 놓여 있었다. 미국에서 조직된 독립운동단체인 대한인국민회의 영

자신문에는 을사늑약에 조력한 미국대사 스티븐슨을 저격한 장인환 의사의 변호를 위한 후원금 모금 기사가 실려 있었다. 조소앙은 신문을 들고 읽어보다가 다시 내려놓고 자리에서 일어났다. 그러고는 바닥에 놓여 있는 역서, 철학서 등을 정리해 책상 위에 올려놓았다.

점점 거세지는 빗소리에 창밖을 보았다. 언뜻 빗속에서 누군가 창문을 주시하고 있다는 느낌을 받았다. 창을 열고 밖을 내다보았다. 비 오는 거리에는 아무것도 보이지 않았다. 조소앙은 다시 창을 닫았다. 비석 때문에 신경이 날카로워진 것 같았다. 이마에서 식은땀이 흘렀다. 잠이 올 것 같지 않았다. '무엇일까? 꿈에 나타나서 나를 괴롭히는 비석의 정체는 무엇일까?'

한참을 망설이던 조소앙이 답답하다는 듯 외투를 걸치고 밖으로 나갔다. 밖에서는 계속해서 비가 내리고 있었다.

우산을 들고 거리를 걷는 조소앙의 마음은 심란했다. 목적지를 정하지 못하고 한참을 땅만 보고 걷다가 어제 방문했던 선술집 앞에 문득 멈추어 섰다. 자신도 모르게 온 곳이 선술집이라니. 조소앙의 속내는 복잡했다. 무엇인가에 이끌려 이곳으로 온 듯했다.

조소앙은 선술집으로 들어가지 않고 처마 밑에 서서 비 오는 거리를 보았다. 무엇인가 깔끔하지 못했다. 언제부터인가 몸에 끈끈한 무엇인가가 붙어 다닌다는 느낌이 들었다. 그 끈적함의 정체를 도대체 알 수 없었다. 조소앙은 복잡한 표정으로 한참 동안 거리를 보았다. 조소앙의 시선이 우연인 듯 자신이 있는 곳에 정지해 있자, 멀리서 그를 따르던 인물도 인파 속에서 어디론가 슬며시 사라졌다. 그 자리를 비 오는 거리를 지나가던 사람들이 메꾸었다. 사람들의 뒤로 전신주를 끼고 희미한 그림자 하나가 길게 늘어서 있었다.

잠시 망설이던 조소앙이 선술집으로 들어갔다. 선술집은 담배 연기가 자욱했다. 사람들이 술잔을 기울이며 시국을 논하기도 하고, 신세한탄도 하며 왁자하게 대화를 나누고 있었다. 선술집 여주인이 조소앙을 알아보고는 반갑게 인사했다.

조소앙은 단 한 번 방문했던 자신을 알아보는 선술집 여주인의 눈썰미에 다소 놀랐다. 조소앙은 마주 인사를 해주고는 창가의 구석 빈자리를 찾아 앉아 간단한 안주거리와 싸구려 청주를 시켰다.

여주인이 탁자에 술과 안주를 놓아주고는 자리에 앉았다. 안주는 역시 화과와 한과였다. 여주인이 편안하게 웃으며 조소앙에게 술을 따라주고는 말을 건넸다.

"오늘도 오셨네요."

여주인이 마치 무언가를 알고 있다는 듯한 어조로 친근하게 말을 건네자 조소앙이 자신도 모르게 말을 꺼냈다.

"비석을 찾았습니다."

조소앙의 말에 여주인의 입가에 희미한 미소가 떠오르며 짐짓 아는 척했다.

"소문이 사실이었네요."

조소앙과 여주인이 선문답禪門答 같은 대화를 이어갔다.

"계속 생각이 나더군요."

"인연인가 봅니다."

"그러곤 꿈을 꿨죠."

불면증에 시달린 듯 푸석한 얼굴의 조소앙을 여주인이 물끄러미 보았다. 그러고는 조심스럽게 물었다.

"얼굴이 무거워 보입니다. 무슨 꿈이었는데요?"

조소앙이 여주인의 물음에 한참을 망설이다 어렵게 말을 꺼냈다.

"… 어제 발견하고 오늘 결심했는데, 내일은 결행을 해보라는 군요."

조소앙의 말에 여주인이 말없이 바라보았다. 그 순간 누군가 잔뜩 술에 취한 소리로 주문을 외쳤다. 여주인이 주문에 대답하고는 자리를 떴다. 조소앙은 사라지는 여주인을 의식하지 못할 정도로 내면의 소리에 잠겨 있었다. 그러다가 정신을 차리고 술잔을 입에 털어 넣었다. 조소앙은 열린 창문 밖으로 시선을 돌렸다. 멀리로 언뜻 사라지는 그림자와 함께 안개 속으로 야스쿠니신사의 모습이 보였다.

연거푸 술잔을 들이키던 조소앙의 뇌리에 돌연히 사진처럼 선명하게 비석에 적힌 임진왜란의 모습들이 떠올랐다. '육중한 소리를 내며 땅에서 뽑히는 비석, 수많은 말들의 둔탁한 발굽소리와 함성, 귓속을 울리는 정 소리.' 잠시 주저하던 조소앙이 벌떡 일어나 여주인에게 돈을 치르고는 문을 열고 나섰다. 여주인은 그런 조소앙이 어둠속으로 완전히 사라질 때까지 미동도 없이 바라보았다.

조소앙의 하숙집 방은 새벽까지 불이 켜져 있었다. 조소앙은 책상에 앉아 무언가를 작성하고 있었다. 책상 위에는 필사해온 북관대첩비의 비문이 어지럽게 널려 있었다. 그 옆으로는 임란의 다양한 역사 기록물이 놓여 있었다. 쓰고 고치고 다시 쓰고 고치기를 여러 차례 반복했다. 창밖 전신주 밑으로는 조소앙의 하숙집 방을 감시하는 그림자가 여전히 길게 늘어서 있었다.

길을 건넌 조소앙이 어느 낡은 건물 앞에 서서 주소가 적힌 종이를 확인했다. 벽면에는 '재일대한제국공사관在日大韓帝國公使館'이라고 적힌 간판이 붙어 있었다. 조소앙이 종이에 적힌 주소와 건물이 동일한 것을 확인하고는 안으로 들어갔다.

가난하고 힘없는 나라의 해외주재소는 비참할 정도로 초라했다. 실내에는 몇몇 사람이 업무를 보고 있었다. 두리번거리던 조소앙이 실무자로 보이는 남자에게 다가갔다. 행정 문서를 작성하던 남자가 고개를 들고 무슨 일이냐는 듯 조소앙을 보았다. 조소앙이 단도직입적으로 말을 꺼냈다.

"신사에 보관되어 있는 비석 때문에 왔습니다."

남자가 뜨악한 얼굴로 조소앙을 보았다. 조소앙은 그런 남자의 시선을 무시하고 안주머니에서 수첩을 꺼내 책상 위에 펼쳐놓았다. 거기에는 비문의 한자들이 적혀 있었다.

"강제로 약탈당해 일본에 끌려온 조선의 비석으로 보입니다."

수첩의 내용을 잠시 들여다보던 남자가 고개를 들어 심드렁한 표정으로 조소앙에게 답했다.

"그런데요?"

무관심한 남자의 태도에 조소앙은 황당했다. 자신이 며칠을 고심하다가 결심하고 밤새워 작성한 문서에 대한 담당자의 태도가 너무나도 예상하지 못했던 것이었기 때문이다. 조소앙이 마음을 다잡고 남자에게 다시 설명했다.

"임진왜란의 승전 기록이라 약탈해온 것 같습니다. 야스쿠니신사에서 발견했는데, 어떤 방안을 찾아야 할 것 같아서 왔습니다."

남자가 조소앙에게 반문했다.

"…여기가 무슨 일을 하는 곳인지는 알고 오셨소?"

조소앙은 남자의 질문이 어처구니없고 우스웠지만 비석의 진실을 알리는 데 도움을 받기 위해서라면 비위를 거스를 필요가 없다고 생각했다. 조소앙은 최대한 진지하게 답해주었다.

"…일본에 거주하는 조선인의 애로사항을 들어주고 본국에 알려 해결 방안을 찾아주는 곳 아닙니까?"

"그런데 당신이 말한 일과 비석이 관련이 있습니까?"

조소앙은 당황했지만, 청년다운 기백으로 열정적으로 대답했다.

"조선의 민족정기와 관련되는 일입니다."

답변을 들은 남자가 연이어 격정적인 태도로 대첩비에 관해 설명하려는 조소앙을 제지했다. 용건을 알았다는 듯 남자는 조소앙의 말을 자르며 별 감정 없이 내뱉었다.

"신사에 보관된 비석 하나가 민족정기와 무슨 관련이 있는 줄 모르겠소."

자리에서 일어난 남자가 벽의 서가로 가서 무언가를 꺼내 조소앙에게 건넸다.

"1년 전에도 누군가 와서 이 비석에 관해 묻기에 야스쿠니에 문의했더니 당시 학술적 목적으로 주민의 동의서를 받아 일본으로 들여온 합법적인 유물이라는 회신이 증거 서류와 함께 왔소. 보아하니 유학생 같은데 쓸데없는 일에 관심 끊고 공부나 열심히 하는 길이 보국애족의 길인 것 같소이다. 서류는 보고 난 다음에 그 자리에 놓고 가시오."

남자는 고개를 숙이고 자기 볼일을 계속 보았다. 조소앙은 생각지도 않았던 답변에 남자가 무슨 말을 하는지 정확히 파악하지 못했다. 잠시 동안 조소앙의 표정이 어리둥절했다가 얼른 서류를 펼쳐서 읽어보았다. 북관대첩비의 반입 과정에 대한 일본 공수여단의 공식 문서가 맨 위에 놓여 있었다. 아래에는 히로시마 이노우에 대학의 동북아시아연구소가 조선과 일본의 선린우호관계 및 학술연구를 목적으로 반입을 요청했고, 당시 북관대첩비의 일본 내 반입을 찬성한다는 현지 조선인의 서명과 함께 지장이 찍힌 동의서가 첨부되어 있었다. 조소앙이 믿을 수 없다는 듯 황망한 표정으로 서류를 보았다. 조소앙의 눈길이 한동안 서류에서 떨어지지 않았다.

그 시간, 동경 경시청 내빈실로 통하는 복도를 사복경찰 야스유키가 긴장한 표정으로 걸어가고 있었다. 동경 경시청은 '일본경찰의 아버지'인 가와지 도시요시川路利良가 유럽대륙의 경찰을 시찰하고 조사한 보고서를 바탕으로 1874년 창설되었다. 일반경찰업무는 내무성 대신의 지휘를 받았고, 국사사무國事事務는 태정대신인 총리대신의 지휘를 받았다. 그러다가 군국주의의 확산과 함께 정치사상범의 사찰 업무를 전담하는 특별고등경찰과가 신설되어 시험 가동 중이었다. 본격적으로 창설되기 전이었지만 특별고등경찰과의 악명은 이미 높았다. 야스유키는 특별고등경찰과 소속이었다.

경직된 자세로 걸어오는 야스유키의 머릿속은 최근 수행한 업무를 생각하느라 분주했다. 본서의 갑작스러운 호출은 최근의 업무 중 무엇과 연관이 있는 것이 분명했다. 생각이 정리되기도 전에 눈앞에 내빈실이 보였다. 야스유키는 어수선한 마음에 약간은 낭패의 표정이었다가 어쩔 수 없다는 얼굴로 옷깃을 여미고는 문을 열고 들어갔다.

비서실에서 대기하던 여자 경찰이 야스유키를 안으로 안내했다. 내빈실 벽에는 살아있는 일본의 신神인 히로히토 천황의 어진御眞이 크게 걸려 있었다. 그리고 초상화 아래로 경찰청장이 자리를 잡고 기다리고 있었다.

야스유키가 머리를 숙여 인사하고 고개를 들자 경찰총장 옆에 날카로운 표정의 남자가 눈에 들어왔다. 쇼스케였다. 야스유키는 그의 고압적인 자세로 보아 군인이 틀림없다고 짐작했다. 러일전쟁의 승리 이후 영토 확장과 함께 해외전선이 확대되면서 제국 내에서는 점차 군부의 영향력이 강력해지고 있었기 때문이다. 경찰총장이 야스유키를 쇼스케에게 공손하게 소개했다.

"중장님, 관동 조선인 감시를 담당하는 야스유키 경사입니다."

쇼스케는 인사도 제대로 받지 않고 직설적으로 질문했다.

"대첩비 근처를 어슬렁거리는 조선인이 있다고 들었다."

야스유키는 '바로 이거였군'이라는 생각과 함께 야스쿠니신사 근처의 술집에서 처음 보았던 조선인 유학생의 모습이 떠올랐다. 동시에 북극의 얼음처럼 냉기서린 쇼스케의 목소리에 자신도 모르게 긴장했다. 야스유키는 군기가 바짝 들어간 목소리로 대답했다.

"조선 유학생 한 명이 비석에 대해 물었다고 합니다."

"쓸데없는 문제를 발생시키지 않는 것이 좋다."

쇼스케의 간결한 명령에 야스유키도 조건반사적으로 대답했다.

"확실히 경고하겠습니다."

쇼스케는 책임을 분명히 하려는 듯 정확히 명령했다.

"조선인이 쓸데없는 짓을 하지 않도록 책임지고 조치하라."

야스유키는 쇼스케의 냉혹한 어투에 등골이 오싹해지며 부동자세로 답변했다.

"각골명심하고 확실히 조치하겠습니다."

더 이상 말이 없자 야스유키는 두 사람에게 깍듯이 목례하고 밖으로 나왔다. 야스유키가 문을 닫으며 안을 보자, 경찰총장과 쇼스케가 심각한 얼굴로 무언가를 논의하고 있었다. 야스유키는 문을 닫으며 생각했다. 도대체 그 낡아빠진 비석이 무엇이기에 쇼스케가 저렇게 심각한 표정으로 동경까지 달려왔을까?

조소앙은 재일대한제국공사관 사무실을 낙담한 표정으로 나왔다. 조소앙은 간판을 한 번 다시 보고는 언짢은 표정으로 돌아섰다. 조소앙은 공사관 사무실에서 보았던 공수여단 육군소장 이케다 쇼스케池田正介가 1905년 3월 31일 육군대신 데라우치 마사다케寺內正毅에게 보낸 편지를 떠올렸다. 조선의병의 왜군 격파 기념비인 북관대첩비의 존재로 인해 북진하는 일본군 병참선이 방해받을 우려가 있고, 후일에는 역사상 참고자료로도 쓰일 수 있으니 일본으로 북관대첩비를 반입해야 한다는 것과, 비를 건립한 이들의 후손들에게 비를 가져가도 된다는 허락을 증서로 받았다는 내용이었다.

'어떻게 조상의 혼과 정신이 어려 있는 비석을 그렇게 쉽게 가져가도록 버려둘 수 있었을까?' 조소앙은 허망했다. 미친 듯이 밤 새워 비갈에 대해 연구한 시간이 어처구니없을 정도로 아깝게 느껴졌다. 그와 동시에 그렇게 쉽게 비석을 내준 정문부의 후손에 대해 한심하다는 생각이 떠올랐다. 안 그래도 젊은 조소앙의 내심에는 힘 한 번 써보지 못하고 조국을 빼앗긴 썩어빠진 위정자들과 무기력한 기성세대에 대해 불만이 많았다. 조소앙의 마음속에 대상을 알 수 없는 분노가 떠올랐다.

고개를 돌려 재일대한제국공사관 사무실을 보던 조소앙은 침을 퉤 뱉고 뒤도 안 돌아보고 빠른 걸음으로 그곳을 떠났다.

조소앙은 언짢은 표정으로 방문을 열고 들어갔다. 조소앙의 눈에 난장판이 된 방 내부가 들어왔다. 여러 명의 건장한 남자가 방을 뒤지고 있었다. 의외의 상황에 놀란 조소앙이 방안을 훑어보는데, 우두머리로 보이는 남자가 의자에 앉아 조소앙이 써놓은 북관대첩비에 관한 글을 읽고 있었다. 조소앙의 성정은 섬세하기보다는 담대한 쪽에 가까웠다. 처음에는 당황했지만 이내 침착함을 찾고 여유 부리며 말했다.

"죄송합니다. 여기 내 집인데요?"

글을 읽던 남자가 종이를 내려놓고 매서운 눈초리로 조소앙을 보았다. 쇼스케의 지시를 받고 찾아온 야스유키였다. 조소앙은 그의 모습이 어딘가 낯이 익었다. 조소앙의 뇌리에 여러 개의 그림 조각이 맞춰지며 야스쿠니의 선술집이 떠올랐다. 북관대첩비 때문이었다. 야스유키가 날카롭게 물었다.

"자네는 나를 잘 모르겠지만, 나는 자네를 잘 아네."

짐작은 갔지만 조소앙은 능치듯이 대답했다.

"제가 유명인인가요? 학교에서는 제가 좀 유명하긴 하죠."

야스유키는 이미 조소앙의 행태에 대해 많은 것을 안다는 듯, 조소앙의 반응은 무시하고 자기 할 말만 했다.

"조선인 유학생 조소앙, 1887년 조선국 파주 출생, 1902년 성균관 입학, 1904년 성균관 수료, 황실 유학생에 선발되어 제국의 동경부립 제1중학 입학, 1906년 동경유학생 친목단체 공수학회共修學會 조직, 회보 발간, 1907년 미국 샌프란시스코 유학, 불온한 불령선인. 이것이 내가 파악한 자네의 정체다."

일목요연하게 자신의 일생을 줄줄이 읊어대는 야스유키의 말에 겉으로는 태연한 척하며 여유를 부렸지만 조소앙의 등에서는 식은땀이 흘렀다. 그런 조소앙의 마음을 아는지 모르는지 야스유키는 드디어 자기소개를 했다.

"나는 동경 경시청 경사 야스유키. 자네처럼 사회 혼란을 야기하는 조선인을 관찰하고 동태를 보고하는 일을 맡고 있다."

야스유키가 말을 끊고 잠시 조소앙을 보다가 손에 든 서류를 읽어주었다.

"3일 전 15시경 동료들과 함께 야스쿠니신사 방문 관람, 동일 19시 근처 선술집에서 음주, 21시 야스쿠니 재차 방문, 2일 전 북관대첩비에 관한 문서 작성, 오늘 재일대한제국공사관에 가서 조사 요청,

거절당함."

조소앙이 처음에는 짐작으로만 생각했던 이 사태와 북관대첩비와의 연관성을 이제는 확실히 알았다. 그렇지만 조소앙은 비석을 순순히 넘겨준 조상에 대한 실망감이 컸다. '이제 무슨 상관인가? 조상도 버린 비석인데.' 이미 북관대첩비에 대한 열정은 접은 상태였지만, 내재해 있는 일제에 대한 반항심과 일종의 오기 때문에 빈정거렸다.

"내가 어느새 중요한 인물이 됐군요. 이렇게 일일이 뒷조사를 하다니."

조소앙의 반응과는 상관없이 야스유키는 여전히 업무적인 태도를 견지했다. 그리고 사건의 본질을 정확히 짚어주었다.

"자네가 중요한 것이 아니지. 제국과 조선의 선린이 중요한 것이고, 그런 관계를 방해하는 행위가 중요한 것이지."

조소앙이 약간 짜증이 섞인 어조로 반문했다.

"북관대첩비 때문인가요?"

조소앙의 입에서 대첩비에 관한 이야기가 나오자 야스유키의 눈초리가 더욱 냉정해졌다. 조소앙은 비석에 대한 정은 떨어졌지만, 일본인 형사의 고압적인 태도에는 거센 반감이 일었다. 조소앙은 마음과 관계없이 엇나가는 대답을 했다.

"조선의 유학생이 조선의 낡아빠진 비석에 대해 알아보는 게 무슨 문제입니까?"

야스유키가 침착하게 수정해주었다.

"이제는 제국의 비석이지."

순간, 조소앙은 허탈해졌다. 무기력한 조상들에 의해 자발적으로

행해졌던 비석 반입의 진실을 일본 형사의 말을 통해 재차 확인받았기 때문이었다.

"… 그래요, 맞는 말씀이십니다. 조선 것도 아닌데 이제 더는 관심 가지지 않을 겁니다."

조소앙은 청년 특유의 객기가 발동했다. 짐짓 큰 목소리로 씩씩하게 야스유키가 원하는 대답을 해주었다.

"북관대첩비는 일본제국의 비석이다."

야스유키의 표정이 부드러워졌다. 그러고는 타이르듯이 조소앙에게 충고했다.

"조선에서 얼마나 힘들게 유학을 왔는지 잘 안다. 이제 학위 수여를 얼마 남기지 않은 시점에는 조심해야 할 것들이 많다. 학위를 받고 조국과 민족의 동량이 되어야 할 것 아닌가. 두 번의 경고는 없다. 쓸데없는 분란을 만들지 말도록."

조소앙의 순종적인 답변에 기분이 좋아진 야스유키는 제국의 형사로서 식민지 청년을 위해 진심어린 설교를 마치고 자리에서 일어났다. 그러면서 근엄하게 덧붙였다.

"지금 양국은 갈등보다는 화합이 중요한 시기다. 우호에 저해되는 서적들은 다 회수하겠다."

야스유키는 자신의 설교가 조소앙에게 먹혔다고 생각했다. 지금까지 어떤 조선의 유학생도 자신의 말을 들어먹지 않았다. 반골처럼 굴었고, 그런 태도들이 야스유키의 자존심을 상하게 만들었다. 그런데 조소앙이라는 청년은 너무나 자신에게 복종적이었다. 야스유키는 대단히 흡족했다.

조소앙은 자신을 교화했다고 생각하며 만족해하는 야스유키를 보고 정말 멍청한 형사라는 생각이 들었다. 그리고 어이가 없었다. '나의 태도를 보고 저 인간은 진심으로 나를 설복했다고 생각하는구나.' 조소앙은 야스유키의 오해에 화가 났지만, 자신을 이렇게까지 만든 북관대첩비의 후손들에게 더욱 화가 났다.

사복경찰들이 조소앙의 책장에서 다수의 책과 신문 및 북관대첩비 관련 자료들을 찾아 강탈해갔다. 야스유키가 어깨를 두드리자, 조소앙은 공손하게 고개를 깊이 숙였다. 조소앙의 인사를 받은 야스유키는 기분 좋게 떠났다. 자학적인 마음이 든 조소앙은 일본경찰들이 보이지 않을 때까지 고개를 숙이고 있었다.

그들이 완전히 사라지자 조소앙이 갑자기 웃기 시작했다. 식민지 청년의 분노와 오기가 담긴 웃음이었다. 그러다가 어느 순간부터 웃음에 울음이 섞여 나왔다. 분노와 한이 그 속에 담겨 있었다.

야스쿠니 선술집 안에는 손님은 없고 여주인이 장사 준비를 하고 있었다. 갑자기 문이 쾅! 열렸다. 이미 어디서 한 잔 걸쳤는지 불콰한 얼굴의 조소앙이 침통하고 낙담한 표정으로 들어왔다. 조소앙이 여주인 앞에 놓인 의자에 털썩 앉았다. 여주인은 이렇게 이른 시각에 나타난 조소앙을 의아한 표정으로 보았다.

"이제 여기 올 일 없을 것 같습니다. 오늘 온 것은 야스쿠니에서 시작한 일을 야스쿠니에서 끝내기 위해서입니다."

그러고는 술을 청하는 듯 탁자 위에 뒤집혀 놓여 있는 술잔을 바로 세워 세차게 내려놓았다. 무슨 일이냐는 얼굴로 보는 여주인에게 조소앙이 울분을 터뜨렸다.

"주인장의 말대로 조선 비석을 찾기는 찾았습니다. 그런데 그건 조선의 비석이 아니라 제국의 비석이더군요."

여주인은 조소앙이 무슨 심경인지를 알았다. 말없이 조소앙을 보던 여주인이 술을 따라주었다. 조소앙이 술을 단숨에 벌컥 마시고는 술잔을 다시 채워달라는 듯 거칠게 내려놓았다. 여주인이 다시 빈 술잔을 채워주었다. 조소앙이 쉬지도 않고 다시 술을 벌컥 마시고는 술잔을 내려놓았다.

"석 잔은 마셔야 정신을 차릴 것 같습니다."

그러자 여주인이 다시 잔을 채워놓았고 조소앙이 다시 들이켰다. 잠시 침묵이 흘렀다. 조소앙이 혼잣말하듯이 내뱉었다.

"비신이 저에게 말을 거는 듯했어요. 그리고 정말 뜨거운 것이 마음속에서 치밀어 올라왔어요. 그런데…."

울분에 찼던 조소앙의 표정에 순간적으로 북관대첩비를 발견했을 때의 복합적인 심정이 드러났다. 여주인은 그런 조소앙에게 계속 말을 이어보라는 듯 강요하는 눈길로 보았다.

"울부짖음, 비통, 한 맺힌 감정 같은 것들이 들렸어요. … 그런데 말입니다. 꽝입니다. 알고 봤더니 잘난 비석의 후손들께서 반출에 대한 동의서까지 자발적으로 써줬더군요. 조선의 백성이 그냥 내준 거죠. 그것도 남도 아닌 후손들이요. 조선인은 아무도 관심 없고 일본놈들이 오히려 난리더군요. 비석에 관심 가진다는 이유로 방안을 뒤지고 협박하고. 어처구니가 없습니다."

조소앙이 빈 잔에 스스로 술을 붓고는 다시 벌컥 마셨다. 그런 조소앙을 보는 여주인의 얼굴에 기이한 슬픔이 감돌았다. 조소앙의 시야에 진지한 얼굴로 무언가를 이야기하려는 여주인이 들어왔다. 조소앙이 다소간 위악적이고 경박한 태도로 말을 막아버렸다.

"지금은 아무 말도 듣고 싶지 않습니다. 그냥 술이나 마시렵니다. 썩어빠진 위정자들과 병신 같은 조상님들과는 이제 이별하고 싶습니다. 그리고 야스쿠니와도 여기서 끝입니다, 끝."

슬픔에 찬 눈으로 조소앙을 보던 여주인이 조용히 말문을 열었다.

"제가 그 비석의 후손입니다."

전혀 예상치 못했던 여주인의 말에 조소앙이 멈칫했다. 여주인의 눈에서 눈물이 흘렀다. 여주인의 눈물에 조소앙은 어쩔 줄 몰랐다. 한참 동안 침묵이 흘렀다. 그리고 그녀의 입에서 비극적인 가족사가 흘러나왔다. 그것은 북관대첩비를 지키려 목숨을 걸었던 정병채와 비참하게 죽은 아이들의 이야기였다.

큰아들이 비참하게 죽은 이후 정병채는 심한 갈등에 사로잡혔다. 정병채는 의병장인 조상에 대한 자부심이 대단했다. 하지만 그로 인해 사랑하는 큰아들을 잃었고, 작은아들마저 죽음을 당할 뻔했다. '과거에 사로잡혀 현재를 잃고 미래를 희생하는 것이 아닐까?' 정병채의 마음속에 쇼스케에 대한 증오가 솟구쳤다. 하지만 쇼스케는 자신이 어찌할 수 없는 벽이었다. 그는 결코 타협할 수 없는 인물이었다. 그에게 저항해본들 그 결과는 온 가족의 죽음일 것이 분명했다.

그날 이후 작은아들은 계속에서 시름시름 앓고 있었다. 아내는 한켠에서 작은아들을 간호하며 바느질을 하고 있었다. 큰아들의 죽음 이후 아내는 말을 하지 않았다.

그는 아내를 진심으로 사랑했다. 정병채는 그녀를 처음 만났을 때를 떠올렸다. 그녀가 아름답다고 생각했다. 그리고 그녀가 말을 건넸을 때 남쪽 지방 사투리가 섞인 그녀의 부드러운 목소리가 너무나 감미롭다고 느꼈다. 정병채는 그녀를 아내로서 그리고 한 여자로서 뜨겁게 사랑했다. 관북의 남자인 정병채는 아내에게 살뜰하게 애정을 표출하지 못했다. 그래도 그녀 역시 자신을 남편이기도 하지만 남자로서 사랑한다는 것을 느끼고 있었다.

그러던 그녀가 이제는 아무 말도 하지 않았다. 현명하고 똑똑한 그녀가 슬픔을 안으로 삭이고 있다는 것을 정병채는 알았다. 큰아들을 잃은 아내가 마음속으로 흘리는 피눈물을 보았다. 그리고 그녀의 원망을 읽었다. '조상이 무엇인데 자식을 그렇게 처참하게 죽일 수 있소? 당신은 피도 눈물도 없는 냉혈한冷血漢이오. 저깟 차갑디 차가운 돌덩어리가 우리의 피가 통하고 살이 섞인 아이들보다 중하단 말이오?'

쇼스케가 반출 동의서에 날인을 받기 위해 찾아오기로 약조한 날이 다가오고 있었다. 정병채는 내면의 갈등으로 걷잡을 수 없었다. 어찌해야 할 줄 몰랐다. 온갖 상념이 떠올랐다. 아내는 자신과 함께 작은아들을 데리고 도망가고 싶을 것이다. 남은 행복이나마 잡고 싶을 것이다. 조상의 비석이 있고 큰아들이 참혹하게 죽은 이곳을 떠날 수 있을까? 과연 이곳을 떠나서 아내와 자식과 행복하게 살 수 있을까? 정병채는 한참을 생각했다. 그리고 마음이 정리되었다. '어떤 방법을 써도 쇼스케가 나타난 그날 이전으로 절대 돌아갈 수 없다. 자신은 아내를 사랑하지만, 그녀를 만나기 훨씬 이전부터 부여된 책무는 북관대첩비를 지키는 것이다. 아내가 사랑하는 남자는 일신상의 안위를 위해 도피하는 남자가 아니다. 책무를 지키기 위해 목숨을 바치는 남자다. 이 자리를 피한다면 아마도 평생 아내에게 부끄러운 남자가 될 것이다.' 생각을 정리한 정병채는 홀가분해졌다.

정병채는 아내를 불렀다. 집안의 경제는 아내가 관리해오고 있었다. 정병채는 집안의 자산 중에 손쉽게 가져갈 것을 모두 챙기고 은밀히 마차를 준비하라고 부탁했다. 아내의 얼굴이 아주 조금 밝아졌다. 아마도 정병채가 자신과 작은아들을 데리고 떠나기 위한 준비를 하는 것이라 생각하는 것 같았다. 아내는 서둘러 떠날 채비를 했다.

마차가 준비되고 떠나는 날이었다. 작은아들을 안은 아내가 마차에 올라 정병채를 보았다. 정병채와 눈이 마주쳤다. 남편의 눈동자가 슬퍼 보였다. 그제야 아내는 알았다. 정병채가 자신과 자식만을 떠나보내려 한다는 것을…. 한참을 보던 정병채가 말에 채찍을 가했다. 아내는 돌아보지 않았다. 마차 안에서 하염없이 눈물만 흘릴 뿐이었다. 영원한 이별이었다.

정말 길고 긴 이야기였다. 이야기를 하는 여주인의 눈에서 피눈물이 흘렀다.

"남편이 죽은 후 마을사람들은 죽음이 두려워 변변한 저항도 하지 못하고 동의서에 지장을 찍어줬죠. 나는 자식과 남편의 죽음 앞에서 아무것도 하지 못했어요."

자신의 오해와 단견에 부끄러워했던 청년 조소앙이 나지막하게 되

물었다.

"그 많은 동의서의 지장들이 다 그렇게 찍혔단 말인가요?"

"몇 사람은 심한 고문과 협박을 당했지요. 하지만 결국은 모두들 찍을 수밖에 없었어요."

통한의 피눈물을 흘리던 여주인이 마음을 추스르고 나머지 사연을 말해주었다. 더욱 슬픈 이야기였다.

"… 둘째만은 살리려 친정으로 피했지만, 아이는 충격으로 열병을 앓다 죽었어요. 남편의 노력도 부질없는 것이 되었지요. 그리고 빈 집으로 돌아왔어요. 황량한 집에는 아무도 없이 썰렁했어요. 한쪽 구석에는 피에 절은 붓만 버려져 있었고요."

조소앙 역시 여주인의 슬픔에 공감되어 가슴이 저며왔다. 그런 조소앙을 보던 여주인의 표정에 어떤 집념의 빛이 떠올랐다.

"무슨 수를 써서라도 복수하고 싶었어요. 자식도 모두 죽고 남편도 없는 내가 할 수 있는 일은 복수밖에 없었어요. 역관인 집안의 도움을 받아 일본으로 왔어요. 복수심으로 시작했지만, 어느 날부터 남편이 목숨을 걸고 지키려 했던 것에 대해 궁금했어요. 그리고 그것이 무엇인지 알았어요, 남편이 지키고자 했던 것은 조상이기도 했지만, 조선의 혼이기도 했어요. 그리고 어느 순간부터 대첩비를 고향으로 가져가는 것이 진정한 복수라는 것도 알았어요. 그리고 할 수 있는 일은 다했어요. 술을 따르며 정보도 모았고, 만약을 위해 무기도 구했죠. 하지만 여자 혼자서 할 수 있는 일에는 한계가 있었어요."

그러고는 여주인이 조소앙을 간절한 눈으로 보았다. 조소앙은 여주인이 바라보는 의미를 알지 못했다. 그런 조소앙에게 여주인이 떨리는 목소리로 말했다.

“얼마 전 한 떼의 마차가 인부와 장비를 싣고 신사로 들어갔어요. 그들이 술을 마시며 하는 이야기를 들었어요. 북관대첩비를 해체할 계획이라더군요. 마지막 순간이 오고 있어요.”

여주인은 조소앙에게 무언가 감당하기 힘든 책무를 맡기려는 듯했다. 조소앙이 여주인의 목소리에서 울리는 무게감을 이기지 못하고 주저하며 물었다.

“… 왜 내게 이런 말을 하는 겁니까?”

애절한 목소리로 여주인이 호소했다.

“아무도 관심이 없었어요. … 내가 아는 사람 중에 오직 당신만이 비석에 관심을 가진 사람이었어요.”

여주인이 조소앙을 응시했다. 조소앙은 여주인의 눈빛에서 절박함과 간절함을 느꼈다. 무엇인지 모르지만 쉽지 않은 일이라는 직감이 들었다. 조소앙은 여주인의 눈빛을 외면했다. 그런 조소앙을 잠시 보던 여주인이 조그만 상자를 꺼내 앞에 놓았다. 그러고는 열어보라는 눈길로 조소앙을 보았다. 망설이던 조소앙이 상자를 열자 거기에는 붓이 있었다. 피가 말라붙어 검게 변색된 붓대였다. 바로 정병채의 혼과 일제의 만행이 담긴 붓대였다. 조소앙이 떨리는 눈으로 붓을 보았다.

“제가 무엇을 해야 하나요?”

“북관대첩비를 살려야 합니다.”

조소앙의 뇌리에 북관대첩비가 떠올랐다. 6척이 넘는 높이와 2척 2촌의 너비, 무게만도 600근에 달하는 거대한 비갈이었다. 여주인의 꿈은 이루어질 수 없는 듯이 보였다. 처음에 조소앙은 청년다운 객기와 열정으로 조선의 불행을 알리고 싶었다. 그리고 가능하면 북관대첩비를 위해 무언가를 하고도 싶었다. 그런데 그 속에는 엄청난 비밀과 슬픔이 있었다. 조소앙은 그 무게를 감당할 자신이 없었다. 망설이던 조소앙이 그런 여주인의 눈빛을 외면하고 자리에서 일어났다.

1909년 4월 순천경찰서 관내 돌산군 손죽도巽竹島에 정체불명의 무리가 나타났다. 이들은 청색, 적색, 백색의 한인복韓人服을 입고 엽총 25정과 권총 10정, 그리고 한도韓刀로 무장하고 있었다. 이들은 어류를 구입하기 위해 정박 중이던 일본어선을 습격하고 일본인을 사살했다. 그리고 황무지를 조사하기 위해 거문도巨文島에 정박한 일본인에게 총을 쏘며 습격했다. 또한 완도군 평일도平日島 연안의 일본어선도 기습당했다. 4월 한 달 동안 전라남도에서만 의병에게 입은 총 124건의 피해 상황이 보고되었다. 정체불명의 무리는 의병들이었다. 일제는 이들을 비도匪徒나 폭도暴徒 혹은 해적海賊이라 표현했다.

그리고 일제는 1909년 9월 1월부터 약 2개월에 걸쳐 '남한대토벌작전'을 실시했다. 전라도의 의병들을 완전히 제거한다는 목적이었다. 보병 2개 연대와 수뢰정 4척으로 구성된 제11정대艇隊를 투입하여 전라도 일대를 이 잡듯이 뒤져 의병을 '토벌'했다.

조소앙이 거리를 걷고 있었다. 가판대에 놓인 신문에는 식민지 조선에 관한 기사가 실려 있었다. 망설이던 조소앙이 신문을 집어 들었다. 일본제국군이 조선 반란군을 처단하기 위해 일명 '남한의병대토벌작전'이라는 작전명 아래 전국적인 대토벌 작전으로 의병의 무력 진압에 성공했다는 기사였다. 조소앙의 뇌리에 수많은 의병을 말살하는 장면들이 떠올랐다. 일본군의 총알에 스러지는 의병들, 체포되어 교수형을 당하는 의병들, 옥중에서 일본군에 의해 잔혹한 고문을 당하는 의병들, 총살당하는 의병들. 참담한 표정이었던 조소앙의 얼굴에 결심의 빛이 돌며 고개를 들어 하늘을 보았다.

조소앙이 선술집으로 들어섰다. 선술집 안은 평소의 정갈했던 분위기와는 달리 어수선했다. 내부를 둘러보던 조소앙의 눈에 여주인이 들어왔다. 여주인이 비장한 표정으로 무언가를 챙기고 있었다. 화약이었다. 조소앙이 놀라 다그쳐 물었다.

"무슨 일입니까?"

여주인은 조소앙을 반갑게 맞이했다. 여주인의 얼굴에는 그를 기다리고 있었다는 표정이 떠올랐다. 그리고 고마움이 담긴 목소리로 말했다.

"올 줄 알았어요. 남편과 아이들에게 빌었어요. 그리고 북관대첩비에게도요."

조소앙이 쑥스러운 표정으로 대답했다.

"늦어서 죄송합니다."

"북관대첩비의 해체일자가 모레로 결정되었다는 말을 들었어요. 비석을 고향으로 돌려보낼 수 없다면 야스쿠니를 폭파할 계획입니다."

여주인의 말에 조소앙이 놀랐다.

"그렇게 되면 대첩비 역시 형태도 없이 부서질 겁니다."

"어차피 해체되어 수모를 받는 것이 피할 수 없는 운명이라면 야스쿠니를 대첩비의 무덤으로 만들어야죠."

조소앙이 장비를 챙기는 여주인을 굳은 표정으로 바라보았다. 그런 여주인을 보던 조소앙이 비장해졌다.

"나도 동참하겠습니다."

여주인이 그런 조소앙을 보고 희미한 미소를 지었다.

"아니에요. 이건 내가 해야 할 일이에요. 당신은 당신만의 방법을 찾아요. 그리고 내가 폭파하기 전까지 북관대첩비를 살릴 방법을 찾아주세요."

조소앙은 여주인의 눈에서 북관대첩비를 살리고 싶은 간절한 열망을 보았다.

"… 무슨 수를 써서라도 해체를 막을 방법을 찾겠습니다."

그런 조소앙에게 여주인이 악수를 청했다. 여주인과 조소앙이 서로의 손을 굳게 잡았다.

여주인과 헤어진 조소앙은 사지로 걸어가는 선술집 여주인을 생각하며 북관대첩비를 살리기 위해 제일 먼저 해야 할 일이 무엇인가를 필사적으로 떠올렸다. 조선은 힘없는 나라였다. 힘없는 나라의 백성이 할 수 있는 방법은 제한되어 있었다. 그러기에 머리를 쥐어짜야 했다. 궁즉통 통즉구窮則通 通則久이다. 막바지에 몰린 인간이 최선을 다한다면 반드시 방안을 찾는다. 조소앙은 죽을힘을 다해 집중했다. 어느 순간 조소앙의 뇌리에 북관대첩비를 구해낼 나름의 방법이 떠오르기 시작했다.

조소앙이 방안에 앉아 여주인에게서 받은 피에 절은 붓을 꺼내 들었다. 그러고는 붓에 먹물을 찍어 힘찬 필체로 '함경도임진의병대첩비문과 북관대첩비 사건에 대한 아의 소감咸鏡道壬辰義兵大捷碑文과 北關大捷碑事件에 對ᄒᆞ야 我의 所感'이라는 제목의 선언문을 써내려가기 시작했다.

> 용사龍蛇의 난 당시에 의병장 정문부 공이 길주에서 적병을 대파한 내용을 기록한 비가 야스쿠니신사에 있다. 이 비는 조선의 혼이 깃든 비다. 이 비를 가져온 일본인은 무도한 자들이니 반드시 비를 조선으로 환국시켜야 한다.

글을 마무리 지은 조소앙은 본인의 성명자 대신에 '소해생嘯海生'이라는 필명을 적었다. 작성자의 정체를 숨겨 고등경찰에 혼란을 주어 시간을 벌 계획이었다. 글을 다 작성한 조소앙은 서둘러 영어와 일본어로 선언문을 번역했다. 번역을 마친 조소앙은 선언문들을 말아들고 비장한 표정으로 자리에서 일어났다.

선언문을 든 조소앙이 미친 듯이 거리를 뛰어가고 있었다. 마구 달려가는 조소앙을 보던 사람들이 눈살을 찌푸리며 길을 비켜주었다. 턱까지 숨이 차오른 조소앙이 동경 시내에 위치한 오쿠라호텔 앞에서 뜀을 멈췄다. 간판을 확인한 조소앙이 미친 듯이 안으로 뛰어 들어갔다. 조소앙이 고개를 두리번거리며 누군가를 찾았다. 저쪽 구석에서 30대의 남자가 손을 흔들었다. 미국의 대한인국민회에서 활동하는 백인구였다. 옆에는 금발의 외국인 여자가 앉아 있었다. 다가오는 조소앙을 보고 백인구가 소리쳤다.

“오랜만이야. 샌프란시스코에서 보고 처음이네.”

조소앙이 백인구에게 다급하게 다가가 서둘러 말을 꺼냈다.

“대한인국민회 회보는 잘 보고 있습니다. 시간이 급박해서 그러는데 기자분 어디 계시죠?”

백인구가 조소앙에게 일러주었다.

“옆에 있잖아. 일본 주재 미국 특파원 제니퍼네.”

조소앙은 제니퍼에게 조금이라도 더 적극적인 도움을 얻고 싶었다. 급박한 상황이었지만 조소앙은 천성이 유쾌한 남자였다. 제니퍼의 환심을 사기 위한 방안으로 백인구에게 진지하게 영어로 농담했다.

“내가 언제 배우 소개해달라고 그랬어요? 기자 소개해달라 그랬지.”

조소앙의 안간힘을 다한 노골적인 아부에 제니퍼가 피식 웃었다. 그녀는 조소앙의 태도에서 경박함보다 절박감을 느꼈다. 그리고 유쾌하게 대답해주었다.

“제가 그 기자입니다.”

조소앙이 제니퍼의 기분 좋은 반응에 서둘러 가방에서 영어로 번역한 선언문을 꺼내 건네주고는 본론으로 들어갔다.

“좋은 기사거리가 있습니다. 이 선언문을 최대한 조속하게 해외에 알리기를 원합니다.”

농담하던 제니퍼가 정색하며 대답했다.

“실을 만한 가치가 있어야지요.”

“조선의 혼이 담긴 비석 이야기입니다. 400년의 역사와 한이 담겨 있습니다."

조소앙의 진지한 태도에 제니퍼가 선언문을 받아들고 읽어보았다. 선언문을 훑어보는 제니퍼의 얼굴에 놀람의 빛이 떠올랐다. 외국인 특유의 감탄사와 함께 찬사를 터뜨렸다.

"와우, 조선의 혼, 400년 전의 역사. 충분한 기사거리가 됩니다. 모레쯤 실릴 수 있을 겁니다."

하소연하는 눈빛으로 조소앙이 애원했다.

"너무 늦습니다."

곤혹스럽다는 얼굴로 제니퍼가 타협안을 제시했다.

"그럼 내일은 어떻습니까?"

조소앙이 우악스럽게 밀어붙였다.

"지금, 가능하겠죠? 부탁합니다."

조소앙이 제니퍼를 간절한 눈으로 보았다. 말도 안 된다는 황당한 얼굴로 마주 보던 제니퍼가 조소앙의 눈빛에 어쩔 수 없다는 듯 고개를 끄덕였다.

"한번 해보겠습니다."

조소앙이 그런 제니퍼에게 다짐을 받았다.

"꼭 실어주세요. 반드시 부탁드립니다. 감사합니다."

확약을 받으려는 듯 다시 한번 부탁하고 자리에서 일어났다. 그러고는 백인구에게 인사했다.

"일 끝나면 연락드릴게요."

뛰어나가는 조소앙의 뒷모습을 보던 제니퍼가 자리에서 일어나며 말했다.

"아직 조선에는 희망이 있어. 조선의 혼을 살리려는 열정적인 청년이 있네. 서둘러야겠어."

백인구만 남겨두고 제니퍼도 급하게 나갔다. 백인구는 조소앙이 이전보다 부쩍 성장했다는 것을 느꼈다. 뿌듯한 미소를 지으며 혼잣말로 중얼거렸다.

"나도 무언가 힘을 보태야겠는데."

백인구도 자리에서 일어나 어디론가 나갔다.

허름하고 낡은 건물 문 옆으로 볼품없고 작은 대한흥학회大韓興學會 간판이 붙어 있었다. 건물만큼이나 간판은 보잘것없었지만 재일 유학생들에게 그 간판은 자랑이었다. 이곳은 대한의 깨어 있는 재일 유학생들의 본거지였기 때문이다.

항일운동의 본산지를 알려주듯 일본 형사 몇몇이 건물 앞에서 출입자들을 감시하고 있었다. 일상적인 풍경이었다. 시위용품을 가지고 건물에서 나오는 조선 유학생들을 형사들이 제지했다. 그러고는 유학생들의 용품들을 점검하기 시작했다. 몇몇 유학생이 신체 수색에 저항하자, 형사들과 학생들 간의 실랑이가 벌어졌다.

그 와중에 덩치가 큰 학생이 형사를 강하게 밀쳤다. 조소앙과 함께 술을 마셨던 이남학이었다. 뒤로 밀쳐진 형사가 성난 표정으로 이남학을 구타하려 했다. 이남학도 만만치 않았다. 이남학의 저항에 지나던 학생들도 거세게 저항했다. 형사들과 학생들의 몸싸움이 벌어지며 주변이 소란스러워졌다. 학생들과 형사들의 옥신각신하던 단순한 다툼이 어느 순간부터 소요로 번졌다. 이내 건물 앞이 난장판이 되면서 검문 질서가 무너졌다. 소동이 점점 커지자 입구에 대한 통제가 소홀해졌다.

소란을 틈타 머플러로 얼굴을 가린 사내 하나가 건물로 숨어들어갔다. 조소앙이었다. 건물 안에서 기다리던 김상만이 조소앙과 함께 서둘러 2층으로 뛰어갔다. 문 앞에서 기다리던 다른 유학생이 두 사람을 보며 반색했다. 세 사람은 대한흥학회 사무실로 들어갔다.

사무실 안에는 유학생들이 초조한 얼굴로 조소앙을 기다리고 있었다. 김상만과 몇몇은 문으로 가서 밖을 감시하고 조소앙과 다른 몇몇은 사무실 뒤편의 쪽문을 통해 대한흥학회의 비밀 등사실로 갔다. 등사실에는 작은 수동윤전 등사기가 있었다. 조소앙은 들고 있던 선언문 원고를 식자공에게 건네주었다. 식자공이 선언문을 검토하고 등사를 준비했다. 그리고 다른 학생들은 윤전기에 종이를 채웠고 일부는 잉크를 부었다. 다들 일사불란하게 움직였다.

학생들이 긴장된 마음으로 식자되어 나오는 조소앙의 선언문을 보았다. 선언문과 배경 설명이 실린 호외 신문 한 장이 등사되어 나왔다. 학생들이 말없이 환호하며 연이어 나오는 신문을 챙겼다. '북관대첩비 사건에 대한 아我의 소감' 선언문이 실린 신문을 조소앙이 감격어린 눈으로 보았다.

순간, 밖을 감시하던 김상만이 뛰어 들어오며 소리쳤다.

"동지들, 출발합시다!"

김상만의 말에 나머지 학생들이 인쇄물을 들고 등사실을 나섰다. 김상만의 뒤를 쫓아 나가는 학생들을 보던 조소앙이 창문을 통해

밖을 내다보았다. 정문은 어느 정도 소요가 진정되었는지 잠잠해졌고 형사와 경찰들이 학생들의 몸수색을 다시 시작하고 있었다. 조소앙이 얼른 뒤쪽 창문으로 갔다. 후문 쪽 아래에서 몇몇 조선 학생들이 대기하고 있었다. 조소앙이 학생들에게 수신호를 보냈다. 그러고는 학생들과 함께 창문을 통해 끈으로 묶은 호외 뭉치를 내려 보냈다. 대기하던 학생들이 호외 뭉치를 받아들고는 각자의 몫을 가지고 급하게 뛰어나갔다. 건물 2층에서 떠나가는 학생들을 보던 조소앙이 몸을 돌려 사무실을 빠져나갔다.

일본인보다 더 많은 수의 조선 유학생과 교포가 거리를 걷고 있었다. 언뜻 보면 생김새가 일본인과 비슷했지만 주의 깊게 살펴보면 느낌이 다소 달랐다. 이곳은 재일외국인거류 지역이었다.

신문 배달 소년이 호외를 뿌리며 거리를 지나갔다. 지나가던 사람들이 땅에 떨어진 호외를 주워들었다. 그들 중에는 조선인이 아닌 외국인도 많았다. 그들은 이 기사가 의미하는 바를 이해하지 못했고 무심히 호외를 버렸다. 그렇지만 많은 조선인과 또한 조선인에게 동조하는 사람들의 얼굴에는 분노의 빛이 떠돌았다. 하지만 그들 중에는 제국의 시민도 있었다. 무심코 호외를 들어 읽어본 일본인은 놀란 표정이었다가 주위를 둘러보고는 종종걸음을 치며 서둘러 자리를 떴다.

조소앙이 동경 신주쿠교엔新宿御苑의 벤치에 앉아 자신이 발행한 기고문 호외를 보고 있었다. 조소앙의 얼굴에는 다소간의 불안과 흥분이 교차되고 있었다. 그 바탕에는 무언가를 해냈다는 자부심도 깃

들어 있었다. 만감이 어린 표정으로 앉아 있던 조소앙은 어느 순간 이상한 느낌에 고개를 들었다. 멀리서 일군의 무리가 자신을 향해 다가오고 있었다. 너무 멀어서 잘 보이지 않았다. 유심히 보던 조소앙은 그들이 누군지 알아차렸다. 야스유키와 일본 형사들이었다. 그들의 손에는 호외가 들려 있었다. 조소앙이 벤치에서 벌떡 일어났다. 야스유키가 조소앙과 눈이 마주쳤다. 조소앙이 혼잣말로 외쳤다.

"망할 원숭이 놈들, 이거나 먹어라!!"

조소앙이 청년다운 패기와 객기로 주먹감자 욕을 하고는 달아났다. 독이 오른 야스유키는 얼굴이 시뻘겋게 달아올랐다. 형사들이 조소앙을 쫓아오기 시작했다. 조소앙과 형사들의 쫓고 쫓기는 추격전이 동경 거리에서 벌어졌다. 조소앙이 형사들을 피해 거리와 시장을 달리며 도망쳤다. 어느 순간부터 조소앙과 형사들의 거리가 가까워지기 시작했다. 도망가던 조소앙은 결국 막다른 궁지에 몰렸다. 어쩔 수 없는 상황에 몰리자 조소앙은 정면 돌파를 결심했다. 조소앙은 몸을 돌려 야스유키와 마주 섰다.

야스유키는 반항적인 조선 유학생 조소앙을 설복시켰다고 생각하며 제국 형사로서의 자부심을 가졌다. 하지만 결과적으로 조소앙이 자신을 놀렸던 것이다. 하찮은 조선의 유학생에게 우롱당했다는 생각에 야스유키의 마음은 분노로 가득 차 있었다. 야스유키는 마지막 자존심을 살리고 싶었다. 일말의 희망을 가지고 조소앙에게 물었다.

"제국의 비석에는 관심 가지지 않는다고 했잖나?"

조소앙이 진지하지만 천연덕스럽게 대답했다.

"형사님, 큰 실수할 뻔했어요. 그거 조선 거더라구요."

어처구니없는 조소앙의 대답에 야스유키가 극도의 분노가 섞인 어조로 지시를 내렸다.

"잡아라!"

야스유키의 명령에 형사들이 조소앙을 덮쳤다. 조소앙은 필사적으로 저항했다. 조소앙의 저항이 완강해지자 형사들은 조소앙을 무자비하게 구타하기 시작했다. 조소앙은 일방적으로 매질을 당하며 피투성이가 되었다.

그때였다. 호루라기 소리와 함께 멀리서 이남학을 필두로 학생들이 달려왔다. 그리고 주변의 조선인이 하나 둘씩 모여들기 시작했다. 무슨 일인가 하는 호기심에 몰려든 사람들이 지독한 매질을 보고는 소요를 일으켰다. 그 틈에 이남학이 달려들어 조소앙을 둘러업었다. 형사들이 몰려오는 사람들을 감당하지 못하고 밀려났다. 조소앙을 놓친 형사들이 당황했다. 야스유키가 조소앙을 쫓으려고 달려가려는 순간, 누군가의 발에 걸려 바닥에 나뒹굴었다. 서둘러 바닥에서 일어난 야스유키가 총을 꺼내 허공을 향해 발사했다. 총소리에 주변이 잠잠해지며 소요가 진정되었다.

야스유키가 조소앙을 찾으려 했지만 이미 사라지고 보이지 않았다. 야스유키는 초조한 마음에 발을 굴렀다. 야스유키의 얼굴이 분노로 이글거리며 조소앙이 사라진 방향을 향해 이를 갈며 서 있었다.

이남학이 피투성이가 된 조소앙을 업고 외딴 가옥으로 들어왔다. 조선으로 떠난 선배의 빈 집이었다. 이남학의 뒤를 따라온 김상만이 경계하듯 주위를 둘러보고는 아무도 보이지 않자 서둘러 문을 닫았다. 이남학은 조소앙을 급히 다락으로 옮겼다.

좁은 다락에는 책들이 가득 쌓여 있었다. 이남학과 김상만은 책들을 서둘러 구석으로 밀어놓고는 조소앙을 조심스럽게 눕혔다. 자리에 누운 조소앙의 온몸은 엉망이었다. 얼굴은 심한 구타로 퉁퉁 부었고 이곳저곳이 피투성이였다. 이남학이 대충 피를 닦아주는 동안 김상만이 약을 가지고 와 발라주었다. 상처 부위를 건드릴 때마다 움찔하던 조소앙이 언제부터인가 편안한 얼굴로 잠들었다.

웅성거리는 소리가 들려왔다. 비몽사몽을 헤매던 조소앙은 어느 순간 시끄러운 소리에 정신을 차렸다. 가까스로 눈을 뜬 조소앙이 주위를 둘러보았다. 좁고 어두운 다락이었다. 여기가 어디인가? 다양한 종류의 서적들이 뒤섞여 쌓여 있었다. 주위를 둘러보던 조소앙은 번뜩 드는 생각에 정신을 차렸다. 북관대첩비는 어떻게 되었을까? 어떻게든 북관대첩비의 해체를 막아야 한다. 서둘러 일어나려던 조소앙은 지독한 통증으로 자신도 모르게 신음이 흘러나왔다. 하지만 이내 아픈 몸을 추스르고는 소리가 들리는 방을 찾아 다락에서 내려왔다.

방안에서는 학우들이 가득 몰려서 갑론을박을 벌이고 있었다. 북관대첩비의 해체를 막는 방안에 대한 토론이었다. 갑작스럽게 등장한 조소앙을 발견한 김상만의 입이 벌어졌다. 심한 상처로 도저히 일어날 수 없을 것 같던 조소앙이 나타나자 기함을 한 것이었다. 조소앙이 김상만의 반응을 무시하고 급하게 물었다.

"대첩비는?"

김상만은 그런 조소앙에게서 대첩비를 지키려는 간절한 열망을 느꼈다. 지체 없이 북관대첩비의 상황을 설명해주었다.

"자네가 쓴 기사가 외신에 실려 커다란 반향을 일으켰네. 또 호외를 읽어본 많은 사람들이 공감했네. … 하지만 오늘 해체는 예정대로 강행된다고 하네."

김상만의 대답을 들은 조소앙이 큰소리로 질책했다.

"그런데 이러고들 있으면 어떡하나. 대첩비를 지키러 가세."

대처방안을 논의하던 학생들은 조소앙의 즉각적인 행동 촉구에 서로를 지켜보다가 우르르 일어났다. 앞장서서 나가려는 조소앙을 이남학이 만류했다.

"상처가 심해. 그리고 경찰들이 자네를 찾고 있어. 쉬고 있게. 우리가 가서 막아보겠네."

조소앙이 자신을 잡는 이남학의 팔을 뿌리쳤다.

"한 명이라도 더 힘을 보태야 돼. 야스쿠니로 가세."

학생들은 조소앙의 결기를 느꼈다. 갑자기 이남학이 조소앙을 둘러업었다. 마다하는 조소앙에게 이남학이 한마디 했다.

"야스쿠니에 가면 내려주겠네. 거기서는 싸워야 해. 그때까지 힘을 비축해."

신사로 가까이 갈수록 인파가 많아졌다. 학생들과 함께 야스쿠니신사로 가는 조소앙의 얼굴은 초조했다. 북관대첩비의 생사가 갈리는 순간이라는 것을 직감적으로 느꼈다. 근처로 가면 갈수록 사람 수는 늘어났다. 처음에는 희미했던 북관대첩비의 생존에 대한 기대가 늘어나는 사람 수만큼이나 커지기 시작했다.

야스쿠니신사 앞에는 많은 사람이 모여 있었다. 이남학의 등에서 내린 조소앙은 신사의 정문을 향해 사람들을 헤치며 절뚝거리고 걸어갔다. 수많은 인파에 조소앙의 심장이 뛰었다. 전부 조소앙이 쓴 기고문을 보고 몰려든 재일 조선인들과 유학생들이었다. 그들은 북관대첩비를 내놓으라며 시위를 벌이고 있었다. 운집한 군중 중에는 사진기를 맨 외국인도 섞여 있었다. 백인구가 그들에게 무언가 열심히 설명하고 있었다. 신사의 신관들은 곤혹스러운 표정으로 군중을 보고 있었다. 군중의 야스쿠니신사 진입을 막기 위해 경찰들이 속속 배치되었다. 조선인의 외침은 신사의 담장을 넘어들어가 신사에 안치된 일제 영혼들의 수면을 방해할 정도로 커졌다. 그리고 그 외침은 위기에 처해 있는 북관대첩비에도 힘을 실어줄 수 있을 것 같았다. 조소앙은 북관대첩비를 외쳐대는 조선인을 보며 감격에 겨웠다. 그의 눈에서 눈물이 흘러내렸다.

신사의 입구에서 아주 멀리 떨어진 숲길까지도 조선인의 외침이 들려오기 시작했다. 처음에는 작은 소리였지만, 이제는 막을 수 없을 정도로 커졌다. 그래서인지 평온했던 야스쿠니신사의 숲길은 평소와 달리 긴장감이 서려 있었다.

쇼스케가 딱딱한 표정으로 뒷길을 걷고 있었다. 그 뒤를 야스유키가 일그러진 얼굴로 쫓아가고 있었다. 빠른 걸음으로 걷던 쇼스케가 갑자기 그 자리에 멈추었다. 그러고는 돌아서서 냉엄한 눈으로 야스유키를 보았다. 쇼스케의 눈초리에 야스유키가 얼어붙었다. 쇼스케가 갑자기 손을 들어 야스유키의 뺨을 갈겼다. 야스유키는 쇼스케의 가격을 부동자세로 버텼다. 다시 한번 쇼스케가 야스유키를 가격했다. 간신히 버티던 야스유키가 충격에 비틀거렸다. 정말 한심한 놈이라는 표정으로 야스유키를 보던 쇼스케가 몸을 돌려 걸으며 물었다.

"비석 해체를 막고 있는 여자가 누군지 파악했나?"

겁에 질린 야스유키가 깜짝 놀라 멈칫거렸다. 앞서 가던 쇼스케가 다시 걸음을 멈추려 하자 당황하여 서둘러 보고했다.

"신사 앞에서 선술집을 하는 여자입니다."

잰걸음의 쇼스케가 뒤도 돌아보지 않고 계속해서 물었다.

"네놈도 자주 갔겠군. 다른 정보는?"

"… 아직 파악하지 못했습니다."

"불온한 자들을 감시하라는 국가 경비를 가지고 쓸모없이 술이나 퍼먹었군. 가끔 여주인의 손이나 잡고 노닥거리기도 하고."

야스유키가 아무런 말도 못하고 따라오기만 하자 쇼스케가 짜증 섞인 소리로 욕지거리를 내뱉었다.

"병신자식."

멀리로 비석이 보였다. 근처에는 해체 장비들이 놓여 있었다. 비석을 해체하려 했던 인부들이 겁에 질려 모여 있었다. 북관대첩비 옆에는 선술집 여주인이 온몸에 화약을 감고 농성 중이었다. 비석 주위를 경찰 몇몇이 에워싸고 있었다. 여주인은 쇼스케를 단박에 알아보았다. 자신의 철천지 원수였다. 한시라도 잊지 못한, 아니 잊을 수 없었던 악마였다. 참혹한 살육 현장이 떠오르며 여주인의 얼굴이 굳어졌다. 그리고 자신도 모르게 조선말로 소리쳤다.

"네놈이구나."

다가오던 쇼스케에게도 여주인의 외침이 들려왔다. 쇼스케는 자신을 향해 소리치는 여인의 소리에 멈칫했다. 쇼스케는 조선어를 하등한 나라의 병신 같은 언어라고 무시했다. 그래서 배우려 하지 않았다. 여주인의 말이 무슨 뜻인지 알 수는 없었지만 어조는 기억하고 있었다. 그리고 그것이 분노라는 것도 알 수 있었다. 쇼스케가 여주인 앞에 섰다. 여주인이 이글거리는 눈빛으로 쇼스케를 노려보았다. 여주인을 지켜보던 쇼스케는 그녀가 누구인지 떠올랐다. 그의 인생에서 임명진은 잊을 수 없는 곳이었다. 인정하고 싶지 않았지만 조선인에 대한 관념을 바꿔놓았던 기억하기 싫은 장소였기 때문이다. 애써 입가에 옅은 미소를 흘렸다.

"임명진에서 왔나?"

"더러운 입으로 내 고향의 이름을 부르지 마라. 나는 이 비석을 지키러 왔다."

여주인의 대답에 쇼스케는 끈적끈적한 불쾌감이 스멀거리며 올라왔다. 그녀의 태도에서 끝까지 저항하던 무지렁이 조선인이 다시 떠올랐다. '죽음을 불사하고 비석을 지키려 했고 자손을 보존하려 했던 하등한 조선인, 그의 이름이 무엇이었지?' 쇼스케는 불쾌감을 떨치고 잔혹함을 즐기기로 결심했다.

"남편을 죽이고, 아이를 죽였다. 이제는 마누라까지 죽이겠군. 일가족을 멸절시켜 제국에 저항한 불령선인들의 결말의 표본으로 삼는 것도 나쁘진 않겠어."

여주인이 쇼스케의 말에 부들거렸다. 다시는 생각하고 싶지 않았던 남편의 최후와 아이의 참혹한 시신이 상기되었다. 그런 여주인을 보고 쇼스케가 이죽거렸다.

"동의서에 도장을 찍었으면 끝난 거야. 아직도 미련이 남았는가? 멍청한 것들."

쇼스케가 옆에 서 있는 병사를 보았다. 병사가 신속하게 쇼스케에게 달려왔다. 쇼스케가 병사의 옆구리에 찬 군도를 거침없이 뽑아 들었다. 쇼스케가 사나운 눈빛과 함께 여주인에게 다가가려 했다. 여주인도 쇼스케에게 맞서 자신의 몸을 감싸고 있는 화약에 불을 붙이려 했다. 일촉즉발의 순간이었다.

이때 야스쿠니신사의 제례를 주관하는 최고 신관인 궁사宮司가 나타났다. 궁사가 등장하자 군인들과 경찰 그리고 인부들이 모두 예를 표했다. 거칠 것 없이 보였던 쇼스케도 궁사에게는 예를 표했다. 궁사가 조용히 쇼스케에게 다가가 신문을 건넸다. 조소앙이 작성하고 특파원에게 건네준 영문으로 된 '북관대첩비 사건에 대한 아我의 소감' 기사였다. 쇼스케가 부들거리며 신문을 보았다. 궁사가 조용히 쇼스케에게 권유했다.

"지금 북관대첩비를 파괴하는 것은 괜한 소요를 불러일으킬 수 있어 바람직하지 않소. 게다가 외국에서는 우리를 유적이나 파괴하는 야만적인 반달리즘의 숭배자로 간주할 것이오."

쇼스케가 궁사의 말에 고개를 돌려 여주인을 보았다. 신사 앞으로 몰려든 조선인이 외쳐대는 '북관대첩비를 살리라'는 소리가 이제는 선명하게 들려오기 시작했다. 쇼스케의 눈에 대첩비 파괴를 막았다며 안도하는 여주인의 미소가 들어왔다. 여주인의 미소는 마치 자신을 비웃는 것 같았다. 쇼스케의 낯빛에 분노가 떠올랐다.

쇼스케가 성큼성큼 여주인에게 다가갔다. 여주인의 눈이 커졌다. 하지만 얼굴의 미소는 사라지지 않았다. 여주인에게 다가간 쇼스케는 그녀의 머리로부터 칼을 내리그었다. 평화로운 미소와 함께 여주인이 야스쿠니의 땅에 쓰러졌다. 흘러내리는 그녀의 피가 계속해서 야스쿠니로 스며들었고 북관대첩비까지 가서 닿았다. 그것은 조선 의기의 밀알이었다.

해체에서 보존하는 것으로 변경된 북관대첩비가 여전히 철창에 갇혀 있었다. 신사의 직원으로 보이는 몸집이 큰 두 남자가 북관대첩비를 향해 서서히 다가갔다. 두 사람은 북관대첩비 앞에 서서 자리를 잡고는 가만히 살펴보았다. 한 명은 대형 망치를, 한 명은 푯말을 들고 있었다. 한 사람이 비석 앞에 푯말을 세우자, 다른 사람이 크게 심호흡하고는 망치를 내리쳐 푯말을 땅에 박아 넣었다. 푯말의 내용은 다음과 같았다.

> 이 비문의 내용은 조선에서 역사적으로 날조한 것이므로 관람객은 믿지 말아야 한다.

1950년 5월 어느 날, 봄소풍을 맞은 소학교 학생들이 야스쿠니 신사 경내를 구경하고 있었다. 다들 목에 목걸이 명찰을 차고 있었다. 그중의 한 어린이의 명찰에는 가타카나로 '西ジンソ学校 1-3 チョンミンシク(니시진소학교 1-3 정민식)'이라고 쓰여 있었다. 5년 전인 1945년, 미국은 히로시마와 나가사키에 원자폭탄을 투하하고 일본제국으로

부터 무조건 항복을 받아냈다. 이로써 일본의 천황제도는 종식되었고, 조선을 비롯해 일본의 지배를 받았던 태평양 연안의 국가들이 독립했다.

제국의 지위를 박탈당한 일본은 미국을 비롯한 11개 국가로 구성된 연합국최고사령부GHQ의 통치를 받았다. 천황의 신민이었던 일본인들은 자존감의 손상은 물론 경제적 빈곤으로 고통을 겪고 있었다. 한때 그들의 신이었던 천황의 그림자는 일본인들의 뇌리에서 희미해져갔다. 천황을 기억하기에는 너무나 힘겨운 나날이었다. 제2차 세계대전이 끝난 지 5년이 지났지만, 아직도 일본은 과거의 영광을 회복할 기미가 전혀 보이지 않았다.

야스쿠니신사 역시 예전의 찬란함은 사라지고 황량함만이 남아 있었다. 신사의 마당에서 어린이들이 교사의 설명을 듣고 있었다. 다른 아이들과는 달리 따로 떨어진 곳에서 혼자서 놀고 있는 아이가 있었다. 아이가 경내를 두리번거리다가 샛길을 발견하고는 자신도 모르게 걸어 들어갔다. 어느 순간, 생기 없는 나무들 사이를 지나 신사의 후미진 곳에 당도했다. 막다른 담벼락 구석에 머리에 돌을 이고 있는 낡은 비석이 사방이 막힌 철책 속에 서 있었다. 아이의 눈이 동그래졌다. 조심스럽게 비석에 다가간 아이는 비문을 유심히 바라보았다. 한문으로 쓰인 1,500여 글자의 긴 글이었다. 아이가 철창 사이로 손을 넣어 비문을 만져보려 했다. 손이 닿지 않자 재미가 없었는지 아이는 자리를 떴다.

야스쿠니 근처 국수집의 안쪽 자리에 노인 한 명이 앉아 냉모밀을 먹고 있었다. 재잘거리는 소리와 함께 한 무리의 아이들이 들어왔다. 야스쿠니를 구경하러 시골에서 소풍 온 소학교 어린이들이었다. 그중에는 비석을 보고 온 아이도 끼어 있었다. 자리에 앉은 아이들이 왁자지껄하게 떠들었다.

비석을 보고 온 아이가 주변을 두리번거리다가 벽에 걸린 다양한 야스쿠니 관련 기념품들을 발견했다. 아이는 벽으로 다가가 기념품들을 구경했다. 그중에는 낡은 사진틀에 걸려 있는 오래된 신문도 있었다. 표구된 기사를 자세히 보니 '북관대첩비 사건에 대한 아我의 소감'과 함께 조소앙의 사진이 걸려 있었다.

한참을 보던 아이가 혼자 냉모밀을 먹고 있는 노인에게 다가가서 빤히 보았다. 노인이 고개를 들어 자신을 보고 있는 아이에게 웃어주었다. 아이가 손가락으로 벽의 사진을 가리켰다. 나이가 들었지만 노인과 사진 속의 인물은 동일인이었다. 이젠 육십을 훌쩍 넘긴 조소앙이 아이에게 인자하게 웃어주었다. 아이의 명찰에는 '니시진소학교 1학년 3반 정민식'이라고 쓰여 있었다. 이름을 보니 재일조선인 같았다.

조소앙이 물었다.

"저 비석을 보았니?"

아이가 별 말없이 고개를 끄덕였다. 조소앙이 약간 놀라서 물었다.

"비석의 이름은 알고 있니?"

아이가 고개를 가로저었다.

"그 비석의 이름은 '북관대첩비'란다."

그러자 아이가 아이답지 않은 말을 했다.

"비석이 철장에 갇혀 있어서 슬펐어요."

조소앙의 얼굴에 잔잔한 미소가 떠올랐다. 그리고 아이의 머리를 쓰다듬어주었다.

"네가 나이가 들어 나를 찾아올 수 있을 때까지 내가 살아있을지 모르겠지만, 이것을 간직하고 있다가 찾아오너라."

그러면서 아이에게 명함을 주었다. 거기에는 '사회당 당수 조소앙社會黨 黨首 趙素昻'이라고 쓰여 있었다. 순간, 교사로 보이는 여자가 조소앙에게 양해를 구하고는 아이를 데려가 자리에 앉혔다. 아이를 보던 조소앙이 다시 한번 미소를 지어주고는 자리를 떠났다. 아이는 가게를 나가는 조소앙의 뒷모습을 한참이나 보고 있었다.

# 5 100년 만의 환국

* * *

두 차례에 걸친 원자폭탄 투하로 일본제국은 해체되었고 남은 것은 패배의 상처와 빈곤뿐이었다. 하지만 해방구였던 대한민국 역시 마찬가지였다. 남과 북으로 분단된 한반도는 빈곤으로 허덕이다가 결국은 내전까지 발발했다. 역설적이게도 한반도에서 벌어진 전쟁은 일본의 경제특수를 불러일으켰다. 열도는 부흥했고 북관대첩비는 잊혀갔다.

하지만 시간이 흘러 어느 날부터인가 대첩비에 관심을 기울이는 사람들이 생겨나기 시작했다. 입에서 입으로 건너간 대첩비의 전설은 많은 우국지사를 격동시켰다. 물론 거기에는 북관대첩비를 통해 명성을 얻고자 하는 기회주의자도 많았다. 어쨌든 다양한 정부와 많은 사람이 대첩비의 환국을 위해 무수한 방법을 동원했다. 야스쿠니에서 지금은 김책시로 이름을 바꾼 원소재지 길주 임명진으로의 직접 환국을 논의하기도 했고, 남한을 거쳐 일본으로 가는 방안, 심지어는 대첩비 반환을 전제로 거제에 있는 도고 헤이하치로 기념비를 일본으로 이전할 것을 주장하기도 했다. 하지만 어느 방법도 성공하지 못했다.

그렇게 북관대첩비는 100년 동안 사방이 철책에 둘러싸인 채 66cm 너비와 13cm 두께의 몸으로 머리에 1톤의 돌을 이고 후미진 야스쿠니신사 구석에 방치되어 있었다. 탁본을 뜨기 위해 비석에 와시和紙를 덮었던 일본 스님은 손이 불에 덴 듯 뜨거워져 종이를 놓쳤고, 엄청난 전율과 함께 조선인의 비통한 신음소리를 들었다고 한다.

검은색 세단 차량이 을지로3가에 소재한 평양냉면집 앞에 긴박하게 정차했다. 정장 차림의 남자 두 명이 차에서 급히 내렸다. 경호원으로 보이는 사람과 깔끔하지만 왠지 어리숙하게 보이는 청와대 문화실 소속의 박 비서관이었다. 그들은 서둘러 냉면집으로 들어갔다. 쌀쌀한 겨울이었지만 워낙 유명한 가게여서인지 내부는 사람들로 북적거렸다.

경호원이 손에 사진을 들고 주변을 두리번거리다가 냉면을 먹으며 누군가와 즐겁게 이야기를 나누는 약간 느물느물하게 보이는 덩치가 크고 점잖은 중년남자를 발견했다. 경호원이 박 비서관에게 중년남자를 손짓으로 알려주고는 문 밖으로 나가 대기했다. 박 비서관이 중년남자에게 다가갔다.

기분 좋게 냉면을 먹던 중년남자가 어리둥절한 얼굴로 자신 앞에 서 있는 박 비서관을 보았다. 같이 식사하던 고리타분하게 생긴 유생같이 보이는 시골 양반 역시 어리둥절한 얼굴로 박 비서관을 보았다. 박 비서관이 양해의 몸짓과 함께 중년남자의 신분을 확인하기 위해 물었다.

“북관대첩비 민족운동중앙회 정민식 상임의장님이시죠?”

뜬금없이 자신의 신분을 묻는 박 비서관을 보다가 정 의장이 퉁명스럽게 대답했다.

“그렇소만.”

박 비서관이 신분증을 보여주며 근엄하게 말했다.

“청와대에서 왔습니다.”

‘청와대’라는 말에 동석한 시골 양반이 깜짝 놀랐다. 사레가 들렸는지 캑캑거리다가 냉면 먹기를 중단했다. 멀뚱하니 박 비서관을 보던 정 의장은 시골 양반에게 걱정스럽게 한마디 하고는 물을 따라주었다.

“조심하시지요. 물 좀 드세요.”

시골 양반이 얼른 받아 마시고는 진정했다. 그 모습을 보고는 정 의장이 다시 냉면을 먹기 시작했다. 박 비서관은 정 의장의 반응이 기대했던 바에 어긋나자 잠시 당황했다가 정중하지만 단호한 어투로 말했다.

“비서실장님과 문화재청장님의 면담 요청이 있습니다. 같이 동행해주셔야겠습니다.”

인내심 있게 듣던 정 의장이 역시 정중하지만 단호한 어투로 대답했다.

“무슨 일인지는 모르겠지만 우선 냉면부터 먹읍시다. 냉면은 갔다 오면 전부 불어요. 나는 이 시간에는 꼭 냉면을 먹어야 합니다.”

정 의장이 다시 수저를 들어 냉면을 먹기 시작했다. 이제는 안정을 찾은 시골 양반이 박 비서관과 정 의장을 번갈아보다가 조심스럽게 권했다.

"… 나랏일로 오라시는데, 일단 가보시는 게 어떻겠습니까?"

정 의장이 시큰둥하게 말을 잘랐다.

"아직 우리 얘기도 끝나지 않았어요. 선산에 모실 비문 내용도 정리가 안 됐고요."

청와대라는 단어에 감명을 받은 시골 양반이 채근했다.

"그거야 당장 급한 일은 아니니까."

시골 양반의 말에 힘을 얻은 박 비서관이 정 의장을 재촉했다.

"여기는 급박한 일입니다. 즉시 모시고 오라고 하십니다."

정 의장은 젓가락으로 냉면을 휘저으며 태연하게 답변했다.

"무슨 일인지 모르지만 그건 그쪽 사정이고. 손님도 있고, 무엇보다 나는 이 시간이면 항상 냉면을 먹어왔으니 먹어야겠소. 다 먹을 때까지 얌전히 기다리겠소? 아니면 불어터져서 못 먹게 된 냉면을 다시 주문해서 먹을 때까지 기다리겠소?"

박 비서관이 어쩔 수 없다는 표정으로 옆에 서 있었다. 그런 박 비서관을 보는 정 의장의 마음에 '젊은 놈이 힘들겠구나' 하는 생각이 들며 표정에 측은한 빛이 감돌았다. 그러더니 당사자의 의견은 묻지도 않고 주문했다.

"여기 냉면 한 그릇 추가. 비서관님도 냉면 한 그릇 드시게나."

박 비서관이 당혹스러워하며 거절했다.

"저는 냉면 안 먹습니다."

박 비서관의 거절에 정 의장이 언짢은 기색을 띠며 슬쩍 나무랐다.

“어른이 사주는 음식은 두 말 않고 먹는 게 예의지. 내가 사준 냉면을 당신이 맛있게 먹는 걸 보고 기분 좋게 따라갔으면 좋겠소? 아니면 댁이 안 먹은 냉면을 보다가 언짢은 기분으로 따라갔으면 좋겠소?”

그러면서 정 의장이 혀를 끌끌 찼다. 박 비서관이 어쩔 수 없다는 얼굴로 옆에 앉았다. 정 의장이 냉면을 먹고 있는 동안 박 비서관의 냉면이 나왔다. 정 의장이 박 비서관 앞에 젓가락까지 놓아주며 권했다. 박 비서관이 꾸역꾸역 먹기 시작했다. 그사이에 정 의장은 냉면을 다 먹고는 박 비서관을 지그시 바라보았다. 가까스로 절반 정도 먹은 박 비서관은 정 의장이 자신을 보고 있자 어쩔 수 없이 참고 나머지도 먹기 시작했다. 그런 정 의장에게 시골 양반이 봉투를 내밀었다.

“오랜만에 중수하는 비석입니다. 비문은 가문의 얼굴이니 잘 부탁드립니다.”

봉투를 받아든 정 의장이 거침없이 액수를 확인해보고는 만족스러운 얼굴로 챙겨 넣었다.

“조상님들에 대한 정성이 중요한 일입니다. 이런 일에 돈 아끼는 건 아니지요.”

정 의장이 턱으로 박 비서관을 가리키며 덧붙였다.

“보셨겠지만, 내가 나라에서도 찾는 비석 전문가 아니요. 가문에서 좋아할 겁니다.”

그 말에 박 비서관이 정 의장을 바라보는데, 속이 얹히는 표정이었다. 시골 양반이 감격에 겨워 맞장구쳐주었다.

“어련하시겠습니까.”

정 의장이 시골 양반에게 인사하고는 자리에서 일어났다. 박 비서관도 얼른 그릇을 놓고는 정 의장을 따라나섰다.

정 의장이 박 비서관의 안내를 받으며 접견실로 들어왔다. 안에서는 비서실장과 문화재청장이 정 의장을 기다리고 있었다. 그리고 작은 몸집의 노스님도 앉아 있었다. 융통성 없어 보이는 고집스러운 얼굴의 거산 스님이었다. 거산 스님은 세수歲首가 일흔일곱이고 법랍法臘도 육십 년이 넘어 세상의 온갖 풍파는 다 겪어본 역전의 용사였다. 거산 스님을 본 정 의장의 얼굴이 시큰둥해졌다. 무슨 일인지 알았다는 표정이었다. 미리 와 있던 거산 스님도 정 의장이 온다는 설명을 미리 들었지만, 막상 나타나자 심통맞은 얼굴이 되었다.

비서실장이 정 의장에게 인사하려고 자리에서 일어났다. 그런데 옆에 앉아 있는 청장은 정 의장을 유심히 관찰만 할 뿐 일어나지도 않았다.

"바쁘신데 오시라가시라 해서 죄송합니다. 급박한 일이라."

정 의장이 비서실장에게 답례하는데, 거산 스님이 알은 척을 했다. 그런데 말 속에 다분히 시비조가 섞여 있었다.

"동생, 왔는가?"

"형님이 여기는 어쩐 일이시오?"

"모르지, 다짜고짜 끌려와서."

비서실장이 난감한 표정으로 두 사람을 보았다. 사전조사에 의하면 북관대첩비 환수를 위해 공동으로 단체를 만든 두 사람은 의견다툼이 잦아 최근에는 서로 잘 보지도 않고 각자 활동한다고 했다. 분위기 전환을 위해 비서실장이 말을 꺼냈다.

"두 분은 서로 잘 아시지요?"

거산 스님이 시큰둥한 얼굴로 대답했다.

"저놈과 벌써 30년이 넘었지."

"형님도 참, 점잖은 자리에서 이놈저놈 좀 하지 맙시다. 나도 이제 육십입니다, 육십."

정 의장의 볼멘소리에 거산 스님이 벌떡 일어나려 했다. 덩치 큰 정 의장과 밤톨만 한 거산 스님이 티격태격하는 모습을 보던 비서실장이 얼른 거산 스님을 잡고 자리에 앉혔다. 아무래도 덩치가 작아 쉬워 보였기 때문이다. 비서실장이 정 의장과 명함을 주고받으며 인사를 나누었다.

"오시는 데 불편한 점은 없으셨습니까?"

정 의장이 의례적인 답변을 하는데, 박 비서관은 자신도 모르게 배를 만졌다. 정 의장이 문화재청장에게도 명함을 내밀었다. 청장이 명함을 받아 살펴보고는 얼굴이 구겨졌다. 잘나가는 역사학자인 청장은 비석 중수 같은 소위 사파외도邪派外道는 사이비라고 절대 신뢰하지 않았다. 청장은 별로 기대도 없다는 듯이 '번거롭게 해서 미안하다'는 등의 형식적인 인사를 하고는 떨떠름하게 혼잣말했다.

"비석 전문가? 풍수쟁이군."

청장의 말을 들은 거산 스님이 맞장구쳐주었다.

"청장님이 제대로 봤소. 말 그대로 풍 쳐서 먹고 사는 직업이지."

거산 스님의 말에 정 의장이 발끈하여 무어라 대꾸하려 했다. 분위기가 이상하게 돌아가자 비서실장이 서둘러 본론을 꺼냈다.

"바로 본론으로 들어가죠. 의장님께서 스님과 공동으로 북관대첩비 환수 추진 민간대표를 맡고 계시다고 들었습니다."

정 의장이 손사래를 치며 비서실장에게 간단하게 상황 설명을 했다.

"형님이 한일불교복지협회 회장 직함으로 야스쿠니신사와 관련된 북관대첩비 환수 사업을 하시고 계십니다. 그런데 하도 지지부진하기에 내 돈 들여서 추진단체 하나 만들었습니다. 무슨 공동이야, 공동은."

그 말에 거산 스님의 얼굴이 부어오르며 갑자기 억센 함경도 사투리가 튀어나왔다. 원래 거산 스님은 함경도가 고향으로 북관대첩비와 동향이었다.

"아니 이 종간나가! 지지부진하다니. 여기까지 끌어온 게 누구 덕인데?"

거산 스님의 입에서 육두문자가 튀어나오자 정 의장의 얼굴도 달아오르며 반격을 시도하려 했다. 비서실장이 얼른 끼어들어 두 사람을 동시에 칭찬해주었다. 사람 좋은 비서실장은 원래 남들 칭찬을 잘하기도 했지만, 이번만큼은 두 사람을 뜯어말리려는 의도가 다분했다.

"두 분 다 정말 훌륭한 일 하십니다. 스님께서는 앞에서 일을 만들고 계시고, 의장님은 뒤에서 스님을 돕고 있다고 들었습니다. 그래서 꼭 두 분이서 함께하실 때 큰일을 해내셨지요. 저야 나라의 녹을 먹는 사람이니 대통령의 명을 받들어야 하지만, 국가에서 큰 지원도 못해드리고 민간 차원에서 경비 들여가며 하시니 정말 감사합니다."

비서실장의 칭찬에 두 사람이 언쟁을 멈추고는 동시에 고개를 끄덕였다.

“어쨌든 부탁드립니다. 부디 이 건을 꼭 해결해주십사는 대통령의 바람입니다.”

그러자 거산 스님과 정 의장이 시큰둥하게 대답했다. 먼저 거산 스님이 비서실장의 말을 받았다.

“여태까지 도움이 필요할 때는 한 번도 제대로 답하지 않더니.”

거산 스님의 말이 끝나자 정 의장이 마무리 지었다.

“급해지니까 이제 와서 우리 도움을 청하시는군요.”

거산 스님과 정 의장의 뼈 있는 말에 비서실장이 둘러댔다.

“이번 정부와는 처음 만남이잖습니까? 지난 시절과는 다를 겁니다.”

그 말에 거산 스님과 정 의장이 서로를 보았다. 정 의장이 당최 이해가 가지 않는다는 어투로 질문했다.

“갑자기 왜 이 시점에서 북관대첩비입니까? 당국자가 직접 접촉해보시죠? 그게 빠를 텐데요.”

곤혹스럽다는 표정으로 비서실장이 답했다.

“북측에서는 현재 우리 정부와의 접촉을 끊었습니다.”

정 의장이 사태의 추이를 잠시 생각해보다가 상황을 파악했다는 듯 말했다.

“남북 당국자회담 중단 선언 때문이군요. 그래서 이 건도 필요한 거고요. 대첩비 환수가 목적이 아니라 남북의 끈을 만드는 게 목적이군요.”

거산 스님이 억센 함경도 사투리로 덧붙였다.

"맞다, 그거이네."

언제 싸웠냐는 듯이 이번에는 두 사람의 합이 척척 맞았다. 그런 두 사람에게 비서실장이 속내를 털어놓았다.

"북관대첩비 환수가 기본 목적이기는 하지만 각하께서는 이 건을 회담 재개의 좋은 방편으로도 보고 있습니다. 지금 분위기에서는 당국자가 나섰다가 일을 더 그르칠 가능성이 있다고 판단했습니다. 북관대첩비 민족운동중앙회가 민간단체이지만 환수 주요 정책자가 맞으니 일이 잘못된다고 해도 크게 문제 될 게 없다고 생각합니다. 국익에 이바지할 기회입니다."

입담 세기로 소문난 청장이 볼멘소리로 끼어들었다.

"저로서는 아직 불안하긴 합니다. 대첩비 환수도 환수지만 괜한 일 저질러서 남북관계가 더욱 경색될까 걱정입니다. 그동안 대첩비를 환수하겠다고 설쳐대는 사람들 많이 만났습니다. 그런데 이건 뭐 능력도 없는 맨 사기꾼들에다가 속된 말로 매일 구라나 치고, 스님처럼 뜻이 높으신 분들은 믿겠지만 다른 놈들은 갑자기 끼어들어서 그저 영광만 보겠다고 하다가 조금만 힘들면 자빠지고. 그것도 좋아요. 발만 살짝 담갔던 인간들도 일이 될 조짐만 보이면 서로들 아마 자기가 다했다고 우겨댈 겁니다. 스님처럼 검증된 분들 말고는 민간에 맡겨 놓으면 난장판이 될 게 뻔합니다."

"청장 말이 맞지. 내가 만난 사기꾼들도 한두 놈이 아니었어. 게다가 말만 번드르르한 게…."

정 의장이 끼어들어 말을 끊었다.

"구슬이 서 말이라도 꿰어야 보배라고. 형님이 그 오랜 세월을 북관대첩비를 붙들고 늘어져서 도대체 한 게 뭐요?"

그러자 벌떡 일어난 거산 스님이 정 의장에게 삿대질하며 호통쳤다.

"왜 없어? 왜 없어? 신사와 다리를 놓은 게 누군데."

비서실장이 얼른 두 사람을 뜯어말렸다.

"두 분 그만하시죠."

씩씩거리던 거산 스님이 흥분을 가라앉히고 자리에 앉았다. 불만에 차서 거산 스님을 보던 정 의장이 시큰둥하게 말했다.

"진짜 같이 일 못하겠네. 하여간 가타부타 말들도 많고 색안경도 끼고 보는데, 제 목적은 북관대첩비 환수뿐입니다. 그런 줄 아시고 그만 일어나겠습니다. 그리고 환수 일은 알아서 할 테니 쓸데없이 부르지 마세요."

정 의장이 에이~ 하고는 자리에서 일어났다. 비서실장이 화들짝 놀라 얼른 정 의장을 끌어 앉히고는 간곡하게 부탁했다.

"어찌됐든 상황도 아셨으니 좀 도와주시죠."

"정치는 그쪽 일이니 알아서 하시고. 저는 그냥 최선을 다해 진행하겠습니다."

정 의장의 미덥지 않은 대답에 비서실장이 불안해하다가 조심스럽게 제안했다.

"지금 가시면 여기로 또 모시기 힘드니 오늘 결론을 내릴 수 있었으면 좋겠습니다. 이참에 환국 방안에 대해 뿌리 뽑는 게 어떻겠습니까? 스님도 어려운 발걸음 해주셨고. 어쨌든 민이나 관이나 환수하겠다는 것이 동일한 목적 아닙니까? 그리고 사실 우리는 북관대첩비에 대한 연구도 충분히 하지 못했습니다. 스님이나 의장님은 이 방면에 전문가이시니 방안을 찾아주시면 가급적 따르겠습니다. 그리고 이것은 순전히 제 생각인데, 관북의병들도 민과 관이 합쳐져 국가에 공헌했습니다. 아마도 북관대첩비 환수도 민과 관이 힘을 합해야 일을 매듭지을 수 있을 것 같습니다."

그 말에 거산 스님과 정 의장이 잠시 망설이며 서로를 보았다. 순간, 생각할 겨를도 없이 박 비서관과 몇몇 직원이 서류 뭉치를 들고 연이어 들어왔다. 거산 스님과 정 의장은 쌓여가는 서류 뭉치의 양에 놀라서 입을 벌렸다.

두 사람은 조심스럽게 맨 위에 놓인 서류를 들어서 하나씩 살펴보기 시작했다. 언제 싸웠냐는 듯 거산 스님과 정 의장은 진지하게 서류를 점검하며 진지하게 의견을 교환했다. 그렇게 한참을 서류와 씨름하던 두 사람은 정부 인사들과 함께 숙의를 시작했다.

꽤 긴 시간이 지나 환국 관련 기타 사항에 관한 논의를 끝내고 다들 자리에서 일어나려 했다. 다른 일로 잠깐 자리를 비웠던 비서실장이 다시 들어와서는 물었다.

"그런데 일본에서 북관대첩비를 돌려주지 않겠다는 이유는 뭡니까?"

거산 스님이 간략하게 알기 쉽도록 설명해주었다.

"전 세계 어느 전승국도 패전국의 문화재를 돌려준 적이 없다네요. 게다가 원소재지가 북한이라 남쪽에는 절대 돌려줄 수 없다는 거요."

거산 스님의 말에 정 의장이 동의의 뜻으로 고개를 끄덕였다. 비서실장의 표정에 분노가 살짝 일었다.

"일본 측 이유가 군색하네요. 그리고 화도 나고요."

"그렇지비. 부처님의 관점에서 보면 일종의 아상我相이지."

"이제 서류를 다 봤고 더 할 말도 없는데, 일어나도 되겠소?"

정 의장의 말에 비서실장이 얼른 두 사람에게 간청했다.

"정부도 돌아가는 상황은 알아야 하니 보고라고 하긴 뭐하지만 진행사항은 알려주실 수 있으시죠?"

그 말에 거산 스님과 정 의장이 다시 서로를 보았다. 귀찮다는 표정이었다. 두 사람의 내심을 읽은 비서실장이 감춰둔 비장의 한 수를 던졌다.

"두 분이 비석에 대한 애정이 정말 크다는 것을 알고 있습니다. 지금이야 감당하실 수 있으시겠지만, 정작 환수가 결정되고 고국으로 돌아오려면 생각보다 비용이 많이 들 겁니다. 게다가 대첩비를 운반하려면 문화재 반입 절차에 따라 무반동차나 여러 장비도 필요하고. 굳이 비유하자면, 차비가 없으면 차를 못 타잖습니까?"

그 말에 거산 스님과 정 의장의 표정이 오락가락했다. 비서실장이 회심의 미소를 지으며 첨언했다.

"일이 잘 풀리면 그동안 쓰셨던 경비도 영수증만 첨부하면 돌려드릴 수도 있습니다."

못이기는 척 두 사람이 동시에 대답했다.

"알겠소이다. 애국을 위해 하는 일인데."

그러고는 일어나서 나가려 했다. 그러자 비서실장이 한마디 덧붙였다.

"두 분만 다니시기 적적할 테니 여기 박 비서관을 붙여드리겠습니다."

정 의장이 박 비서관을 보았다. 버벅거리며 냉면을 먹던 모습이 떠올랐다. '저게 제대로 일은 하려나?' 그런 마음을 아는지 모르는지 박 비서관이 멀뚱멀뚱 정 의장을 보았다. 거산 스님도 별로 시원치 않은 표정으로 박 비서관을 보았다. 왠지 감시병으로 붙여놓는다는 느낌이 들었다. 그런 두 사람의 마음을 읽었는지 비서실장이 중요한 정보를 주었다.

"영수증을 경비로 처리하려면 꼭 데려가셔야 합니다."

두 사람의 입에서 한숨이 나왔다. 일을 다 마치고 나가려는 정 의장을 보던 청장이 직설적으로 물었다.

"내가 의심이 많아서 그러는데, 솔직히 듣고 싶어요. 대체 의장님이 대첩비 환수에 그렇게 목매시는 이유가 뭡니까?"

생각할 필요도 없다는 듯이 즉각적으로 정 의장이 답변했다.

"내가 평생 비석 팔아서 돈 좀 모았소, 비석은 제자리에 있어야 빛이 납디다. 그게 다요."

여전히 납득이 가지 않는다는 표정을 지으며 청장이 부정적인 태도로 말했다.

"죄송하지만 신뢰가 안 갑니다. 나는 아직도 회의적이에요. 가능성이 크지 않다고 봅니다."

물끄러미 청장을 보던 정 의장이 뜬금없이 물었다.

"… 냉면 좋아하쇼?"

난데없는 질문에 청장의 표정이 어리둥절해졌다. 거산 스님이 그런 청장에게 친절하게 설명해주었다.

"이런 일을 하려면 지피지기知彼知己해야 하거든."

'지피지기라니? 대체 냉면과 북관대첩비가 무슨 관련이 있나?' 그런 청장을 뒤로하고 박 비서관의 안내를 받으며 정 의장과 거산 스님이 접견실을 나섰다. 아직도 청장은 왜 정 의장이 그런 질문을 했는지 생각해보며 서 있었다.

베이징행 항공기가 하늘을 날고 있었다. 하늘이 청명했다. 거산 스님과 정 의장이 비행기를 타고 베이징으로 날아가는 중이었다. 북관대첩비 환수 작업이 진행되는 동안 두 사람을 수행하라는 지시를 받은 박 비서관이 긴장한 얼굴로 동승하고 있었다. 정 의장은 창밖을 내려다보며 상념에 잠겨 있었다. 그는 출국 직전에 만났던 윤 의원과의 만남을 떠올리고 있었다.

정 의장은 공항 카페에서 한일의원연맹韓日議員聯盟 소속의 윤상득 의원을 기다리고 있었다. 한일의원연맹은 1975년 한국과 일본 의원들의 교류와 협력 증진을 위해 구성된 단체로, 태생적으로 일본에 우호적 입장을 견지하는 경향이 강했다. 30년 이상 북관대첩비 환수 활동에 관여해온 윤 의원 역시 표면적으로는 환수를 찬성했지만, 내면적으로는 교묘한 형태로 간섭하며 정 의장의 환수 작업을 방해해왔다. 윤 의원은 반일 성향의 현 정권이 집권한 이후부터 대첩비 환수에 대한 여론이 높아지자 고심하고 있었다. 그러다가 정 의장이 대통령에게 모종의 협조 요청을 받았다는 얘기를 듣고 연락해왔다.

어느새 나타난 윤 의원이 정 의장 앞에 앉았다. 정 의장이 차가운 눈초리로 보았다.

"무슨 일인가? 시간이 많지 않네."

"비서실장을 만났다는 말은 들었습니다. 의장님은 정치와는 담을 쌓고 사는 줄 알았는데 의외였습니다."

윤 의원의 말에 정 의장이 냉소적으로 반응했다.

"다 자네 덕이지. 자네의 방해 때문인지는 모르겠지만, 환국사업이 지지부진하다 보니 정치적 힘이 필요하다는 것을 알았네."

정 의장의 말에 멈칫했던 윤 의원이 파안대소했다.

"의장님도 말씀이 많이 느셨습니다. … 시간도 없을 테니 용건만 말씀드리죠. 현 정권이 이상적인 아마추어리즘에 빠져 한일 간 우호 증진을 방해하는 환국사업 같은 과거사에 연연하는 것은 잘 아실 겁니다. 궁극적으로는 일본에 거주하는 재일교포에게 부정적 영향을 미칠 것입니다. 의장님도 재일교포시잖습니까?"

정 의장의 눈썹이 꿈틀거렸다. 욕설이 나오려 하는 것을 간신히 인내하고는 대꾸했다.

"자네는 이 일을 방해하는 데 왜 그렇게 혈안이 되었나? 자네가 윤탁연의 후손이기 때문인가?"

"그 이유가 아니라고는 말하지 않겠습니다. 근본적으로는 별 볼일도 없는 과거의 명분 때문에 현실을 방해하는 것들을 경멸하는 제 성향 때문이라고 말씀드리죠."

정 의장의 핸드폰이 울렸다. 박 비서관의 전화번호가 떴다. 아마도 비행기 탑승을 준비하라는 전화 같았다. 정 의장이 자리에서 일어났다.

"자네가 할 수 있는 최선을 다해보게. 나도 철저히 준비할 테니까."

정 의장은 윤 의원과의 대화를 상기하며 대비를 철저히 해야 한다고 생각했다. 왠지 이번이 북관대첩비를 환수할 마지막 기회 같았다. 옆에 앉은 거산 스님이 좌석에 정좌하고 앉아 명상에 잠겨 있었다. 박 비서관은 거산 스님과 정 의장이 통일부에 신청한 북한인사사전접촉승인신청서를 통해 베이징에서 북한 측 대표인 조선불교도련맹朝鮮佛教徒聯盟과 회동한다는 것은 알 수 있었지만, 어떤 경로로 그들과 만나는지는 도대체 알 수 없었다. 북측 대표로 참석하는 조선불교도련맹은 발고여락拔苦與樂을 기본이념으로 하고 현세에 지상정토地上淨土의 실현을 목적으로 1945년 설립된 북한 유일의 불교단체였다. 박 비서관이 평양식당 소개가 실린 자료를 정 의장에게 건네주었다.

"의장님이 요청하신 대로 조선불교도련맹과 베이징 내 평양식당에서 회담할 수 있도록 경비 처리는 모두 했습니다. 정부 관계자는 동석하지 못하도록 북측에서 통보가 왔는데 회의 후 결과는 따로 보고 부탁드립니다."

정 의장이 서류를 받아들고 살펴보았다. 한동안 서류를 훑어보던 정 의장이 갑자기 박 비서관에게 물었다.

"북관대첩비에 대해 공부해본 게 있나?"

박 비서관이 약간 미안해하는 얼굴로 군색하게 답변했다.

"지금 임무가 북관대첩비 환수에 관련된 업무라는 것 외에는 딱히 공부한 것이 없습니다. 아직 업무 파악이 미진해서 죄송합니다. 서류준비로 시간이 부족해서 그랬습니다."

대답을 들은 정 의장이 박 비서관을 빤히 보았다. 박 비서관의 얼굴이 괜히 빨개졌다. 박 비서관은 자신의 답변에 무슨 잘못이 있는 것 같기는 한데 무엇인지 잘 몰랐다. 그런 박 비서관을 보던 정 의장이 화제를 돌렸다.

"자네는 베이징에 자주 오나?"

또 무슨 꼬투리를 잡으려 하나 하며 조심스럽게 대답했다.

"…베이징에서 공부했습니다."

정 의장이 기다렸다는 듯 물었다.

"그럼 베이징에서 냉면 잘하는 곳도 알겠군."

박 비서관의 얼굴이 갑자기 어두워졌다. 을지로에서 정 의장과 냉면 먹던 생각이 떠올랐다.

"… 약속 장소인 평양식당이 냉면 맛집이라고 알고 있습니다."

박 비서관의 대답에 정 의장이 의미심장한 미소를 지었다.

베이징의 왕징 시내에 자리 잡고 있는 평양식당은 북측에서 운영하는 국영식당으로 북한의 주요 대외 업무는 대부분 이곳에서 이루어졌다. 식당에는 남측을 대표하여 정 의장과 거산 스님, 북측을 대표해서는 조선불교도련맹 측 북한 스님 심상정과 북한 정부에서 파견한 고원길이 참석해 있었다. 인자한 인상의 심상정은 양복을 입고 있고 머리도 삭발하지 않아 언뜻 보아서는 스님같지도 않았다. 심상정의 양복에 꽂혀 있는 김일성 · 김정일 부자의 배지가 인상적이었다. 다들 모여앉아 식사를 하고 있었다. 냉면을 맛있게 먹던 정 의장이 냉면 맛에 대해 품평했다.

"서울에서 먹던 냉면과 베이징에서 먹는 냉면이 비슷한 듯 다릅니다."

얼굴이 길쭉한 고원길이 평양냉면에 대해 자세하게 설명해주었다.

"입맛에 맞는지 모르겠습니다. 저는 평양에서도 자주 먹는데 이 집은 평양과 견주어도 원조라고 할 수 있는 맛입니다. 평양에서 3대째 냉면만 전문으로 하는 평양식당의 대표 숙수가 만들고 있어요. 서울에 비해 훨씬 심심하겠지만 조미료를 전혀 넣지 않은 순수한 맛입니다."

정 의장이 그 말에 다시 한번 육수 맛을 음미해보았다.

"맛있네요. 요즘 서울에서는 건강식이 히트치고 있어요. 서울에다 내면 이거 건강에도 좋다고 난리칠 텐데. 서울에도 분점 하나 내시죠? 큰 성공할 거 같습니다."

고원길이 손사래를 쳤다.

"맛만 가지고 성공할 수 있나요. 그런 돈 버는 사업은 우리 인민이 남측 사람들 못 쫓아갈 겁니다."

정 의장이 고원길에게 좋은 말로 의견을 내어주었다.

"이런저런 것들로 하나하나 화해 분위기 조성해보는 것도 좋을 텐데요. 밖에서는 제2의 6.25가 발발한다 뭐한다 말들 많은데, 냉면집부터 시작하다 보면 북남 간의 통일 협약 자리까지 갈 수 있지 않겠습니까?"

고원길도 수긍하는 표정이었지만, 어쩔 수 없다는 내부 의견을 알려주었다.

"장군님께서도 안타깝지만 남조선의 도발적 언행으로 더 이상의 만남은 무의미하다며 일언지하에 거절하셨습니다."

정 의장이 보기에 고원길은 처음부터 거절할 마음을 가지고 나온 것 같았다. 아마도 만나주는 것조차 하지 않으면 민족적 대사인 북관대첩비에 대해 무심하다고 비난받을 것이 두려웠기에 적당한 거절을 위한 형식적인 만남의 자리가 필요했던 것으로 짐작되었다. 고원길의 반응은 결정권을 가진 북한 고위직 인사의 의견일 것이다. 정 의장은 시간을 벌고 싶었다. 정 의장이 거산 스님과 심상정을 번갈아보며 제안했다.

"여기 스님들도 계시지만 장군님의 뜻이 있다면 부처님의 방편도 있지 않습니까? 오늘 협상은 일단 여기서 마치고 내일 다시 만나서 이야기하는 데는 동의하십니까?"

정 의장의 제안에 고원길이 거절의 뜻을 내비쳤다.

"더 이상 할 얘기가 없을 것 같은데, 내일 또 만날 필요가 있겠습니까?"

정 의장은 고원길의 다소 냉정한 대답에 당혹스러워했다. 그러자 거산 스님이 심상정에게 부탁의 말을 했다.

"스님께 부탁드리는데 부처님의 자비 정신으로 자리를 마련해보시죠. 우리 같은 중들이야 부처님 믿고 사는데, 이럴 때 부처님 힘 한번 빌려볼랍니다. 부처님이야말로 천하무적 아닙니까?"

망설이는 심상정을 보고 거산 스님이 덧붙였다.

"부처의 마음으로 다시 한번 생각해보시지요, 위원장님."

거산 스님이 재차 권유하자 마침내 심상정이 응답했다.

"… 알겠습니다. 이건 부처님의 영역이 될 수도 있으니 한번 생각해봅시다."

심상정이 고원길에게 눈짓했다. 고원길이 사람들에게 잠깐 양해를 구하고는 자리를 비웠다. 20여 분 정도가 흘렀다. 시간이 흐르면서 거산 스님과 정 의장의 표정에는 긴장감이 흘렀다. 고원길과 북한 상부의 의견조율이 쉽지 않은 것 같았다. 사람들의 표정이 어두워질 무렵 고원길이 돌아왔다. 거산 스님과 정 의장이 긴장된 얼굴로 돌아온 고원길을 쳐다보았다.

"내일 11까지 이곳에서 다시 만납시다."

정 의장과 거산 스님이 안도의 숨을 내쉬었다.

"다시 귀한 시간을 내준다니 감사합니다."

"별 기대는 안 하시는 게 좋습니다. 크게 의견이 달라지지는 않을 겁니다."

거산 스님이 환하게 웃으며 물었다.

"고 선생은 고향이 어디요?"

"함경도입니다."

"우리 인연이구려. 내 고향도 함경도요. 남쪽에서는 '삼팔따라지'라고 하지. 스무 살 때 내려왔는데 영영 돌아가지 못했소. 그런데 우연히 북관대첩비를 만났고, 지금은 평생의 업이 되었소. 인연이라고 생각했어. 하루면 스물네 시간인데, 그사이에 무슨 일이 있을지 어찌 알겠소? 나는 그렇게 믿소. 인연이 있으면 다 되게 돼 있다고. 내가 대첩비와 인연을 맺을지 어찌 알았겠고, 고 선생과 이렇게 만나게 될지 어찌 알았겠소? 하루라는 시간이 인연이 되어 일이 술술 풀릴지 또

누가 아오?"

거산 스님의 말에 고원길의 표정이 조금 풀렸다. 그러고는 머뭇거리다가 말했다.

"내일 일이 잘되었으면 좋겠습니다."

평양식당 로비에서 정 의장, 거산 스님과 고원길, 심상정이 인사를 나누고 있다. 고원길이 정 의장과 악수하고는 먼저 사라졌다. 정 의장이 심상정에게 악수를 청하자 합장으로 대답했다. 정 의장도 합장으로 답변하자 심상정이 어렵게 말을 꺼냈다.

"부처님의 뜻으로 우리 조상들의 염원을 이루고 싶습니다. 그런데 제가 글재주가 많이 부족합니다. 아마도 먼저 준비가 필요할 듯합니다."

정 의장과 거산 스님은 심상정이 무슨 뜻으로 말하는지 몰라 진의를 파악하려고 쳐다보았다. 심상정이 그런 두 사람에게 염화시중拈華示衆의 미소를 지어주고는 사라졌다. 고개를 갸웃하던 정 의장이 거산 스님에게 물었다.

"형님, 저 스님이 무슨 말하는 거요?"

거산 스님 역시 궁금한 얼굴이다가 이렇게 대꾸했다.

"동생, 본인들은 글재주가 없다잖아."

"합의서를 작성해오라는 뜻 아닐까요?"

말해놓고는 이거라는 듯 두 사람이 서로 눈을 마주쳤다.

베이징 남측 숙소의 휴게실에서 대기하던 박 비서관은 북관대첩비에 관한 서적을 열심히 읽고 있었다. 너무나 깊이 몰두한 나머지 정 의장과 거산 스님이 들어오는 것도 알지 못했다. 들어오던 정 의장이 그런 박 비서관을 물끄러미 보다가 조용히 거산 스님에게 말했다.

"… 한 놈이라도 힘을 보태는 게 좋을 것 같은데, 내일은 저놈도 데리고 갑시다."

정 의장의 말에 거산 스님이 박 비서관을 보며 낮은 소리로 속삭였다.

"동생, 진심인가? 중요한 자리인데 남한 정부에서 첩자 보냈다고 북측에서 어깃장 놓으면 어쩌려고. 그건 경솔한 짓 같네."

"형님, 이번만은 토 달지 말고 제 말 좀 들으세요."

거산 스님이 소리치려다가 정 의장의 진지한 표정에 참고 들어보기로 했다.

"아무래도 내일 성사가 안 되면 언제 기회가 올지 모릅니다. 이런 일은 여론도 중요한데 일본에서 뺏어간 지 100년째입니다. 올해는 100년이니 뭐니 난리들이지만, 올해 지나면 김이 확 빠져서 쉽지 않습니다. 이번에 못 가지고 오면 또 한참일 텐데, 회귀분석 결과를 보면 일반 화강암에 비해 풍화 화강암의 파괴 저항이 급격하게 떨어져서 비문의 상태는 금방 열화될 거예요. 전문가 입장에서 보면 오래 못 버텨요. 게다가 1톤짜리 돌까지 이고 있는데 지금까지 버틴 것만도 용합니다. 그러니 내일도 안 되면 떼라도 씁시다. 아무래도 젊은 놈이 힘쓰는 건 더 나을 테니까요."

진지하게 공부하는 박 비서관을 보던 거산 스님도 고개를 끄덕이며 동의했다.

"그럼세, 그런데 저놈은 고지식해서 안 간다고 버틸 텐데. 정부 측 인사는 참여하지 말라는 훈령을 받았다고."

"젊은 놈이 답답하다니까요. 다 방법이 있습니다. 공갈 좀 쳐야죠. 형님은 추임새만 넣어주세요. 어이~ 박 비서관!"

정 의장의 소리에 박 비서관이 정신을 차리고 고개를 들었다. 두 사람을 본 박 비서관이 얼른 책을 덮고는 회담 결과를 급하게 물었다.

"결과 나왔습니까?"

"피곤하니까 스님에게 물어봐. 나한테 묻지 말고."

"아니 이놈이, 내가 네 졸개냐?"

"피곤해서 그러는데 왜 그러세요. 알았어요."

정 의장은 박 비서관에게 별로 좋은 소식을 전해주지 않았다.

"내일 다시 만나보기로 했지. 일단 그쪽에서는 남쪽 정부하고는 만날 일이 없다는데."

정 의장의 말에 박 비서관이 실망스러운 표정과 함께 난감해했다. 그런 박 비서관을 측은하게 보던 거산 스님이 한마디 위로의 말을 해주었다.

"부처님 마음이니 다 잘될 걸세."

거산 스님의 위로에 그나마 얼굴이 조금 펴진 박 비서관이 그래도 실망스럽다는 듯 중얼거렸다.

"후~ 이전 상황과 크게 달라진 게 없네요. 본국에서는 결과물이 나오기를 목이 빠져라 기다리고 있는데요."

정 의장은 한숨 쉬는 박 비서관을 보고는 못마땅한지 잔소리했다.

"자네를 보니까 땅이 꺼지겠네. 내일은 날이 아닌가? 여기는 중국이야, 중국. 되놈들처럼 엉덩이에 물집이 생길 때까지 진득하니 기다려봐. 이왕 여기까지 왔는데 내일 또 무슨 일이 벌어질지 어떻게 알겠나?"

정 의장의 잔소리가 계속될까 봐 박 비서관이 말을 돌렸다.

"… 그런데 냉면은 괜찮았습니까?"

정 의장이 박 비서관의 질문은 무시하고 거산 스님에게 말을 건넸다.

"형님, 북관대첩비 회담은 함흥냉면을 먹으면서 해야 하는데, 평양냉면이라~ 내일은 함흥냉면을 먹자고 할까요?"

거산 스님이 정 의장의 말을 알아듣고는 고개를 끄덕였다.

"그래, 그게 좋겠어. 나야 부처님 말씀이 전문이지 정치꾼 일은 젬병이야. 그런 글은 솜씨가 부족하니 자네가 수고 좀 하게."

"형님답지 않게 겸양은 무슨. 하여간 같이 연구 좀 합시다."

그런 두 사람의 대화에 박 비서관이 어리둥절한 표정으로 고개를 갸웃했다. 거산과 정 의장이 두런두런하며 말을 나눴다. 그러다가 정 의장이 박 비서관에게 뜬금없는 질문을 던졌다.

"자네는 회의결과를 빨리 알고 싶지 않나? 여기서 기다리기 지루하지 않아?"

박 비서관이 공감하지만 어쩔 수 없다는 듯 말했다.

"저야 그러고 싶지만 정부 측 인사는 참석하지 못하게 되어 있어서."

정 의장이 박 비서관의 말을 끊고는 강요하는 투로 말했다.

"노인네 둘이서 가니까 체면이 안 서네, 형님은 내가 수발 들면 되지만, 내 시중 들어줄 사람이 없어서. 자네가 내 비서라 그러고 동행해. 그리고 민족운동중앙회 비서관으로 명함도 파가지고 왔잖아."

정 의장의 제안에 박 비서관이 식겁하고 손사래를 쳤다.

"그래도 안 됩니다."

그런 박 비서관을 보던 정 의장이 아무렇지도 않게 거산 스님에게 말했다.

"형님, 내일 회담 결과는 우리만 알고 있죠, 뭐."

박 비서관이 울상을 지으며 구원을 청하는 눈길로 거산 스님을 보았다. 순간, 거산 스님은 눈을 감고 명상에 잠겨버렸다. 거산 스님의 외면에 박 비서관이 다시 정 의장을 보자, 휑하니 방으로 들어가 버렸다.

다음날 아침 7시. 박 비서관은 상부에 보고할 서류를 작성하고 있었다. 문 두드리는 소리가 들렸다. 잘못 들었다는 생각에 계속 일하는데, 다시 문 두드리는 소리가 날카롭게 들렸다. 박 비서관은 자리에서 일어나 나가보았다. 건장한 남자 두 명이 문 앞에 서 있었다. 투박한 눈빛의 남자가 신분증을 꺼내 보여주었다. 북한대사관 직원이었다. 강한 북한 억양의 말투로 박 비서관에게 말했다.

"모시고 오라는 명령을 받았습니다. 준비하시지요."

어리둥절한 표정으로 박 비서관이 시간을 봤다. 아침 7시였다.

"약속시간은 11시로 알고 있습니다."

북한대사관 직원이 단답형의 건조한 어투로 말했다.

"변경되었습니다."

그 말만 하고는 묵묵히 서 있었다. 더 이상의 질문은 하지 말라는 태도였다. 굳은 자세로 대기하는 북측 대사관 직원을 보던 박 비서관은 어쩔 수 없이 거산 스님과 정 의장에게 보고하기 위해 돌아섰다.

박 비서관은 북한 측이 갑작스럽게 시간을 변경한 이유를 알 수 없었다. 정말 예측하기 힘든 상대라는 생각이 들었다. 하지만 어쩔 수 없었다. 무조건 일을 성사시켜야 했다. 무슨 연유인지는 모르겠지만, 어느 순간부터 박 비서관에게 북관대첩비를 회수해 원적지로 복귀시키는 것은 단순한 공적 업무를 넘어 중요한 내적 사명감으로 다가와 있었다.

북측은 이미 호텔 앞에 검은 세단을 대기시켜놓고 있었다. 갑작스러운 시간 변경에 거산 스님과 정 의장은 피곤한 모습이었다. 게다가 박 비서관은 예정에도 없던 참석인 데다가 급작스럽게 변경된 일정 때문에 신경이 불안해져 입안이 바싹 말라갔다. 차를 타고 가는 내내 북측 직원들은 시간 변경 이유에 대해 한마디 설명도 없었다.

승용차가 평양식당 앞에 정차했다. 운전기사가 건조한 태도로 문을 열어주었다. 식당 문 앞에는 다른 요원들이 기다리고 있었다. 승용차를 운전하고 온 북측 직원들은 그들에게 거산 스님과 정 의장을 인수하고는 사라졌다.

새로운 요원은 어제 회동한 장소를 지나쳐 더욱 안쪽으로 들어갔다. 이른 아침의 평양식당은 낯설었다. 복도 끝으로 경호원으로 보이는 건장한 체구의 남자 두 명이 보였다. 세 사람은 '귀빈실'이라고 쓰여 있는 홀 앞에서 경호원들에게 인계되었다. 경호원은 거산 스님과 정 의장 그리고 박 비서관의 신분을 면밀하게 확인했다. 그러고는 세 사람을 귀빈실 안으로 인도했다.

내부는 넓었다. 들어가 보니 익숙한 얼굴들이 대기하고 있었다. 고원길과 심상정이 자리에서 일어나 일행을 반갑게 맞이했다. 그들 뒤로 못 보던 인물이 앉아 있었다. 덩치가 상당히 컸다. 남자가 자리에서 일어나 세 사람에게 다가왔다. 고원길이 그를 소개해주었다.

"당에서 력사 관련 사상 책무를 맡고 계신 이충도 동지입니다."

호인다운 인상의 이충도가 거산 스님에게는 합장으로 인사하고는 정 의장에게는 손을 내밀어 악수를 청했다. 연이어 박 비서관과 악수하던 이충도가 손에 힘을 주었다. 박 비서관의 입에서 자신도 모르게 신음이 흘러나왔다. 이충도는 박 비서관이 남한의 정부 인사라는 것을 이미 알고 있다는 듯 싱긋 웃어주었다. 이충도의 웃음에 박 비서관이 움찔했다가 얼른 자리를 찾아갔다.

자리에 앉은 이충도가 벽에 붙어 대기하는 남자에게 손짓했다. 남자가 식탁 위에 투박한 모양의 일제 소니 구형 녹음기를 올려놓았다. 녹음 버튼을 누르자 녹음기가 빨간 불빛을 깜빡이며 돌아가기 시작했다.

이충도가 갑자기 돌발적인 어투로 말을 꺼냈다. 이충도의 목소리는 홀을 쩌렁쩌렁 울리며 좌중을 압도했다.

"남조선은 미제의 앞잡이 아닙니까?"

갑작스러운 이충도의 도발에 사람들이 경직되었다. 심상정이나 고원길은 별 말을 하지 않았다. 아마도 이충도가 실질적으로 회담을 주도하는 북측 대표로 보였다. 계속해서 이충도가 목청을 높였다.

"위대하신 수령 동지의 장례식 문상을 막을 정도로 몰염치한 남한 정부가 어떻게 민족의 혼불인 북관대첩비 환수에 참여하겠다고 나서는지 모르겠습니다."

그러면서 이충도가 경고의 눈빛으로 박 비서관을 힐끗 보았다. 순간, 박 비서관은 정체가 들통 났다는 생각에 불안한 얼굴로 옆의 정 의장에게 바짝 붙어 앉았다. 거산 스님이 그런 박 비서관을 '불쌍한 놈'이라는 표정으로 측은하게 보았다. 이충도가 계속해서 남한 정부를 성토했다.

"게다가 남조선 인사 중에는 원쑤 같은 왜놈들과 붙어먹으며 같은 민족을 비난하는 매국노들이 지천에 깔렸습니다. 이런 상황에서 어떻게 우리가 남측을 믿고 함께 일을 추진할 수 있겠습니까?"

정 의장의 뇌리에 윤 의원이 떠올랐다. 윤 의원은 남북 간의 긴장을 조성하며 조직적으로 화해 분위기를 방해하고 있었다. 정 의장이 담담하게 말을 받았다.

"이것은 남한 정부가 주도하는 일이 아닙니다. 남한은 북한과 다르다는 것을 아시지 않습니까? 대통령이 5년마다 바뀝니다. 그러면 정책이 바뀔 텐데, 어떻게 이런 민족적 대사를 한시적인 정부에 맡길 수 있겠습니까? 20여 년 넘게 남한에서 북관대첩비 환수를 진행해오는 동안 말들은 많았지만 실천되지 못한 것은 그런 까닭도 있습니다. 그래서 거산 스님과 본인은 남한 정부와 관계없이 오랫동안 환수를 추진해왔습니다."

정 의장의 말을 가만히 듣고 있던 이충도가 호탕하게 웃었다.

"하여간 쉽지 않은 일입니다. 산들이 많습니다, 넘어야 할 산들이. 이 일은 원쑤 같은 일본놈들이 북조선에 무릎 꿇고 손이 발이 되도록 천번만번 싹싹 빌어야 해결됩니다. 천벌받을 왜놈들은 두 번씩이나 우리 민족을 짓밟지 않았습니까? 얼마나 많은 인민이 그놈들의 총칼에 당했습니까? 북관대첩비를 원 소재지인 김책시에 고이 모시고 와 백배사죄와 함께 가져다 바쳐도 시원찮을 판국에 온갖 핑계를 대며 이러쿵저러쿵 지연시키고 있습니다. 이게 말이나 될법한 일입니까? 일본놈들은 임란과 일제의 압제에 고통받은 조상의 원혼들에게 진정으로 빌고 직접 가져와야 합니다. 이것이 확고부동한 북조선 인민의 바람입니다. 정 선생도 통일이 될 때까지 기다리시죠. 통일이 되면 일본놈들이 직접 북조선으로 갖고 들어오면 됩니다."

어이가 없다는 얼굴로 정 의장이 답변했다.

"통일이 그리 쉽게 되겠습니까?"

이충도가 정 의장을 노려보았다.

"정 선생은 통일에 대한 신념이 부족하시군요?"

"현실을 말하는 거 아니요, 현실."

정 의장의 말에 이충도가 혀를 차며 책망했다.

"미국 교육을 너무 받으신 것 같습니다."

정 의장도 지지 않고 맞대응했다.

"거, 이 선생도 중국 교육을 너무 받은 것 같소이다."

날카롭게 발톱을 세워봤던 정 의장과 이충도가 본격적으로 회담의 주제를 파고들었다. 이충도가 선수를 쳤다.

"민족 비석인 북관비가 이렇게 북남의 흥정물이 되어서야 되겠습니까?"

정 의장이 강하게 반발했다.

"말이 과하십니다. 대첩비는 흥정의 대상이 아니잖습니까?"

이충도가 의구심에 가득 찬 질문을 던졌다.

"통일이 되면 그냥 일본에서 직접 찾아오면 됩니다. 대첩비가 굳이 남조선을 거쳐서 북조선으로 와야 하는 무슨 숨겨진 리유라도 있습니까?"

"진정 그렇게 생각하십니까?"

"북에서는 우리가 모르는 남측의 불순한 의도가 있다고 보고 있습니다."

"이유는 간단합니다. 100년이 넘어가면 영원히 못 돌아올 수 있습니다. 일단 가져오고 봐야죠."

어이가 없다는 듯 이충도가 힐난하듯 물었다.

"누가 그럽니까? 쓸데없는 숫자에 집착하지 마시지요. 정 선생은 풍수전문가라 들었는데, 100년이든 200년이든 미신입니다."

"비석 전문가인 제가 보기에는 비석이 너무 낡고 금도 많이 갔습니다. 상태가 너무 부실합니다. 더 이상 버티기가 힘듭니다."

"그런데 왜 하필 100년입니까? 정확한 근거라도 있습니까?"

대답이 군색해진 정 의장이 거산 스님을 보았다. 그러자 거산 스님이 이충도에게 엉뚱한 답변을 했다.

"부처님의 계시입니다."

이충도가 거산 스님의 대답에 황당한 표정이 되었다. 그런데 심상정은 거산 스님의 말에 공감하는 듯 고개를 끄덕였다. 정 의장도 거산 스님에게 잘했다는 듯 격려의 눈빛을 주었다. 순간, 이충도가 이의를 제기했다.

"우리는 유물론자입니다. 그런 비과학적 발언은 납득할 수 없습니다."

이충도의 발언에 장내는 물을 끼얹은 듯 조용해졌다.

한동안 침묵이 흘렀다. 그때 있는 듯 없는 듯 있던 박 비서관이 조심스러운 목소리로 입을 열었다.

"북관대첩비의 무게는 480kg입니다. 재질은 화강암으로 기본적인 압축강도 500~1,940kgf/$cm^2$, 인장강도 37~50kgf/$cm^2$, 휨강도는 104~132kgf/$cm^2$ 그리고 비중은 2.61~2.72입니다. 북관대첩비에 얹혀 있는 돌의 무게가 거의 1톤이라고 보았을 때, 매년 약 5kg 정도 하중이 삭감됩니다. 결국 북관대첩비의 내구연한은 100년 미만으로 봐야 할 것입니다. 이를 통해 추론해볼 때 특단의 조치를 취하지 않는다면 북관대첩비가 온전한 형태로 유지되는 것은 금년이 마지막이라고 볼 수 있습니다."

박 비서관의 논리정연한 말에 장내가 숙연해졌다. 이충도도 할 말이 없는지 조용히 있었다. 정 의장이 박 비서관을 대견하다는 눈빛으로 보았다. 그러다가 칭찬해달라는 얼굴로 자신을 바라보는 박 비서관과 눈이 마주쳤다. '저놈의 기를 살려주면 앞으로 다루기 힘들어지는데'라는 생각에 정 의장이 얼른 고개를 돌리며 표정 관리를 했다. 그러고는 분위기를 전환하려고 음식을 주문했다.

"이 선생, 좀 쉬었다 갑시다. 아침도 못 먹고 잠자다 끌려왔습니다. 배고파서 못살겠습니다. 여기 함흥냉면도 있습니까? 시간도 오래 돼서 허기가 지내요."

갑작스러운 정 의장의 주문에 이충도의 눈치를 보던 고원길도 배가 출출했던지 동의했다.

“평양식당이지만 함흥냉면도 괜찮습니다. 이 동지, 밥이나 먹고 하지요.”

거산 스님도 소리쳤다.

“아무리 중이라도 먹고는 살아야지. 나도 한 그릇 줘.”

이충도가 웃으며 소리쳤다. 목소리가 우렁차기가 천둥 같았다.

“다 먹고살자고 하는 일인데, 같이 배나 채우고 계속 합시다.”

그러자 고원길이 종업원을 불렀다. 정 의장이 한바탕 열변으로 기진맥진해진 박 비서관을 보고는 고원길에게 청했다.

“제 비서 것은 곱빼기로 부탁합니다. 배가 고픈지 후들거리네요. 젊은 친구라서 배가 많이 고팠을 겁니다.”

긴장한 상태로 있던 박 비서관이 갑작스러운 정 의장의 주문에 보통으로 변경하려다가 지그시 보는 정 의장의 눈빛에 눌려 아무 말도 못했다. 얼마 안 있어 함흥냉면이 도착했다. 다들 맛있게 먹었다. 물론 박 비서관은 괴로웠다. 깨작거리며 먹는 박 비서관을 보고는 고원길이 물었다.

“박 선생은 입맛에 안 맞는 거 같습니다. 왜 그렇게 천천히 드십니까?”

박 비서관이 얼떨결에 대답했다.

“너무 맛있어서 아껴먹으려고요.”

고원길이 웃으며 말했다.

“그러실 필요까지 없습니다. 여기 한 그릇 더 줘요!”

박 비서관이 고원길에게 고맙다고 인사하며 한숨을 쉬었다. 맛있게 먹는 거산 스님과 정 의장을 보고는 고원길이 만족스러운 얼굴로 물었다.

"두 분도 드실 만하신 것 같습니다."

"평양냉면만 먹다가 이번에 함흥냉면을 먹어보니 괜찮은데요. 이 선생은 어떻습니까?"

식사 때문인지 적당히 기분이 누그러진 이충도가 웃으며 젓가락을 들어 면을 보여주었다. 이충도는 다른 사람들과는 달리 면을 끊는데 가위의 도움을 받지 않고 그대로 먹었다.

"제 고향이 함경도입니다. 저야 늘상 먹어오던 것이니 맛있는지 맛없는지도 잘 모르겠는데 얼마 동안 안 먹으면 그리워지는 건 사실입니다."

거산 스님이 반갑게 이야기를 받았다.

"들었는지 모르겠지만, 내 고향이 회령이오. 이 선생은 어디요?"

이충도가 빙긋 웃으며 거산 스님을 보았다.

"경성입니다. 스님과는 그리 멀지 않습니다."

"오늘 분위기가 무척 좋습니다. 냉면 맛도 아주 좋고. 남한의 냉면집이란 냉면집은 전부 가봤습니다. 취향에 따라 다르겠지만, 이것보다 맛있는 냉면은 찾기 힘듭니다."

정 의장의 말에 거산 스님이 웃으며 보장해주었다.

"정 의장이 냉면 맛에 일가견이 있다는 건 부처님의 이름을 걸고 내가 보증하지."

정 의장이 기분 좋은 표정의 이충도를 보고는 틈을 놓치지 않고 제안했다.

“어제는 평양이고 오늘은 함흥이라~. 우리도 분위기 한번 바꿔보는 게 어떻겠습니까? 정부 간의 합의서를 쓰려고 온 것도 아니고 조선불교도련맹과 한일불교복지협회 그리고 민족운동중앙회 간의 합의서 교환이잖습니까? 민간단체니까 큰 부담도 없고 그럴 리는 없겠지만, 혹시라도 일이 어긋나면 나중에 발 빼기도 괜찮지 않겠습니까?”

정 의장의 급작스러운 제안에 잠시 이충도가 침묵했다. 정 의장이 계속해서 여유를 주지 않고 밀어붙였다.

“어차피 양측 다 정부의 공식단체는 아니니 가능하지 않습니까? 그리고 북관대첩비가 있는 야스쿠니는 김정일 장군님의 뜻도 중요하지만 부처님의 방편이 더 강하게 작용하는 공간이기도 하고요.”

거산 스님이 부처님과 함께 연륜을 들먹이며 이충도를 압박했다.

“이 모든 게 부처님의 뜻일 겝니다. 내가 칠십 평생 살면서 알아낸 인생의 비밀인데, 이런 일은 인력으로 되는 게 아닙니다.”

거산 스님의 말이 끝나자마자 심상정도 동의한다는 듯 고개를 끄덕였다. 그에 반해 이충도는 무거운 얼굴이었다. 북측을 대변하는 이충도의 입장에서 이번 사항은 단독으로 결정하기 어려운 일이었다. 로동당원인 이충도는 공산주의자이기도 했지만 동시에 민족주의자였다. 그 역시 북관대첩비를 일본에서 하루 빨리 가져오고 싶었다. 흔들리는 이충도를 보던 정 의장이 틈을 주지 않으려는 듯 가방을 열어 합의서를 꺼냈다. 이것은 심상정의 뜻을 받아 거산 스님과 함께 밤사이 작성한 초안이었다.

“미리 작성해본 합의서 초안입니다.”

박 비서관은 무슨 상황인지 몰라 당황했다. 정부의 승인하에 합의서 초안을 작성하기로 약속되어 있었기 때문이다. 하지만 간밤에 자신도 모르게 두 사람이 작성했던 것이다. 돌발사태에 박 비서관이 우왕좌왕했지만, 이미 일은 벌어지고 있었다.

정 의장이 심상정에게 합의서를 건네주었다. 나름 역사적인 순간이며, 박 비서관으로서는 뒤통수를 맞는 순간이었다. 게다가 합의서 내용이 무엇인지 짐작조차 할 수 없었다. 아마도 거기에 정부의 입장은 조금도 들어가 있지 않을 것이라고 짐작했다. 박 비서관의 심경은 괴로웠다. 하지만 그런 박 비서관과는 상관없이 일은 진행되고 있었다. 구두로는 아무런 약속도 하지 않았지만 이심전심以心傳心의 심정이었던 심상정도 즉시 합의서를 받아들고 신중하게 확인해보았다. 이상 없다는 듯 고개를 끄덕이고는 이충도에게 건넸다. 심상정의 손에 들린 합의서를 망설이며 보던 이충도도 어쩔 수 없다는 듯 받아들고 읽어보았다. 그러다가 합의서를 정 의장에게 도로 건네며 난색을 표했다.

"아직은 때가 아닌 것 같습니다. 그만 일어나야겠습니다."

회담 중단 선언이었다. 이충도가 서둘러 자리에서 일어나려 했다. 박 비서관의 얼굴이 일그러지며 당혹한 표정으로 거산 스님과 정 의장을 번갈아 보았다. 거산 스님이 형형한 눈빛으로 이충도를 보았다. 명상으로 다져진 거산 스님의 안력에 이충도가 주춤했다. 거산 스님이 일갈했다.

"어딜 일어나! 자리에 앉아!"

이충도는 거산 스님의 호통에 발길을 떼지 못했다. 그 순간을 놓치지 않고 정 의장이 진지한 표정으로 입을 열었다.

"… 지금 이 순간에도 한민족의 정기가 무거운 돌에 눌려 있습니다. 어쩌면 한민족의 염원인 통일이 지연되는 이유 중 하나일지도 모릅니다."

자리에서 일어나던 이충도가 순간적으로 멈칫했다. 한동안 이충도가 복잡한 표정으로 정 의장을 보았다. 그러고는 결심한 표정으로 말했다.

"잠시만 기다려보시지요."

이충도가 합의서를 들고 자리에서 일어나 사라졌다. 이충도의 뒷모습을 정 의장이 간절한 표정으로 바라보았다. 이충도가 사라지자 거산 스님은 최대한의 법력을 끌어올리려는 듯 심상정과 눈을 맞추고는 눈을 감았다. 심상정 역시 눈을 감았다. 명상과 기도를 통해 무언가를 끌어내려는 듯했다. 기도하는 두 스님의 모습은 정말 간절해 보였다. 정 의장과 박 비서관은 그런 두 사람의 마음을 이해하고 응원하겠다는 듯 동시에 눈을 감고 보이지 않는 누군가를 향해 빌었다. 덩달아 고원길도 눈을 감고 함께 기도했다.

이충도가 사라진 지 30분 이상 흘렀다. 긴장의 순간이 지나고 드디어 이충도가 나타났다. 이충도는 눈을 감고 기도하는 네 사람을 보고는 뭐하는 일인가 의아해했다. 도무지 눈을 뜰 생각을 하지 않는 사람들을 보고는 헛기침을 했다.

인기척을 느낀 정 의장이 먼저 눈을 떴다. 앞에 이충도가 서 있었다. 그의 손에는 팩스 용지가 들려 있었다. 주위를 둘러보니 아직도 거산 스님과 심상정은 염원이 담긴 기도를 하고 있었다. 그리고 고원길과 박 비서관은 졸고 있었다. 한심한 표정으로 보던 정 의장이 박 비서관을 큰 소리로 불렀다.

"자나?"

정 의장의 목소리를 들은 박 비서관이 화들짝 놀라서 깼다. 옆에서 졸던 고원길도 잠에서 깼다. 두 사람이 눈을 떠보니 언제 다시 돌아왔는지 이충도가 앞에 앉아 있었고 두 스님은 여전히 기도에 몰두하고 있었다. 잠에서 깬 박 비서관을 본 정 의장이 이제는 거산 스님을 불렀다.

"형님!"

정 의장의 소리에 거산 스님과 심상정이 기도에서 깨어났다. 그들의 얼굴은 매우 평안해 보였다. 무언가 확신을 얻은 것처럼 보였다. 부처님의 응답을 들었다는 표정이었다. 모두 깨어나자 이충도가 가져온 팩스 용지를 먼저 심상정에게 주었다.

"몇 자 고쳤습니다. 위원장께서는 살펴보시지요."

합의서의 서명 주체는 심상정이었다. 이충도도 형식적 절차가 필요했던 것이다. 심상정이 합의서를 받아들고 살펴보았다. 이상이 없다는 듯 이충도에게 고개를 끄덕여주었다. 심상정의 추인을 받은 이충도가 정 의장에게 합의서를 건넸다.

"이걸로 합시다."

이충도는 이 합의서 문구는 더 이상 고칠 수 없다는 듯 단호한 어조로 말했다. 긴장한 표정으로 합의서를 받아든 정 의장이 거산 스님에게 먼저 건넸다. 거산 스님은 볼 것도 없는지 한 차례 훑어보고는 다시 정 의장에게 건넸다. 정 의장은 한 글자 한 글자 면밀히 검토했다.

# 합 의 서

북과 남(남과 북)은 우리 민족의 귀중한 력사유물인 북관대첩비(임진왜란승전비)를 일본에서 되찾아오려는 일치한 념원으로부터 다음과 같이 합의한다.

1. 북남(남북)은 북관대첩비를 반환받아 원소재지에 세우기 위한 애국불사를 서로 힘을 합쳐 공동으로 추진한다.
2. 북남(남북)은 북관대첩비 인도인수와 관련한 행사를 개성 또는 금강산 지역에서 한다.
3. 북남(남북)은 6 · 15 공동선언의 실천에 적극 나서며 북관대첩비 인도인수와 관련한 행사를 통하여 우리 민족의 대단결을 도모하고 민족자주, 반전평화, 통일애국의 의지를 내외에 과시한다.

2005년 3월 28일

북측 조선불교도련맹

남측 한일불교복지협회 · 북관대첩비 민족운동중앙회

정 의장 옆에 앉아 있던 박 비서관이 내용을 보려고 기웃거렸다. 정 의장이 매몰차게 몸을 돌려 박 비서관의 시야를 차단했다. 합의서를 다 훔쳐보지 못한 박 비서관이 황당한 얼굴로 정 의장을 보았다. 그런 박 비서관은 괘념치 않고 정 의장이 거산 스님에게 물었다.

"형님, 어떻습니까?"

거산 스님이 우렁차게 감사 인사를 던졌다.

"북측에서 저희 체면을 세워주시려고 많은 양보를 해주신 것 같습니다. 소승의 기분이 무척 흡족합니다. 다 부처님의 가피 같습니다."

거산 스님의 덕담에 정 의장이 기분 좋은 얼굴로 이충도를 보았다. 애써 무표정을 가장하고 앉아 있는 이충도의 표정이 미묘하게 변했다. 얼굴에는 기쁨이 슬쩍 숨어 있었다. 그런 이충도를 심상정이 자비롭게 보았다. 심상정이 먼저 펜을 들어 자신의 이름 옆에 힘찬 필체로 서명했다. 그리고 이어서 거산 스님이 멋들어진 한자로 '巨山'이라고 적었다. 마지막으로 정 의장도 서명했다. 드디어 남북 간의 북관대첩비 환수를 위한 민간부문 합의서가 작성되었다.

합의서를 작성한 남과 북의 사람들이 환담을 나누고 있었다. 기분 좋은 자리였다. 거산 스님이 심상정과 이충도에게 제안했다.

"이 선생을 번거롭게 하는 일일 수도 있어서 미안하기도 한데, 내 고향 후배 같아서 부탁 좀 하겠네. 일본 정부가 이 합의서에 대해 정부 간 합의가 아닌 종교적인 합의라고 트집을 잡으면서 합의서를 인정하지 않을 수도 있어요. 북한 정부가 이 합의문을 지지하는 성명을 공식 발표해줄 수 있겠나?"

어느새 거산 스님이 이충도에게 반말을 하고 있었다. 심상정과 이충도가 서로를 보며 웃었다. 이충도가 시원하게 답변해주었다.

"이왕 줄 거라면 빤스까지 벗어주라는 말이 있잖습니까? 큰스님, 빤스까지 벗어드릴 테니 북관대첩비를 하루라도 빨리 가져다주십시오. 젊은 친구 말대로 금이 가서 부서지면 큰일 납니다."

이충도의 말에 박 비서관이 고개를 끄덕였다. 정 의장이 이충도의 통 큰 선심에 화답해주었다.

"제가 비석 전문가입니다. 환국하기 전까지는 부서지지 않는다고 장담합니다. 비석에 어린 조상의 얼이 지켜줄 겁니다."

북측과의 모든 의제가 끝났다.

다들 기분 좋은 얼굴로 귀빈실을 나섰다. 정 의장이 이충도에게 물어보았다.

"합의서도 마무리 지었으니 이 선생께 편하게 질문 하나 해도 되겠지요?"

이충도가 웃으며 너스레를 떨었다.

"이제 볼 장 다 봤으니까 궁금한 거 막 물어보셔도 됩니다. 저야 맘에 안 들면 대답 안 하면 그만이니까. 그래, 정 선생께서 궁금한 게 뭡니까?"

정 의장이 기분 좋게 웃으며 물었다.

"별건 아니고, 갑작스럽게 약속 시간을 변경한 이유가 뭡니까?"

이충도가 주저하지 않고 대답해주었다.

"우리 측 방침입니다."

정 의장의 얼굴이 황당해졌다가 이해한다는 듯 고개를 끄덕였다. 이충도가 웃으며 정 의장을 보았다. 이충도가 자신을 바라보자 정 의장이 무슨 일인가 하는 눈으로 보았다. 정 의장을 응시하던 이충도의 표정이 조금 애잔해지며 말문을 열었다.

"정 선생, 앞으로 언제 다시 보게 될지 모르겠습니다. … 사회주의자로서 인연이라는 걸 믿어야 할지는 모르겠지만… 이렇게 되었으니 한시라도 빨리 비석을 보고 싶습니다. … 제 조상님은 이붕수 어른입니다."

베이징발 서울행 비행기가 하늘을 날고 있었다. 비행기에는 정 의장과 거산 스님 그리고 박 비서관이 동승하고 있었다. 거산 스님은 회담장에서의 기도로 너무 많은 기력을 소모했다며 원기회복을 위해 눈을 감은 채 명상에 잠겨 있었다.

정 의장은 무엇을 기다리는지 비행기 라디오 주파수를 북측의 평양방송에 맞추어놓고는 귀에 이어폰을 꽂고 있었다. 어느 순간 라디오에서 방송이 흘러나왔다. 정 의장이 얼른 자신의 왼쪽 귀에 꽂힌 이어폰을 뽑아 거산 스님의 귀에 꽂아주었다. 명상하던 거산 스님은 놀랐다가 이내 진지하게 들었다. 옆에서 보던 박 비서관도 자신의 라디오 주파수를 맞추고 얼른 귀에 이어폰을 꽂았다. 라디오에서는 '북관대첩비 반환에 관한 북남 베이징 합의'를 지지한다는 북한 정부의 성명서가 발표되고 있었다.

"보름 전인 3월 28일 베이징에 소재한 평양식당에서 력사적인 합의가 벌어졌다. 조선불교도련맹과 한일불교복지협회, 그리고 북관대첩비 민족운동중앙회는 일제가 수탈해간 조선의 혼불 북관대첩비를 일본놈들로부터 환수하는 데 힘을 모으기 위해 합의문을 작성했다. 조선인민민주주의공화국은 베이징합의문을 적극 지지하며 원쑤의 땅에서 신음하고 있는 북관대첩비를 하루 빨리 되찾아오기 위해 사력을 다할 것이다. 북관대첩비는 임진조국전쟁시기 정문부의병대가 함경도에 기어든 일제침략군을 장평, 림명, 단천, 백탑 등지에서 통쾌하게 격멸소탕하고 대승리를 거둔 것을 기념하여 세운 승전비로 일제의 침략적 · 략탈적 본성을 그대로 고발하는 력사의 '증견자'이기도 하다. 고려 말기부터 리조 초기에 이르기까지 400여 차에 걸쳐 우리나라에 기어들었던 왜놈 침략자들은 우리 인민에게 헤아릴 수 없는 불행과 고통을 들씌운 철천지 원쑤였다. 특히 1592년 4월 일본 사무라이 괴수였던 도요토미 히데요시를 필두로 20여만의 대병력으로 우리나라를 또다시 침략했다. 당시 도요토미는 제놈의 졸개들에게 조선 사람의 목을 잘라가지고 오니 불편하다, 귀를 잘라오니 두 개이므로 계산하기 힘들다고 하면서 코를 베어 소금에 절여서 가져오라고 명령했다. 그리고 코 '인수증'과 코 '감사장'까지 만들어 코를 잘라오는 놈들에게 주었다. 명령을 받은 놈들은 서로 경쟁이라도 하듯이 승벽내기로 우리 인민을 야수적으로 학살하고 코를 베었으며 늙은이와 어린이의 코까지 잘랐다. 그러고는 소금에 절이고 말리어 전쟁의 '로획물'로 제놈들의 땅으로 가져가는 귀축 같은 만행을 감행했다. 그리하여 일본 교토에는 '코무덤'까지 생겨났다. 이 얼마나 잔인하고 악착한 살인마들인가. 그러나 애국심에 불타는 우리 인민은 복수의 피를 끓이며 일본 침략자들의 침략으로부터 나라를 지키기 위한 싸움에 한사람같이 떨쳐나섰다. 락동강에서 홍의장군 곽재우가 높이 추켜든 의병의 장검은 전국에 의병투쟁의 불길을 지펴 올렸고, 거북선을 앞세운 리순신 장군의 수군함대는 남해에서 놈들의 수륙병진 전략을 통쾌하게 짓부숴버렸다. 함경도 일대에서도 의병들이 들고일어나 놈들을 쳐물리쳤다. 당시 함경도 북평사였던 정문부를 대장으로 한 의병대는 림명, 쌍포 등 전투들에서 적들에게 심대한 타격을 안기고 혁혁한 승리를 거두었으며, 단천에서 전투를 벌인 다음 백탑에서 마지막 전투를 벌여 적들을 최종적으로 격파함으로써 드디어 함경도 전 지역에서 침략자들을 완전히 몰아냈다. 정문부의병대의 맹렬한 활동은 임진조국전쟁의 국면을 전환시키고 인민을 반침략애국투쟁에로 불러일으켜 전쟁승리를 이룩하는 데서 중요한 의의를 가지었다. 우리 인민은 왜적을 반대하여 떨쳐 일어나 용감하게 싸운 의병들의 승리를 후세에 전하기 위하여 1708년 림명에 북관대첩비를 세웠다. 북관대첩비는 그 후 우리나라를 강제로 타고 앉은 간악한 섬나라 도적의 무리에 의해 불우한 운명에 처하게 되었다. 로일전쟁을 구실로 우리나라에 침입했던 일본침략군 이께다 놈은 1905년 림명마을을 돌아치다가 북관대첩비를 발견했다. 졸개놈들과 함께 비문의 내용을 읽어 내려가던 이께다 놈은 와뜰 놀랐다. 제놈의 선조들의 패망상이 낱낱이 기록되어 있었던 것이다. 이런 승전비가 있으면 조선인민의 반일감정이 높아지고 조선에 대한 저들의 식민지예속화 책동에 불리하다고 생각한 놈은 어떤 일이 있어도 북관대첩비를 그 자리에 그대로 둘 수 없다고 생각했다. 저들의 강도적 침략행위와 수치스러운 참패의 진상을 가리우고 우리 민족의 귀중한 력사유물을 유린말살하려는 교활하고 음흉한 목적 밑에 놈들은 기회를 노리다가 1906년 극비밀리에 북관대첩비를 제놈들의 땅으로 가져갔다. 북관대첩비를 손에 넣은 일제는 그것을 없애버리려고 했다. 그러나 북관대첩비는 석재와 조각술 등의 면에서 너무도 아름답고 우수했다. 민족배타주의가 골수에 사무치고 야만적이었던 일제는 조선민족의 정기가 살아나지 못하게 해야 한다고 하면서 한 톤이나마 되는 돌을 올려놓고 북관대첩비를 짓눌러놓았다. 행방불명되었던 북관대첩비가 일본 땅에 있다는 것이 밝혀진 후에도 일본군국주의자들은 그 사실을 흑막 속에 묻어버리려고 악랄하게 책동해왔다. 더욱이 엄중한 것은 우리 인민의 귀중한 민족문화유산인 북관대첩비를 제2차 세계대전 시기 조선과 아시아 인민에게 커다란 불행과 재난을 들씌운 전범자들의 '망령'들이 떠도는 '야스구니진쟈'의 한쪽 구석에 처박아놓은 것이다. 그러나 진실은 밝혀지기 마련이었다. 북관대첩비를 강탈하고 영원히 없애버리려고 책동한 일제의 죄행은 만천하에 드러나 우리 인민의 민족적 분노를 터뜨려놓았다. 우리 인민은 온 민족의 단합된 투쟁으로 우리 선조들의 반침략투쟁의지를 보여주고 슬기와 지혜를 보여주는 북관대첩비를 강탈당한 지 100년 만에 다시 찾아오기 위해 남조선과 베이징에서 합의했다. 북관대첩비는 일제야말로 오래전부터 우리나라를 침략하고 우리 인민을 야수적으로 학살한 피에 주린 살인마, 인간도살자이며 인륜도덕도 문화도 모르는 날강도 무리라는 것을 고발하는 력사의 증견자이다. 이 비를 보는 사람마다 일제에 대한 증오로 치를 떨고 있다. 오늘 일본반동들은 지난날 우리 인민에게 저지른 저들의 야만적인 범죄행위에 대하여 인정하고 사죄할 대신 오히려 반공화국적 대시정책을 더욱 로골화하고 있다. 우리 군대와 인민은 선군의 총대를 더 억세게 틀어잡고 사회주의 내 조국을 철옹성같이 굳게 지키며 지난날 일제가 저지른 죄악의 대가를 천백 배로 기어이 받아낼 것이다. '베이징 합의'를 지지하며 북관대첩비는 제 자리로 반드시 돌아와야만 한다."

한참을 듣던 거산 스님과 정 의장의 표정이 환해졌다. 그런데 거산 스님이 불안한 표정으로 덧붙였다.

"동생, 일본 사람들을 만날 텐데, 성명문이 너무 센데."

"지지는 확실하게 했네요. 형님 뜻대로 되어서 좋겠네요."

"그렇지? 기분 좋은데, 계속해서 피로회복 명상을 해야겠네."

그러고는 거산 스님은 다시 기분 좋은 얼굴로 눈을 감고 명상에 잠겼다. 그 모습을 보는 박 비서관의 얼굴은 더욱 울상이 되었다. 아직도 정 의장이 합의서를 보여주지 않아 내용파악이 되지 않았던 것이다. 정부에서는 계속해서 합의서를 보내달라고 재촉했다. 박 비서관이 볼멘소리로 중얼거렸다.

"성명서까지 발표했는데 왜 안 보여주시는 거예요? 그리고 보여주지도 않으실 거면서 왜 그 자리에 데려간 겁니까? 저도 합의서 작성에 도움이 됐잖아요."

정 의장이 아직 멀었다는 얼굴로 혀를 끌끌 차며 대답했다.

"도움은 무슨, 데려간 것만도 감사하게 여겨야지. 안 가겠다는 걸 억지로 데려갔더니 이제 보따리 내놓으라는 거야? 데려가지 않았으면 합의서를 작성했다고 해도 믿지 않았을 거 아니야. 증인으로 참석시킨 거야."

기가 막힌다는 표정으로 박 비서관이 항의했다.

"이제 북한에서 발표했잖아요. 보여주세요. 정부에는 뭐라고 보고합니까? 제발 보여주세요."

박 비서관이 정 의장에게 계속 졸라댔다. 그런 박 비서관을 보던 정 의장이 은근한 목소리로 물었다.

"자네는 뿌듯하지 않나? 이런 역사적 현장에 동참했다는 것이."

정 의장의 말을 들은 박 비서관의 얼굴에 순간적으로 자랑스러움이 묻어났다.

"이런 일에 참여하기가 정말 힘든 거야. 연때도 맞아야 하고 운도 따라야 하고, 노력으로만 되는 일이 아니라고. 이렇게 하나하나 난관을 돌파하다 보면 언젠가는 결과물을 얻을 수 있는 거지."

정 의장의 말에 기분이 좋아졌던 박 비서관의 표정에 근심이 어렸다.

"의장님, 그건 그런데 제발 좀 살려주세요. 옆에 데리고 다니는 비서가 직장에서 바보소리 들으면 기분 좋으시겠어요?"

정 의장이 박 비서관의 말에 고개를 끄덕이고는 슬쩍 말을 던졌다.

"안 좋지. … 그러면 야스쿠니신사에서 궁사를 만날 때 일본 정부 담당자도 참석할 수 있도록 자리를 마련해줄 수 있겠어? 궁사가 꼭 막판에는 일본 정부 핑계를 대더란 말이야."

박 비서관이 난색을 표했다.

"이 일에는 원칙적으로 민간이 주가 되고 정부는 참여하지 못하게 되어 있습니다. 건의는 해보겠지만."

박 비서관의 말에 정 의장의 태도가 금방 돌변했다. 고개를 외면하며 중얼거렸다.

"그럼 관둬. 합의서고 뭐고 우리가 알아서 하겠네."

명상에 잠겨 있던 거산 스님이 눈을 번쩍 뜨고 박 비서관을 보았다. 그런 두 사람을 보던 박 비서관이 되물었다.

"일본 정부 관계자만 참석하면 해결됩니까? 무슨 묘책이 있으세요?"

정 의장이 빙긋 웃으며 대답했다.

"글쎄~."

정 의장의 모호한 대답에 박 비서관의 얼굴에 화색이 돌았다. 무슨 복안이 있을 것이라는 확신이 들었기 때문이다.

"말씀 좀 해주세요. 일이 돌아가는 거 같은데 잘 몰라서요."

공짜로는 가르쳐줄 수 없다는 듯 정 의장이 조심스럽고 나직하게 속삭였다.

"일단 일본 정부 담당자와 자리부터 마련해. 미리 알려고 하지 말고. 일이 성사되려면 반드시 보안을 지켜야 하거든."

박 비서관도 덩달아 조용히 졸랐다.

"제가 입이 무겁다는 소리는 듣는 편입니다. 말씀 좀 해주세요."

박 비서관을 보던 정 의장이 싫으면 관두라는 듯 고개를 돌리며 혼잣말하듯 중얼거렸다.

"내가 말해주면 윗선에 쪼르르 보고할 거 아니야. 난 원칙적으로 정치하는 사람들 잘 안 믿거든. 관둬, 내가 알아서 자리 마련할 거니까."

울상이 된 박 비서관이 정 의장에게 제안했다.

"… 제가 맡아서 하겠습니다. 그러면 의장님도 제 질문에 대답해 주십시오."

약간 심각한 표정의 박 비서관을 정 의장이 눈살을 찌푸리며 뭐냐는 얼굴로 보았다. 박 비서관이 진지하게 물었다.

"북한 스님은 승복 안 입습니까?"

별 쓸데없는 질문을 한다는 듯, 정 의장이 무시하는 표정으로 대답해주었다.

"보면 모르겠나?"

간단한 정 의장의 대답에 박 비서관이 멍한 표정이 되었다. 옆에 있던 거산 스님이 별 싱거운 질문 다 봤다는 듯 박 비서관을 무미하게 보다가 눈을 감고 다시 명상에 잠겼다. 그러다가 생각이 났다는 듯 박 비서관이 재차 졸랐다.

"합의서 좀 주세요. 위에 보고해야 합니다."

정 의장이 그런 박 비서관을 보고 다짐 받았다.

"보여줄게. 그런데 분명히 알아둬. 자네나 정부나 우리에게 빚진 거야. 일본 일은 반드시 책임지고 성사시켜야 해."

알았다는 듯 박 비서관이 고개를 끄덕였다. 정 의장이 덧붙였다.

"일본말 공부 안 해? 이번 통역은 자네라 그랬지. 그리고 회담을 대비해서 북관대첩비에 대한 연구도 좀 하고."

그러자 박 비서관이 구시렁거리며 가방에서 서적을 꺼냈다. 그런 박 비서관을 보고는 정 의장이 슬며시 미소 지었다.

인도네시아 자바섬에 위치한 수도 자카르타의 대형 호텔 회담장은 분주했다. 모든 아시아 국가가 참석한 대형 국제회의가 개최되고 있었기 때문이다. 이 와중에 남한과 북한은 '북관대첩비'라는 열쇠로 경색된 남북관계를 풀기 위한 회동을 가지고 있었다. 참석자는 남한의 총리와 북한 최고인민회의 상임위원장이었다. 총리와 상임위원장이 긴장한 표정으로 인사를 나누었다.

"오랜만입니다, 위원장님."

"북남이 얼굴을 못 본 지도 벌써 1년여가 다 되어가지요."

분위기를 부드럽게 하려고 총리가 농담이 섞인 덕담을 던졌다.

"이렇게 외국에서 만나면 돈도 들고, 이런 돈들은 우리 민족을 위해 써야 하는데 이게 무슨 낭비인지 모르겠습니다. 북관대첩비로 이렇게나마 만나게 되니 정말 기분이 상쾌합니다."

조금 어색함이 풀렸는지 상임위원장도 기분 좋게 화답했다.

"총리님 안색이 훤하신 걸 보니 제 마음도 넉넉해집니다. 잘 풀릴 것 같습니다. 이러다 보면 조금씩 북남 간에 대화 물꼬를 틀 수 있지 않겠습니까?"

총리가 본격적으로 의제를 끄집어냈다.

"위원장님, 민족적 역사유물인 북관대첩비가 일본 야스쿠니신사에 100년째 방치되고 있습니다. 정말 안타까운 일입니다."

"북조선의 반환에 대한 관심은 지대합니다. 아직 인민 정서가 일본과의 관계를 정상화하는 것을 썩 탐탁지 않게 생각하고 있습니다. 반환에 애로사항이 있지요."

총리가 안타깝다는 표정을 지으며 박 비서관에게서 보고받은 상황을 이야기해주었다.

"우리 쪽 민간단체에서 상태를 점검했는데, 더 이상 방치하다가는 대첩비가 손상될 것 같다는 우려를 표명했습니다. 더 이상 지체하기가 힘들다고 하더군요."

"총리님께서도 들으셨겠지만 북남의 불교단체가 합의했다는 것은 들었습니다. 아무래도 야스쿠니신사에 있다 보니 불교단체가 중심이 된 것 같습니다."

"조속한 반환이 이뤄지려면 정부 간의 당국자 회담도 진행되어야 합니다."

총리의 말에 위원장이 공감을 표하며 이야기를 진전시켰다.

"첫 번째 만남이 중요한데, 원칙적인 합의만 하면 어려울 것도 없을 것입니다."

"북관대첩비는 남과 북이 힘을 합해 일본에게 짓밟힌 민족자존심을 되찾는 첫 번째 사업이 될 것이고, 이를 통해 통일의 길을 앞당길 수 있는 방안도 될 것입니다."

상임위원장이 고개를 크게 끄덕였다. 드디어 북관대첩비를 연결고리로 경색되었던 남북관계가 열리게 된 것이었다.

야스쿠니신사는 평온했다. 죽은 이들의 영혼을 편하게 모시기 위해서인지 특별한 일이 없는 한 언제나 내부는 조용했다. 그리고 나름의 평화가 있었다. 그런데 오늘은 왠지 긴장감이 감돌고 있었다. 아마도 오랜 시간 뒤뜰에 방치되었던 북관대첩비 처리에 대한 결론을 내려야 할 순간이 다가왔기 때문인 것 같았다. 야스쿠니신사 앞의 찻

집에서는 거산 스님과 정 의장이 초조하게 일정이 잡히기를 기다리고 있었다. 당초에 박 비서관이 약속했던 일본 정부인사 참석이 취소되면서 일정이 연기되었다. 북관대첩비 반환은 일본 정부의 승인이 없으면 가능하지 않은 일이었기에 일본 정부의 참여는 반드시 필요했다. 찻집 문이 열리며 박 비서관이 허겁지겁 들어와 보고했다.

"잠시만 기다려주세요. 금방 해결될 겁니다."

"어떻게 된 거야? 반드시 데려다 앉혀놓는다며."

정 의장이 핀잔을 주며 연유를 물었다.

"이유를 모르겠습니다. 일본 사람들은 정해진 약속은 쉽게 변경하지 않는데, 어쩔 수 없었답니다. 일한의원연맹의 이케다 의원이 의회 승인도 없이 국보급 문화재 반환을 민간단체에서 임의로 결정하는 것은 불가한 일이라는 공문을 보내왔답니다. 그리고 이런 일에 정부가 동참한다면 일본 내의 문화재를 외국으로 돌려보내는 선례가 될 수 있다고 강력히 항의했답니다."

정 의장의 머리에 윤 의원이 떠올랐다. 최후의 발악을 한다는 생각이 들었다. 순간, 거산 스님이 무슨 생각이 났는지 고개를 갸웃하다가 흥분하여 호통쳤다.

"북관대첩비는 일본에서 문화재로 지정되지도 않았는데 무슨 소리야. 말도 안 되는 핑계야!"

찻집에 있던 손님들이 거산 스님의 큰소리에 놀라서 바라보았다.

"형님, 채신머리없어 보입니다. 목소리 좀 낮춰요. 기차화통을 삶아 먹었나?"

정 의장의 핀잔에 거산 스님이 더욱 큰소리쳤다.

"뭐? 이런 일에 흥분 안 할 수 있어? 그리고 뭐 채신머리, 기차화통? 그게 나이 먹은 형님한테 할 소리냐? 그리고 난 법력 높은 스님이야, 스님."

"아 진짜, 생각 좀 하게 조용히 좀 해요. 정말 나이도 먹을 만큼 먹을 양반이."

사람들이 쳐다보자 창피해진 정 의장이 화를 버럭 냈다. 정 의장의 화가 거산 스님의 분노에 불을 붙였다.

"이놈이, 외국에 나왔다고 늙은이 무시하겠다는 거야?"

"참 나, 왜 이러세요. 창피하게. 이러니 늙으면 죽어야 한다는 말이 나온다니까."

일촉즉발의 순간, 박 비서관의 전화기가 울렸다. 정 의장과 거산 스님이 다툼을 즉시 멈추고 박 비서관을 주목했다.

"… 네? 일본 외무성에서 참석하기로 결정했다고요? …네, 1시간 후요? 감사합니다."

전화를 끊은 박 비서관이 울먹이며 말했다.

"1시간 후에 회담입니다."

"장하다."

거산 스님과 정 의장이 동시에 칭찬해주었다.

야스쿠니신사 접객실에 야스쿠니 궁사 및 일본 정부 담당자와 정 의장, 거산 스님이 마주 앉아 있었다. 회담장의 분위기는 엄숙했고, 양측은 모두 긴장한 표정이었다. 찬찬히 그들을 살펴보던 정 의장이 베이징에서 북측과 맺은 합의서를 일본 측에 보여주었다. 궁사가 합의서를 받아보고는 자세히 살폈다. 얼굴에는 순간적으로 흔들림이 떠올랐다. 일본 정신의 하나의 상징이며 일본의 번영을 음지에서 책임지고 기원하기 위해 탄생한 신궁 궁사의 입장에서 북관대첩비는 어려운 난제였다. 궁사가 합의서를 다 읽자 거산 스님이 북관대첩비의 환국에 대해 똑 부러지게 말했다.

"북한과 맺은 합의서요. 이제 합의서가 있으니 약정한 대로 북관대첩비를 고향으로 돌려주십시오."

중간에 있는 동시통역사 두 명이 서로에게 전달했다. 한국 측 통역사는 박 비서관이었다. 서류를 검토한 궁사가 서류의 서명란을 짚으며 트집을 잡았다.

"이전에 공언했던 대로 '한 · 북 간에 조정한 후 외교경로를 통해 일본 정부에 정식의뢰가 있다면 가능'하지만, 이건 민간단체 간 협약 아닙니까?"

순간 정 의장이 대통령이 발견했던 서류를 불쑥 내밀었다. 남북관계의 해법을 고심하던 정부에 실마리를 제공했고 궁극적으로는 북관대첩비 환국의 문을 열어젖힌 바로 그 문서였다.

"이 서류는 귀국의 북관대첩비 환수에 관한 공식 문서입니다. 확인 부탁드립니다."

생각지도 못했던 정 의장의 말에 궁사가 멈칫했다가 서류를 받아들었다. 궁사가 긴장한 표정으로 찬찬히 살피며 읽어보았다.

반환한다면 당초 건립되었던 함경북도 길주군 임명역 부근이 적절하지만, 국교가 없는 북한과의 문제가 있으므로 한북 간에 조정한 후 외교경로를 통해 정식의뢰가 있다면 조속 반환할 방침임.

창백한 낯빛의 궁사가 서류를 일본 정부 담당자에게 건네주었다. 잠시 망설이던 정부 담당자가 서류를 보고는 맞다고 확인해주었다. 이때 동석한 한국 측 정부 관계자에게 정 의장이 날카롭게 물었다.

"그렇다면 북한과의 베이징 회담에서 받은 합의서에 대한민국 정부가 추인하는 것은 가능합니까?"

그러고는 박 비서관을 다그쳤다.

"이것도 통역해, 일본 측이 들을 수 있도록."

한국 관계자가 정 의장의 돌연한 질문과 행동에 무슨 얘기인지 몰라 어리둥절하다가 대답했다.

"그렇습니다."

이에 정 의장은 담당자를 다시 다그쳤다.

"대한민국 정부의 추인이 들어간 서류는 외교상 공식 문건으로 취급되는 거지요?"

한국 관계자가 굳센 어조로 재차 확인해주었다.

"그렇습니다."

정 의장이 박 비서관에게 호통치듯 물었다.

"통역 제대로 들어갔어? 잘해!"

긴장한 박 비서관 역시 또렷하게 답해주었다. 박 비서관은 이 순간이 조국은 물론 정 의장 개인에게도 정말 중요한 순간이라는 것을 본능적으로 알아차렸다.

"네, 들어갔습니다."

그제야 정 의장의 의중을 눈치 챈 정부 관계자의 얼굴에 화색이 돌았다. 이번에는 정 의장이 일본 정부 담당자에게 물었다.

"그렇다면 이 문서는 정부기관의 추인이 된 정부의 공식 문건이니 일본 정부는 약속대로 북관대첩비 환수에 동의해야 하지 않겠습니까?"

일본 측은 정 의장의 질문에 잠시 당혹해했다. 즉답을 하지 못하던 일본 측 정부 담당자가 궁사와 잠시 낮은 소리로 의논했다. 그러고는 궁사가 반전을 꾀하려는 듯 물었다.

"정 의장님, 신사에서는 북관대첩비를 100년 세월을 품고 지내며 혈육의 마음으로 보살피고 있습니다. 문화재 관리는 쉬운 일이 아닙니다. 북관대첩비는 철저히 관리되어야 합니다. 탈레반의 문화재 파괴를 보면 아찔한 생각이 듭니다."

궁사의 의도가 무엇인지 꿰뚫기 위해 정 의장과 거산 스님은 궁사의 말에 집중했다.

"지금 북한은 식량난에 허덕이고 있습니다. 먹을 것이 풍족해야 예절을 알 수 있다고 했습니다. 과연 북한에서 신사에서와 같이 잘 보존할 수 있을까요? 정 의장님은 평생을 비석을 사랑하고 연구하셨다고 들었습니다. 북관대첩비를 사랑한다면 민족을 넘어 보편적인 인류의 문화재로 보존할 기회를 가져야 하지 않을까요?"

정 의장이 궁사의 말을 즉시 맞받아쳤다.

"이곳에 오기 직전에 김정일 장군의 전언을 들었습니다. '력사 유적과 유물을 잘 관리하고 오래 보존하기 위한 대책을 철저히 세워야 합니다.' 그리고 북관대첩비를 위해 원 소재지 김책시에 2만여 평의 터전을 마련해놓았다고 했습니다. 걱정 안 하셔도 될 것 같습니다."

그러자 정 의장에 이어 거산 스님이 궁사에게 일갈했다.

"그러면 이번에는 궁사께 제가 묻겠소. 북관대첩비가 100년 동안 머리에 1톤의 돌을 이고 있었던 것은 무슨 까닭이오? 또한 북관대첩비 사방에 철창을 둘러놓은 것은 무슨 의도요? 한국의 기운을 꺾으려 한 행위가 아니오? 아니면 이것이 궁사께서 말씀하신 혈육의 마음이오? 부처님의 제자인 나로서는 도무지 이해할 길이 없었소이다."

궁사는 더 이상 할 말이 없는 듯 조용해졌다. 그리고 일본 측의 분위기가 가라앉았다. 접견실에는 한동안 침묵이 흘렀다. 이렇게 북관대첩비 환국에 관한 모든 업무가 종착역을 향해 가고 있었다.

한국으로 돌아오는 비행기 안이었다. 궁사에게 호통쳤던 거산 스님의 마음이 조금 무거웠던 것을 제외하고는 모두 승전의 감격에 들떠 있었다. 특히 박 비서관의 얼굴에는 계속해서 웃음이 벙긋벙긋 일었다. 그러다가 갑자기 무슨 생각이 들었는지 박 비서관이 정 의장에게 물어보았다.

"저 몰래 북한 측과 접촉하셨어요? 갑자기 북한 측과 그런 약속이 되어 있다고 말씀하셔서 놀랐어요."

물끄러미 박 비서관을 보던 정 의장이 아무렇지도 않게 말했다.

"… 회담에서 이기려고 거짓말한 거야."

박 비서관이 그럼 그렇지 하는 표정으로 정 의장을 보았다. 비행기 창을 통해 북녘 땅을 내려다보는 정 의장의 시선에 만감이 교차했다. 정 의장의 입가에 미소가 감돌았다. 정 의장은 야스쿠니와의 마지막 회담을 위해 신사로 들어가기 직전에 접촉했던 이충도와의 통화가 떠올랐다. 회담을 앞두고 야스쿠니 회담장으로 들어가려는 순간이었다. 정 의장의 핸드폰이 울렸다. 정 의장이 낯선 번호에 고개를 갸웃하다가 핸드폰을 받았다. 그러고는 들려오는 소리에 주위를 둘러보았다. 저쪽 멀리 이충도가 보였다. 핸드폰으로 이충도의 목소리가 들렸다.

"급하니까 용건만 말씀드리겠습니다. 정 선생도 아시다시피 북한은 일본과 수교도 없고 복잡한 내부사정상 환수에 적극적으로 나서지 못합니다만, 위대한 령도자 김정일 동지께서 부탁하셨습니다. 선조들의 투쟁역사를 연구하고 민족제일주의 사상으로 교양하는 데 의의가 있다고 강조하시면서, 북관대첩비를 꼭 북조선에서 보고 싶으니 배짱 있게 밀어붙여 반드시 회수해달라고. 또~"

길고 긴 통화였다. 그러고 나서 회담장으로 들어온 것이다. 이충도와의 통화 내용을 생각하던 정 의장이 시끄러운 소리에 옆을 보니 박 비서관이 코를 골며 자고 있었다. 박 비서관의 조마조마했던 마음이 이제는 풀린 듯했다. 박 비서관의 손에는 조소앙이 쓴 '북관대첩비 사건에 대한 아我의 소감'이 들려 있었다. 정 의장은 그런 박 비서관을 따뜻한 눈으로 보았다. 옆을 보니 거산 스님이 명상에 잠겨 있었다. 자세히 보니 명상하는 모습으로 잠든 것이었다.

2005년 6월 20일, 청와대에서 북관대첩비 환수 협약서에 한 · 일 정상이 서명했다. 연이어 정상회담 성과를 축하하는 만찬이 열렸다.

뷔페가 차려진 만찬장에 많은 사람이 와인이나 커피 등을 들고 즐거운 표정으로 웃고 있었다. 정 의장이 어슬렁거리며 특별 음식으로 내어놓은 냉면을 그릇에 담아 먹고 있었다. 거산 스님은 여러 사람 틈에 섞여 치하를 받고 있었다. 정 의장 옆으로 누군가 다가왔다. 윤 의원이었다. 윤 의원은 북관대첩비 정부 측 환수위원회 위원의 일원으로 참석한 것이었다.

"예상대로 뻔뻔하군. 이 자리까지 올 줄은 몰랐네."

"무슨 말씀을요. 제가 그동안 대첩비 환수를 위해 얼마나 노력했는데 당연히 와야죠."

"자네가 한 건 환수를 위한 노력이 아니라 방해를 위한 노력이었지."

"제 30년 세월을 북관비를 위해 보냈는데 그렇게 생각하실 줄은 몰랐습니다. 유감이군요, 의장님. 그런데 다른 사람들은 그렇게 생각하지 않는 것 같습니다. 일한의원연맹과 야스쿠니에서는 북관비 환수를 기념해 저를 통해 축문까지 보내왔습니다. 환수운동 초창기 시절부터 근 30년 동안 각고의 노력을 기울여온 제 노력에 대한 대가지요."

정 의장이 기가 막힌다는 표정으로 윤 의원을 보았다.

"이제 자네는 남의 노력에 숟가락까지 얹으려 하는군. 이것도 선조를 위해서인가?"

"이왕 이렇게 된 마당에 위원회에 있어야 제 의견을 관철시키기가 더 수월하지 않겠습니까? 북관대첩비가 너무 많은 사람에게 알려지지 않도록 최선을 다해야지요."

"대의를 버리고 눈앞의 이익만 따르는 자에게 이런 일이 무슨 의미가 있나?"

"사람들이 말하는 대의는 승리한 자의 성찬이죠. 역사에서 밀려난 자가 가진 대의는 누구도 알아주지 않습니다. 정문부 장군처럼요."

순간, 정 의장의 입에서 막말이 나왔다.

"너 같은 놈이 정문부를 죽인 거지."

"그렇게 생각하신다면 제가 오늘 기념식에 더할 나위 없이 잘 어울리는 사람이군요."

날카로운 말들이 오가다가 윤 의원이 시계를 보았다.

"그럼, 저는 이만 다른 사람을 만나러."

정 의장에게 인사를 한 윤 의원이 손을 흔들며 자리를 떴다. 분노에 찬 표정으로 정 의장이 윤 의원을 보고 있는데, 청장이 반갑게 다가왔다. 청장이 정 의장을 보고 놀란 표정을 지었다.

"의장님, 표정이 너무 무섭습니다. … 제가 아무리 의장님을 불신했지만 이제는 화 푸십시오."

청장의 농담에 정 의장이 웃었다. 청장도 마주 웃었다. 그러고는 진심어린 목소리로 정 의장에게 감사를 표했다.

"지금 이 순간까지도 불가능한 일인 줄 알았습니다. 고생하셨습니다."

정 의장이 농담처럼 말했다.

"내 직업이잖소."

어색해하던 청장이 이제야 정 의장의 진심을 이해했다. 그리고 이상한 방식으로 감사를 표시했다.

"… 저, 냉면 진짜 좋아합니다."

청장이 정 의장을 따라 냉면을 담아 먹었다. 여러 사람을 치하하던 대통령이 거산 스님과 악수했다. 그러고는 정 의장에게 다가와 따뜻하게 웃으며 악수를 청했다. 정 의장은 담담하지만 굳건하게 악수를 받았다. 인사를 마친 대통령이 단상으로 갔다. 대통령이 차분한 목소리로 연설을 시작했다.

"자랑스러운 역사든 부끄러운 역사든, 역사는 있는 그대로 밝히고 정리해야 합니다. 특히 국가 권력에 의해 저질러진 잘못은 반드시 정리하고 넘어가야 다시는 이런 일이 재발하지 않습니다. 오늘 100년 만에 국내에 돌아오기로 결정된 북관대첩비에는 우리의 자랑스러운 승리의 역사뿐 아니라 다시 있어선 안 되는 부끄러운 과거사도 함께 담겨 있습니다. 오늘 환수협약을 통해 역사의 가슴 아픈 교훈을 되새기고 이를 바로잡는 계기로 삼기를 바라며, 그동안 환수를 위해 노력해왔던 모든 분께 이 공을 돌립니다."

박수소리가 끝없이 장내를 울렸다.

2005년 10월 20일, 인천공항. 정 의장이 공항의 카페테리아로 들어와 조용히 창가 자리로 가서 앉았다. 정 의장은 활주로를 감개무량한 표정으로 보고 있었다. 활주로에 만들어진 회견장에서는 거산 스님이 감격에 겨워 울먹이며 기자회견을 하고 있었다. 기자들의 플래시가 요란하게 터지고 있었다.

"이제 죽어도 여한이 없습니다. 내가 그 이상 무슨 할 말이 있겠습니까?"

그러고는 잠시 울음을 터뜨렸다. 카메라 셔터가 쉴 새 없이 찰칵

거리며 소감을 재촉했다.

“어제 일본에서 강진이 일어났는데, 그것 때문에 혹시 오늘 못 올까 봐 잠을 이루지 못했습니다. 가장 힘들었던 점은 야스쿠니신사와 7년을 밀고 당겼던 협상의 세월이었습니다. 이 과정에서 일한불교복지협의회 회장 가키누마 센신 스님께서 우리 국민보다 더 북관대첩비 반환을 위해 애쓰셨습니다. 그동안 정부가 민간 차원의 반환운동에 비협조적이어서 정말 서러웠지만, 북관대첩비가 반환되는 지금 네가 잘했니, 내가 잘했니 하는 소인배 같은 소리는 하지 않겠고, 또 지금은 큰 도움도 주었으니 정말 감사합니다. 저는 이름 없는 땡초에 불과합니다. 북관대첩비는 7천만 한민족의 뜨거운 열망이 있었기에 반환이 이루어질 수 있었습니다. 이것은 남북 공동의 영광일 것입니다.”

기자회견을 하는 거산 스님을 보던 정 의장이 가만히 지갑을 열었다. 지갑에서 낡은 명함 한 장을 꺼냈다. 명함에는 ‘社會黨 黨首 趙素昻’이라고 쓰여 있었다. 정 의장의 눈시울이 붉어졌다. 정 의장의 뇌리에는 수많은 사건과 수많은 사람이 주마등처럼 스쳐갔다. 최초의 기억은 어린 시절 할아버지였다.

아주 어린 시절이었다. 징용으로 끌려온 할아버지와 아버지, 그리고 일본에서 태어난 어린 민식까지 3대가 사는 좁은 집은 늘 복작거렸다. 대개의 재일교포들이 그러했듯이 어린 시절 민식은 일본 아이들에게 많은 놀림을 받았다. 민식은 그런 아이들과 늘 맞서 싸우곤 했다. 어느 날부터인가 집으로 터덜터덜 돌아오는 민식에게 할아버지는 옛날이야기를 들려주었다. 민식은 할아버지의 이야기가 너무나 좋았다. 계속해서 듣고 또 들었지만 질리지 않았다. 그 이야기는 어린 민식에게 희망이었고 자부심이었다.

"지금은 강제로 일본으로 끌려온 힘없는 나라의 백성이지만, 오랜 옛날 할아버지의 할아버지, 그리고 그 할아버지의 할아버지는 유명한 장군이었단다. 고깔모자를 쓴 일본의 무서운 장군이 우리나라를 침략해서 백성을 괴롭혔지. 그때 장군 할아버지는 힘없는 백성을 모아 우리나라 사람을 괴롭히는 일본 장군을 때려잡았단다. 장군 할아버지가 있었으면 이렇게 힘없이 끌려오진 않았을 거다. …"

그리고 할아버지는 늘 마지막에는 이런 말씀을 하셨다.

"장군 할아버지의 이야기가 적혀 있는 비석이 일본으로 끌려와 숨어 있다고 들었단다. 할아버지는 민식이가 커서 그 비석을 찾아 고향으로 돌려보냈으면 좋겠어. 할아버지는 고향에 갈 수 없어도 비석이 고향으로 돌아간다면, 할아버지가 돌아가는 것만큼이나 기쁠 거야. 나중에 할아버지를 위해 꼭 비석을 찾아줄 수 있겠니?"

북관대첩비 환수와 관련해 겪은 수많은 우여곡절을 떠올리던 정 의장의 눈에 대첩비를 실은 비행기가 보였다. 정 의장의 눈에 감격의 빛이 떠올랐다. 정 의장은 자리에서 일어나 북관대첩비를 맞이하기 위해 걸어갔다. 이제는 눈도 희미해져 비석은 자세히 보이지도 않았다. 비행기가 서서히 착륙했다. 대첩비를 옮기기 위해 특별 제작된 대형 무반동 트럭이 비행기로 다가가자 서서히 비행기 문이 열리고 북관대첩비가 내려왔다. 정 의장의 눈에 감격의 눈물이 흘렀다. 그런데 갑자기 덩실덩실 춤을 추듯 날아오는 비문의 글씨가 보였다. 정 의장은 너무 오랜 세월 동안 북관대첩비를 생각하다가 비문이 뇌리에 새겨져 있기 때문에 생긴 환상이라고 생각했다. 정 의장은 눈을 감았다 떠보았다. 역시 비석으로부터 글씨가 날아오는 것이 보였다. 정 의장의 입가에 흐뭇한 미소가 떠돌며, 이제는 기분 좋게 눈을 감고 가슴과 온몸으로 북관대첩비를 맞이했다.

## 朝鮮國咸鏡道壬辰義兵大捷碑

在昔壬辰之難 其力戰破賊 雄鳴一世 水戰則有李忠武之閑山焉 陸戰則有權元帥之幸州焉 有李月川之延安焉 史氏記之游談者誦之不倦 雖然 此猶有位地 資於乘賦什伍之出也 若起單微奮逃竄 徒以忠義相感激 卒能用烏合取全勝 克復一方者 關北之兵爲最 始萬曆中 倭酋秀吉 怙强鷙逆 規犯中國 怒我不與假道 遂大入寇 長驅至都 宣廟旣西幸而列郡瓦解 賊已陷京畿 其驍將二人 分兵首兩路 行長躡行朝西 淸正主北攻 其秋 淸正入北道 兵銳甚鐵嶺以北 無城守焉 於是 鞠敬仁等叛應賊 敬仁者 會寧府吏也 素惡不率 及賊到富寧 隙危扇亂 執兩王子及宰臣奔播者 並縛諸長吏 與賊效款 鏡城吏鞠世必 其叔父也 及明川民末守木男 連謀相黨 並受賊所署官 各據州城 聲張勢立 殺脅惟所指 數州崩駭 人莫自保 鏡城李鵬壽 爲氣士也 奮曰 縱國家創攘至此 兇徒敢爾耶 乃潛與崔配天 · 池達源 · 姜文佑等 謀起義兵 諸人地相夷 莫適爲將

評事鄭文孚有文武才 無兵可戰 脫身匿山谷間 聞義兵起 欣然從之 遂推鄭公爲主將 鍾城府使鄭見龍 慶源府使吳應台爲次將 歃血誓義 募兵得百餘人 時北虜人侵北邊 諸公使人誘世必 並力禦北虜 世必許之 内義兵州城 明朝 鄭公建旗鼓 上南城樓 誘世必上謁 時其入 目文佑禽之 斬以徇 赦其脅從 卽引兵南趣明川 又捕末守等斬之 會寧人亦討敬仁誅之 以應義兵 軍勢稍壯 來附者益衆 吉州人許珍·金國信·許大成 亦聚兵爲聲援 當是時 清正令偏將 領精兵數千 據吉州 身率大軍 屯南關以護之 十一月 遇賊于加坡 將戰 鄭公部署諸將 見龍爲中衛將 屯白塔 應台及元忠恕爲伏兵將 分屯石城·毛會 韓仁濟爲左衛將 屯木柵 柳擎天爲右衛將 屯涅河 金國信·許珍爲左右斥候將 分屯臨溟·方峙 賊狃勝不甚備 諸軍並起搒擊 乘銳蹙之 士無不疾呼先登者 賊敗走 縱兵追之 殺其將五人 斬獲無數 盡奪其馬畜兵械 於是遠近響震 將吏亡伏者爭起應之 衆至七千餘人 賊收入吉州城 窘不敢動 列伏于旁陋 邀其出輒剿之 已而城津賊 大掠于臨溟 率輕騎襲之 革山設伏 伺其還夾擊 大破之 又斬數百人 遂剖其腹腸 暴之大路 於是兵聲大振 賊益畏之 十二月 又戰于雙浦 戰方合 偏將引鐵騎橫衝之 迅如風雨 賊失勢 不及交鋒 皆散走 乘勝又破之 明年正月 又戰于端川 三戰三勝 還屯吉州休士 旣而清正知軍不利 遣大兵迎還吉州賊 我軍尾擊 至白塔大戰 又敗之 是役也 李鵬壽·許大成·李希唐戰死 然賊遂退 不敢復北 當是時 皇明將李如松 亦破行長於平壤 鄭公乃使崔配天 間行

奏捷行在 上引見流涕 贈鵬壽司憲府監察 賜配天秩朝散 時觀察使怒文孚不稟節度 而疾義兵功聲出己 聞奏率以誣揜 以故賞不行 久之 顯宗時觀察使閔鼎重 北評事李端夏 聽於父老 以實聞 於是加贈文孚贊成 鵬壽持平 餘人贈官有差 又建祠鏡城之漁郎里 祀同事諸人 賜額曰彰烈 今上庚辰 昌大爲北評事 旣與義旅之子孫 訪問前故 得事蹟爲詳 慨然想諸公之風 又嘗路所謂臨溟雙浦者 觀其營壁戰陣之所 徘徊指顧爲之咨嗟而不能去 間語其長老曰 島夷之禍烈矣 三京覆而八路壞 諸公出萬死一生 提孤軍摧勁寇 使我國家興王舊地 卒免於左衽 而邊塞之人 興於聽聞 勸於忠義者 又誰之力也 幸州·延安 俱有碑碣 載事垂烈 東西者瞻式 以關北之功之盛而獨闕焉 庸非諸君之恥歟 咸應曰然 惟鄙人志 矧公命之 遂伐石鳩材 以人來請文 辭非其人 又來曰 斯役也 公實首議 不得命 將輟 余乃叙其事 系之銘曰

## 조선국 함경도 임진의병 대첩비

먼 옛날 임진의 란에 그 용력으로 적을 무찔러 일세에 이름을 알린 영웅들이 있었다. 바다에는 이충무의 한산대첩과 땅 위에서는 권율 원수의 행주 전투 그리고 이월천의 연안 격전이었다. 역사는 이를 기록했고 말하기 좋아하는 사람들은 계속해서 이를 칭송하고 있다. 그러나 이것은 그들의 지위로 인해 가질 수 있었던 말과 부역과 군졸들에 힘입은 바 큰 것이었다. 지치고 힘들어 도망가서 두려움에 떨고 있는 오합지졸의 무리를 이끌고, 그들을 충으로 격려하고 의로써 뭉치게 하여 완전한 승리를 일구어내고 국토를 수복한 것은 관북의 군사가 단연코 제일이라 할 수 있다.

신종황제가 대륙을 통치하기 시작할 무렵, 명나라를 침범하기 위해 조선의 길이 필요하니 내어달라는 왜국의 우두머리 도요토미 히데요시의 무례한 요구를 거절하자, 이를 성내어 대군을 이끌고 쳐들어와 마침내는 수도 한성에까지 이르렀다. 선조께서는 이미 서쪽으로 달아났고, 많은 고을은 무너졌다. 이미 적은 경기도를 함락시켰고, 왜의 용맹한 장수 두 사람은 병사를 둘로 쪼개어 고니시 유키나가는 선조의 행로를 쫓아 서쪽으로 가고, 가토 기요마사는 명나라를 향해 북녘을 공략했다.

가토 기요마사가 함경북도를 침공했던 그해 가을, 정예한 왜구의 거센 공격에 조선은 철령 이북을 지키지 못하고 마침내 왜구에게 영토를 내어주었다. 나라의 기운이 극도로 쇠약해진 시기를 틈타, 본래 천성이 악하고 조정에 불만이 많았던 회령부의 아전 국경인이 적과 내통하여 피난해온 두 왕자와 대신을 잡고 장수와 관리들을 묶어 왜구에게 넘겨주었다. 국경인은 숙부인 경성 아전 국세필, 명천 사람 말수 그리고 목남과 작당하여 세력을 이루었다. 국경인은 왜구가 내려주는 관작을 받아 고을을 점거하며, 지령을 내려 백성을 죽이고 위협하기를 다반사로 하니, 겁먹은 백성은 자신들의 고향조차 스스로 지키지 못하고 무너져 내렸다.

경성 출신의 이붕수는 의기 있는 선비라. 분개하여 말하기를 "비록 나라가 상처를 받고 침탈당함이 이 지경에 이르렀으나, 역도들이 어찌 감히 이럴 수 있겠는가?" 하고 최배천 · 지달원 · 강문우 등과 함께 의병의 봉기를 상의하는 와중에 여러 사람의 지위가 엇비슷하여 장수로 삼을 이가 마땅치 않았다. 문무 겸비로 널리 알려진 평사 정문부는 병사가 없어 싸울 수 없자 산골에 은신하며 방안을 모색하던 중에 의병을 일으킨다는 소문을 듣고 흔쾌히 합류했다. 이에 사람들은 정공을 주장으로 추대하고 종성부사 정현룡, 경원부사 오응태를 차장으로 삼아 피로써 구국의 맹서를 하고 의병 100여 명을 모았다.

이때 오랑캐가 북쪽 변방을 침범해와 위협을 가하니, 의병의 여러 장수가 꾀를 내어 국세필에게 사람을 보내 같이 힘을 합하여 오랑캐를 막자고 설득하니, 계략에 넘어간 국세필이 의병들을 성안으로 불러들였다. 이튿날 아침 정공이 기와 북을 세우고, 성의 남문 위로 국세필을 유인하여 강문우가 나타난 국세필을 사로잡아 목을 베어 높이 매달아 백성에게 알리고, 그의 협박에 못 이겨 따랐던 자들은 용서해주었다. 그러고는 곧 병사를 이끌고 명천으로 달려가 정말수를 붙잡아 참수하고, 또한 회령인이 경인을 베어 의병에게 호응하니 군세가 점차 불어나고 따라와 합류하는 자가 많아졌다. 이에 길주 사람 허진 · 김국신 · 허대성 또한 의병을 모아 성원했다.

이때에 가토 기요마사가 편장에게 명하여 정병 수천 명을 거느리고 길주를 점거케 하고, 자신은 대군을 이끌고 남관에 진을 치고 호응하고 있었다. 정공은 11월에 적을 가피리에서 조우하여 일전을 벌이기로 결심하고, 정현룡을 중위장으로 삼아 백탑에 진 치게 하고, 오응태와 원충서는 복병장으로 임명하며 각각 석성과 모회에, 한인제는 좌위장으로 목책에, 유경천은 우위장으로 날하에, 김국신과 허진위는 좌우척후병으로 임명과 방치에 나누어 진을 치게 했다.

이미 여러 번의 승리에 취한 왜구의 방비는 허술했다. 의병들은 불의에 적들을 공격하여 승기를 취했고 이 기세를 타고 고함을 치며 선두에 나갔고 물러서는 의병들은 단 한 사람도 없었다. 도주하는 왜구를 추격하여 장수 5인을 죽였고, 병사들의 목을 벤 것은 수를 헤아릴 수 없었으며, 또한 노획한 왜구의 말과 짐승, 병장기 역시 끝이 없었다. 이에 원근이 진동하자, 장수와 관리 중에 도망치고 숨어 엎디었던 자들이 다투어 일어나 호응하고 그 수가 7천여 명에 달했다. 왜구는 마침내 길주성으로 들어가 움츠려 감히 준동하지 못했고, 성 밖으로 출몰하는 왜구는 길옆에 잠복했던 의병들에 의해 나오는 즉시 척살되었다. 뒤이어 성진에 주둔하던 적들이 임명을 대거 침략하자, 날랜 기병들을 이끌고 이를 습격했고, 산에 매복하여 있다가 귀환하는 왜구를 습격하여 크게 무찔러 수백의 목을 베고 마침내 그 창자를 꺼내 대로에 늘어놓으니 의병들의 기세는 천하를 진동하고 왜구는 이를 더욱 두려워했다.

12월이 되어 쌍포에서 전투가 있었는데, 전장이 한창 무르익자 철기를 끌고 나타난 의병 편장의 가로 찌르기가 비바람같이 신속하니, 겁을 먹은 왜구는 기세를 잃고 맞서보지도 못하고 모두 흩어져 달아나므로 의병들은 기세를 타고 또다시 왜구를 깨뜨렸다.

이듬해 정월의 단천 전투에서는 세 번을 싸워 세 번 모두 이기고 돌아와 길주에 진을 치고 병사들을 쉬게 하자, 불리함을 느낀 가토 기요마사가 대군을 출병시켜 길주의 의병을 대적하게 하니, 의병들은 의표를 노리고 후위를 공격해 백탑에서 접전을 벌였다. 이 전투에서 이붕수와 허대성, 이희당은 장렬히 전사했지만 적은 대패하고 마침내 퇴각하여 다시는 감히 북쪽을 넘보지 못했다. 이 당시 명나라 장수 이여송 또한 고니시 유키나가를 평양에서 무찔렀다.

정공이 최배천을 시켜 행재소에 승첩을 아뢰니 임금이 불러보고 눈물을 흘리며, 이붕수에게 사헌부감찰을 증직하고, 최배천에게는 조산대부의 계급을 내렸다. 이때 관찰사 윤탁연이 정문부가 절도사에게 알리지 않았음에 분노하고 의병의 공적이 자신보다 뛰어남을 시기하여 임금에게 정공의 공로를 숨기고 거짓으로 알려 공에게는 아무런 포상도 이루어지지 않았다.

오랜 뒤 현종 때에 관찰사 민정중과 북평사 이단하가 촌로들에게 사실을 듣고 알려 비로소 정공에게는 찬성, 이붕수에게는 지평의 지위가 내려졌고, 다른 사람들에게도 공로에 맞게 관작이 내렸으며, 또 사당을 경성 어랑리에 세워 당시 같이 싸웠던 사람들을 위한 제사를 올리게 하고 '창렬'이라 사액했다.

경진년(1700)에 창대가 북평사가 되어 의병의 자손들과 함께 전투지를 방문하여 사적을 자세히 얻어 개연히 제공의 기풍을 상상도 하고 또 이른바 임명 · 쌍포를 찾아 자리를 잡고 싸우던 곳을 거닐고 돌아보며 탄식하면서 떠나지 못했다. 그리고 촌로들에게 "섬 오랑캐의 전화가 몹시 심하여 개경 · 서경 · 남경의 세 수도가 모두 함락되고 팔도가 무너졌는데, 이분들은 죽음을 걸고 외로운 군사를 이끌고 억센 도적을 무찔렀으니, 조선을 태어나게 했던 옛 땅이 오랑캐 땅을 면한 것은 누구의 힘이며, 변방 사람들이 소문을 듣고 일어나 충의를 서로 권하게 된 것은 그 또한 누구의 힘이더냐? 행주 · 연안에는 모두 비석이 있어 사적을 적어 공적을 나타내었으므로 동서로 오가는 이들이 우러러보고 몸을 굽히거니와 관북의 거룩한 공로를 가지고도 비석 하나 없으니 어찌 제군의 수치가 아니겠는가?" 하고 질책했다. 이에 모두 대답하되 "그것은 우리의 뜻이기도 한데, 하물며 공의 명령까지 있음에 어찌 주저함이 있겠소" 하며 마침내 돌을 다듬고 재물을 모으고 사람을 시켜 내게 글을 청했지만, 나는 적임자가 아니므로 사양했더니 다시 와서 말하되, "이 일은 공이 실로 발의한 사람이니 허락해주지 않으면 일을 철폐하겠소" 하므로 나는 마침내 그의 사적을 서술하고 새긴다.

숭신 갑신 뒤 65년 10월 일 삼가 지음

終.

# 참고자료

*- 제목: 북관대첩비 사건에 대한 아의 소감(北關大捷碑事件에對ᄒᆞ야我의所感)*

*- 글쓴이: 소해생/조소앙(嘯海生/趙素昻)*

*- 출처: 대한흥학보 제5호 문원(大韓興學報 第五號 文苑)*

*- 발표연대: 1909년 6월 20일*

此碑ᄂᆞᆫ娥韓在昔龍蛇之亂에義兵將李붕壽及鄭文孚法公이敵兵을吉州에셔大破ᄒᆞ던事實을記載ᄒᆞ야后世에遺傳케ᄒᆞᆷ이니라距今六年前에日本人池田ㅇㅇ이暗自偸來ᄒᆞ야彼國의靖國神社(我韓獎忠壇과如ᄒᆞᆷ)後苑에移置ᄒᆞᆫ故로此를見ᄒᆞᆷ이所感이有ᄒᆞ야此에謄載ᄒᆞᆷ

大抵凡物은久ᄒᆞ면死ᄒᆞ고久ᄒᆞ면廢ᄒᆞ고久ᄒᆞ면滅ᄒᆞᄂᆞ니此ᄂᆞᆫ古今에貫ᄒᆞ고東西에 亘ᄒᆞ야共通ᄒᆞᆫ事實이라可謂ᄒᆞᆯ지나今에一種이有ᄒᆞ야死치도안이ᄒᆞ며廢치도안이ᄒᆞ며滅치도안이ᄒᆞ야ᄒᆞᆫ갓此와如ᄒᆞᆯᄲᅮᆫ不啻라久ᄒᆞᆯ

ᄉ록新ᄒ며久ᄒᆯᄉ록光ᄒ야國民된者로ᄒ야금可히崇拜ᄒ며可히謳歌ᄒᆯ者ᄂᆫ國粹的史筆이是也라昔에左史倚相이能이三墳五典九丘八索을讀ᄒ얏시매論者云호ᄃᆡ是ᄂᆫ楚國의寶라칭ᄒ얏고簪纓은小物이로ᄃᆡ孔子-此를愛惜ᄒ셧거든ᄒ몰며自國의歷史로自國의國粹가되야可히恭敬ᄒ며可히愛重ᄒ며可히欽仰ᄒ며可히效則ᄒᆯ者이리요然則上下東西의何國을물론ᄒ고治亂이相乘ᄒ고盛衰가相替ᄒᄂᆫ時를當ᄒ야그-拔類迢群ᄒᄂᆫ偉傑이往々世間에 現出ᄒ야勝亂誅暴의偉蹟과繼絶存亡의勳業이種々史冊에現耀ᄒᆫ즉此는곳國家的思想을鼓吹ᄒᄂᆫ原動力이라然ᄒ나此를保守ᄒᄂᆫ主權者ᄂᆫ天地에委ᄒᆷ도不可ᄒ고神祇에託ᄒᆷ도不可ᄒ야卽一定ᄒᆫ土地와一定ᄒᆫ國民으로一國家를組成ᄒᆫ其人이擔負ᄒᆯ責任이로다然則英國의國粹保守ᄂᆫ英國人의擔負ᄒᆫ者이오米國의國粹保守ᄂᆫ米國人의擔負ᄒᆫ者이오日本의國粹保守ᄂᆫ日本人의擔負ᄒᆫ者이오我大韓의國粹保守ᄂᆫ我大韓二千萬民族의共通擔負ᄒᆫ者이라今에或人이有ᄒ야華盛頓의紀功碑와日本의西鄕隆盛의銅像과如ᄒᆫ者를破碎ᄒ거나或截取ᄒᆯ境遇이면其國은반다시傾國의力을盡ᄒ야死로써爭ᄒ리니此ᄂᆫ無他라만약國粹를一失ᄒ면其國은곳丘墟를作 化ᄒ야種族이淪亡ᄒᄂᆫ至慘極痛에遂至ᄒᆷ이라嗟我大韓龍蛇의亂은尙忍言哉아宗社ᄂᆫ綴유의形勢가有ᄒ얏고種族은蹂躪의慘毒을被ᄒ얏시니天이我韓을眷顧ᄒ심으로偉傑이輩出ᄒ야遂히克復平定ᄒᆷ의至ᄒ얏시니若李忠武의閑山島의戰과權元帥의行쥬의戰과李月天의延安의戰에敵兵을大破ᄒ야氣勢을頓挫ᄒ얏고若此大捷碑ᄂᆫ關北의義旗가高揭에四方이風動ᄒ야吉州의敵을大破ᄒ니此時를當ᄒ야若李公 鄭公及擧義諸公은元來乘賦의資力과官階의權能이毫無ᄒ얏거ᄂᆯ萬死一生의計와爲國效節의志로鈍兵을磨礪ᄒ

며孤軍을奮發ᄒᆞ야屍山血海에揮戟前進ᄒᆞ니天地도 爲ᄒᆞ야震怒ᄒᆞ고壯士도爲ᄒᆞ야歆泣ᄒᆞ야슬지로다其赫々한事實이日月로爭光ᄒᆞ야 至今幾百有餘載의我韓民族이贊頌ᄒᆞ고瞻仰ᄒᆞ던빈라今日에至ᄒᆞ야胡然히萬里滄溟의風濤를遠涉ᄒᆞ야此土에至ᄒᆞ얏ᄂᆞᆫ고余ᄂᆞᆫ此비를對홈이舊蹟을感懷ᄒᆞ고時變을 驚歎ᄒᆞ야怒髮衝冠의呑聲揮涕홈을不禁ᄒᆞ얏노라嗟我々韓國의骨과韓國의血로韓土에生ᄒᆞ야韓栗올食ᄒᆞ며韓絲를服ᄒᆞ며韓家의國光을發揮코자ᄒᆞᄂᆞᆫ我大韓同胞兄弟姉妹諸氏여誰가此를奮歎痛罵치안이ᄒᆞ며또ᄒᆞᆫ誰가能히此等國粹를侮辱傷失케ᄒᆞᆫ大罪를能免ᄒᆞ리요然則此ᄂᆞᆫ我韓二千萬民族의頭腦를碎ᄒᆞ며肝膽을剖할지라도此에셔寢ᄒᆞ며此에셔食ᄒᆞ며此를念ᄒᆞ며此를思ᄒᆞ야月句踐의膽을嘗하고蘇李子의股를刺홈과余히時々刻々으로掩置키不可ᄒᆞᆫ者-라大抵日本은東洋의平和維持를唱道ᄒᆞᄂᆞᆫ國이안니며彼池田은卽日本의臣子가안인가何故로隣邦의重器를敢히遷移ᄒᆞ야他人의國粹를磨滅코자ᄒᆞ야彼國의唱道ᄒᆞ난바東洋平和主義를破壞ᄒᆞᄂᆞᆫ고且其言에云호ᄃᆡ兩國의和意를損傷홀까慮ᄒᆞ야移來ᄒᆞ얏다하얏도다此ᄂᆞᆫ反히韓人의夙怨을惹起ᄒᆞ고新恨을催進케홈이안이리요然則彼지田은我韓의公賊일ᄲᅮᆫ안니라또ᄒᆞᆫ彼國의罪人됨을免치못홀지로다噫라一片의石은能히遷移ᄒᆞ얏시나其赫々ᄒᆞᆫ事實은二天萬頭腦에己刻ᄒᆞ얏시며國粹的史筆은萬古不偸ᄒᆞᄂᆞᆫ原則이自在ᄒᆞ니亦何益이有ᄒᆞ리오痛矣々々로다余ᄂᆞᆫ此一片石下에剖腹洒血ᄒᆞ야千古의班點을作ᄒᆞ기不能ᄒᆞ고空然히張皇ᄒᆞᆫ言辭로兄弟의目을眩케ᄒᆞ며耳를聒케홈은無他라夫人은自悔ᄒᆞᆫ后에人이悔ᄒᆞ며國은自我ᄒᆞᆫ后에人이伐ᄒᆞ나니만일我韓二千萬衆이時代의變遷을隨하야國家的思想을頭腦에保有ᄒᆞ야二十世紀競爭場裡에昏々醉睡ᄒᆞᄂᆞᆫ狀態에墜落지안니ᄒᆞ엿시면

비록狼貪虎視ᄒᆞ며狙虎鴟長ᄒᆞ야人道를破壞ᄒᆞ며壑慾을敢充ᄒᆞᄂᆞᆫ滿天下가皆敵國인들何로從ᄒᆞ야詭譎을弄ᄒᆞ리요然則自己의罪ᄂᆞᆫ自己가猛省亟改치안이ᄒᆞ면萬劫輪回를脫出ᄒᆞᆯ日이永無ᄒᆞ리로다엇지別人이有ᄒᆞ야我의罪를代償ᄒᆞ리요天은自助ᄒᆞᄂᆞᆫ人을助ᄒᆞᆫ다ᄒᆞ엿스니嗟我同胞ᄂᆞᆫ急速히민勉ᄒᆞ야精神을淬礪ᄒᆞ고志氣를奮發ᄒᆞ야往日의自悔自伐ᄒᆞ던罪를節々句々로思量反覆ᄒᆞ며徹頭徹尾에悔心訟愆ᄒᆞ야惡習은消去ᄒᆞ고德性언涵養ᄒᆞ야新韓國에新韓民을作ᄒᆞ야我의疆土ᄂᆞᆫ我가治理ᄒᆞ며我의業務ᄂᆞᆫ我가發達ᄒᆞ고我의教育은我가擴張ᄒᆞ며我의權利ᄂᆞᆫ我가恢復ᄒᆞ면自然히國力도興隆ᄒᆞ고國耻도洗滌하리니願컨대留心靜思ᄒᆞ야興起ᄒᆞᆯ지어다唯我同胞姉妹아

# 북관대첩비의 긴 여정을 보면서

민족의 혼불, 북관대첩비!

호국영령의 원혼이 담겨 있는 귀중한 문화유산인 북관대첩비(유명조선국 함경도 임진의병대첩비)를 일본군이 약탈해간 지 100여 년 만에, 일본 전범들 신사인 야스쿠니신사 후미진 곳에 1톤가량의 바윗돌에 짓눌린 채 한민족의 위상을 굳건히 하며 고통의 나날을 지내온 민족의 혼 북관대첩비를 되찾아와 원 소재지인 북한에 인도한 지도 어언 10여 년의 세월이 지났습니다.

북관대첩비에 담겨 있는 민족의 애환과 수난사, 그리고 진실한 역사의 재조명을 위한 책이 창간됨을 진심으로 축하하며, 이 책을 통해 분단된 조국 이전의 우리 민족의 위대함을 되새겨보고 민족정기를 재정립하여 화해협력과 우호증진에 이바지하기를 바랍니다.

또한, 조국과 민족을 지키기 위해 일본 침략군과 전쟁을 하다 순국하신 정문부 장군 휘하 의병의 숭고한 애국애족 정신과 영웅적인 업적을 현세와 후세에 귀감이 되고 보존될 수 있도록 사실을 토대로 한 훌륭한 책이 되기를 바랍니다.

감사합니다.

북관대첩비 민족운동중앙회 상임의장

원민식